JULIETTE BENZONI

Juliette Benzoni est née à Paris. Fervente lectrice d'Alexandre Dumas, elle nourrit dès l'enfance une passion pour l'histoire. Elle commence en 1964 sa carrière de romancière avec la série des *Catherine*, traduite en plus de 20 langues, série qui la lance sur la voie d'un succès jamais démenti jusqu'à ce jour. Elle a écrit depuis une soixantaine de romans, recueillis notamment dans les séries intitulées *La Florentine* (1988-1989), *Le boiteux de Varsovie* (1994-1996), *Secret d'État* (1997-1998) ainsi que *Les Chevaliers* (2002-2003). Outre la série des *Catherine* et *La Florentine*, *Le Gerfaut* et *Marianne* ont fait l'objet d'une adaptation télévisuelle.
Du Moyen Âge aux années 30, les reconstitutions historiques de Juliette Benzoni s'appuient sur une documentation minutieuse. Vue à travers les yeux de ses héroïnes, l'Histoire, ressuscitée par leurs palpitantes aventures, bat au rythme de la passion. Figurant au palmarès des écrivains les plus lus des Français, elle a su conquérir 50 millions de lecteurs dans plus de 20 pays.

ELLES ONT AIMÉ

DU MÊME AUTEUR
CHEZ POCKET

Le Gerfaut

1. LE GERFAUT DES BRUMES
2. LE COLLIER POUR LE DIABLE
3. LE TRÉSOR
4. HAUTE SAVANE

Marianne

1. UNE ÉTOILE POUR NAPOLÉON
2. MARIANNE ET L'INCONNU DE TOSCANE
3. JASON DES QUATRE MERS
4. TOI MARIANNE
5. LES LAURIERS DE FLAMME – 1re PARTIE
6. LES LAURIERS DE FLAMME – 2e PARTIE

Le Jeu de l'amour et de la mort

1. UN HOMME POUR LE ROI
2. LA MESSE ROUGE
3. LA COMTESSE DES TÉNÈBRES

Secret d'État

1. LA CHAMBRE DE LA REINE
2. LE ROI DES HALLES
3. LE PRISONNIER MASQUÉ

Le Boiteux de Varsovie

1. L'ÉTOILE BLEUE
2. LA ROSE D'YORK
3. L'OPALE DE SISSI
4. LE RUBIS DE JEANNE LA FOLLE

(Suite en fin de volume)

JULIETTE BENZONI

ELLES ONT AIMÉ

BARTILLAT

ISBN 2-266-14771-4

Avant-propos

Par droit de naissance ou par mariage – parfois les deux ! – elles furent de grandes dames que les feux de l'Histoire ont éclairées à maintes reprises. Intelligentes, voire géniales comme Germaine de Staël, très belles ou pas du tout, aucune n'a manqué de ce miracle, ce don du Ciel – ou de l'Enfer ! – ce rien impalpable et envoûtant que l'on appelle le charme et dont rêvent celles qui en sont dépourvues parce qu'il vaut mieux que la beauté et soumet plus efficacement les hommes.

Ce sont eux qui, dans leurs vies, ont joué le rôle principal, car l'Amour fut toujours leur grande affaire aux dépens de ce que l'on nommait jadis la « vertu » joyeusement jetée par elles au vent de leur fantaisie. De la morale et des convenances elles ne se sont jamais souciées, les exigences de leur corps leur paraissant plus importantes, surtout lorsque le cœur y avait part.

L'homme – indispensable partenaire ! – fut rarement le maître. Parfois la victime, parfois le bourreau mais qu'importait au fond ? Ces femmes hors du commun ont éclaboussé leur temps de leur éclat et tissé des légendes avec le ruban de leurs cheveux dénoués et les dentelles de leurs chemises.

Perverses, coquettes, dominatrices ou rusées, tendres mais parfois impitoyables ou même féroces, elles ont employé tous les moyens au service de leurs passions.

Elles ont aimé, oui, et beaucoup ! Reste à savoir comment…

J.B.

ATROCE MABILE…

La vipère de Bellême

La vipère de Bellême

Elle n'était pas belle et le savait, mais elle fascinait par l'éclat inquiétant de deux yeux d'un vert doré, énigmatiques comme ceux d'un chat et par la splendeur d'une crinière de lionne, rousse comme une flamme. En dehors de cela, sa taille courte et grasse, précocement empâtée par d'énormes ripailles à la normande, sa peau tavelée de son et son nez trop gros détournaient le regard des garçons d'abord attirés par l'éclat apparent.

L'âme ressemblait à son enveloppe charnelle et, à quinze ans, Mabile Talvas, comtesse de Bellême, la plus riche peut-être et la plus puissante parmi les héritières de Normandie, joignait à la violence d'appétits sexuels dévastateurs et à une cruauté rare, même au XIe siècle, un goût de la fourberie et des menées tortueuses, une passion du mensonge et une cupidité qui, dès son plus jeune âge, avaient terrifié ses nourrices, ses compagnes, ses pages, ses serviteurs et jusqu'aux rudes guerriers qui gardaient les forteresses familiales.

Il faut bien avouer qu'elle avait de qui tenir. Son père, Guillaume Talvas, surnommé le Lièvre, était sans doute le coquin le plus redoutable, le plus couard en même temps que l'on pût trouver alentour.

D'ancienne famille bretonne venue chercher fortune un siècle plus tôt sur les riches terres normandes, Guillaume le Lièvre comptait pourtant, dans ses aïeux, des hommes de valeur. Yvon, l'ancêtre, esprit brillant, ingénieur en machines de guerre, avait eu la bonne fortune d'arracher des mains du roi Louis d'Outremer, le jeune duc Richard Ier de Normandie. La récompense avait été à la hauteur du service rendu : le vaste et riche comté de Bellême qui comportait tout le Perche et lançait des tentacules vers la mer.

Guillaume, son fils, avait reçu l'Alençonnais. Lui aussi était un bâtisseur, mais de forteresses. Il avait élevé celle de Bellême, celle de Domfront, celle de Mortagne, celle d'Alençon, mais la violence était latente dans le sang des Talvas et, avec la richesse, était venu le goût d'une puissance sans cesse accrue. Bientôt, Guillaume l'Ancien compta plus d'ennemis qu'il n'avait de châteaux…

À cette époque où la Normandie était fraîchement soumise aux guerriers venus du nord sur leurs drakkars aux couleurs rutilantes, la diplomatie était à peu près inexistante. Seule comptait la force du bras armé jointe à celle des bandes plus ou moins nombreuses, plus ou moins féroces. Les ducs eux-mêmes avaient le plus grand mal à obtenir un semblant d'ordre.

Aussi, en révolte contre Robert II, dit le Diable, Guillaume Talvas fut-il abattu avec la plus grande partie de sa famille. De ses quatre fils, ne resta que le dernier, Guillaume le Couard ou le Lièvre, Guillaume qui avait pris grand soin de ne point trop s'exposer aux coups et qui, par cette habileté, récoltait sans coup férir tout l'énorme héritage.

Devenu comte de Bellême, il entreprit de faire régner la terreur sur ses terres et, sûr de sa puissance, se crut tout permis. Qu'avait-il à craindre d'ailleurs ? Le duc Robert, mort en Terre sainte, n'avait laissé pour héritier qu'un enfant bâtard, un petit Guillaume né de ses amours avec Arlette, la jolie fille du tanneur de Falaise, et contre cet enfant tous les hauts barons se levaient, âpres à la curée, persuadés d'avoir sans peine raison d'un gamin sans puissance, presque sans soutien, quitte à s'entretuer ensuite pour la couronne ducale. Il avait fallu que les rares fidèles du petit Guillaume le fissent passer en France pour le confier à la protection du Roi. Mais l'absence de pouvoir à Rouen laissait le champ libre à toutes les fantaisies…

Un beau jour, Talvas, marié et pourvu de trois enfants, s'éprit d'une jouvencelle, bien rentée au surplus, car chez lui les sentiments devaient toujours s'appuyer sur une base solide, et s'aperçut du même coup que sa douce et pure épouse, Héréburge, lui était devenue une gêne et un problème. Or, s'il y avait une chose que Talvas détestait, c'était la gêne…

Au matin de Pâques 1042, la comtesse Héréburge suivie de ses femmes et tenant sa fille Mabile, alors âgée de dix ans, par la main, se rendait en grande pompe à l'église pour y entendre la messe. Elle n'avait pas fait la moitié du chemin qu'une troupe armée s'avança, dispersant les femmes, bousculant la fillette, qui alla rouler contre le montoir à chevaux d'une maison, avant de se jeter sur la comtesse. Quand ils quittèrent la place, il ne restait plus au milieu de la rue que le cadavre d'Héréburge gisant dans les soies pourpres de sa robe de fête, étranglée avec son propre voile…

L'horreur de ce crime secoua la ville, mais personne n'osa ouvrir la bouche. Seule Mabile, regardant son père au fond des yeux, remarqua :

– Vos hommes ont failli me tuer, moi aussi ! Dois-je me préparer à mourir ?

Talvas eut un vilain rire.

– Pourquoi vous tuerais-je, du moment où vous me promettez d'être aimable avec la nouvelle mère que je vais vous donner ?

– Je serai aimable ! promit l'enfant, mais la bouffée de haine qui enfla alors son cœur emporta tout ce qu'il pouvait demeurer, au fond de cette âme enfantine, de sentiments humains.

Son père lui montrait comment il fallait s'y prendre pour obtenir ce que l'on désirait, c'était là une leçon qu'elle n'oublierait pas… Et quand, deux jours après la mort d'Héréburge, Talvas épousa la fille dont il convoitait à la fois la beauté et les terres, l'enfant de l'assassinée assista, souriante, à la cérémonie. En contemplant le nouveau couple elle se disait que, faute de beauté, elle pourrait peut-être obtenir une grande puissance, une immense richesse et qu'après tout son père travaillait sans le savoir pour elle, pour le jour où elle serait seule maîtresse du fabuleux héritage… lorsqu'elle se serait débarrassée de son père et de ses deux frères…

Ces noces infâmes furent d'ailleurs marquées d'un épisode atrocement sanglant…

Dans son comté de Bellême, Talvas comptait une puissante famille de grands vassaux, les Giroie, seigneurs d'Echauffour, de Montreuil l'Argillé et de toute la vallée de la Charentonne. Ces Giroie, Bretons d'origine eux aussi et qui avaient jadis été les alliés, les amis, des anciens Talvas, étaient aimés autant que Talvas était haï. C'était une superbe famille : quatre filles et sept fils, des géants blonds faits pour porter le heaume conique et la cotte de mailles, des cavaliers aussi, puissants comme leurs chevaux percherons, riches de toutes leurs terres acquises par mariage ou à la pointe de l'épée.

Certes, ils reconnaissaient les comtes de Bellême pour suzerains, mais leurs terres leur appartenaient en propre et ces terres Giroie, Talvas brûlait maintenant de se les approprier…

Or, depuis quelque temps, les Giroie semblaient poursuivis par le malheur. Ernauld, l'aîné, luttant à mains plates avec un charbonnier de ses forêts, avait péri, les reins brisés, sur les dalles de sa cour seigneuriale. Le second, Foulques, était tombé en 1040, tué par son frère Robert en défendant leur tuteur commun, Gislebert de Brionne, accusé par les Giroie de malversations. L'avant-dernier, Hughes, venait de mourir d'un accident au cours d'un concours de tir à l'arc. Quant au dernier Giroie disparu, il était devenu fou.

Trois seulement restaient : Guillaume, un homme de bien, Robert, le meurtrier sans le vouloir, et Raoul, un être rare, une âme privilégiée, qui avait choisi à la fois le couvent et la médecine. Élève de la grande abbaye du Bec-Hellouin, il s'était retiré à celle de Saint-Evroult, qui devait tout à sa famille, pour y poursuivre des études vouées au soulagement de l'humanité souffrante, une préoccupation fort rare à l'époque et parfaitement insolite chez un seigneur. À cause d'une tonsure quelque peu hérissée, le peuple qui l'adorait l'avait surnommé « Malcouronné ».

De tous ces Giroie, c'était Guillaume que Talvas haïssait le plus parce qu'il était le plus riche. À ses noces scandaleuses, il l'invita et Guillaume, bonne âme, crut qu'un refus chagrinerait son voisin sur lequel s'appesantissait le ressentiment public. Mal lui en prit...

Le repas de noces terminé, Talvas se retira avec sa nouvelle épouse, livrant Giroie à ses hommes qui le martyrisèrent, lui coupèrent les oreilles, le nez, lui crevèrent les yeux et le châtrèrent avec une sauvagerie que l'on tenta par la suite d'attribuer à la folie du vin. Car le malheureux ne mourut pas de cette abomination qui eut lieu sous les yeux mêmes de Mabile, d'une Mabile qui y prit grand plaisir...

Soigné par Fulbert et Jean le Sourd, qui avaient été les maîtres de son frère Raoul, le malheureux Guillaume survécut, cacha sa face devenue monstrueuse sous un voile et choisit de devenir un saint. Mais tandis qu'il gisait sur son lit de souffrance, au château familial de Pont Echanffray, Robert s'en alla tirer son frère Raoul de son monastère.

– Nous ne sommes plus que deux ! lui dit-il. Avant que d'être un moine, tu es un Giroie. Tu dois m'aider à piéger le Talvas et à le punir de son forfait ; c'est toi que Guillaume aime le mieux...

Alors le grand moine quitta sa cellule au bord des étangs paisibles, réendossa la broigne à écailles de fer, ceignit la longue épée normande, mais, refusant le casque pour combattre tête nue, à la grâce de Dieu, suivit Robert.

Ils rameutèrent leurs gens et une hallucinante poursuite commença. Devant leur colère, Talvas détalait comme le lièvre de son surnom, traînant sa femme et sa fille avec lui, refusant le combat dont il savait qu'il ne sortirait pas vivant. Il allait de l'un à l'autre de ses châteaux, s'y cachant du lundi matin au mercredi soir, car la loi de l'Église avait institué la Trêve de Dieu qui interdisait l'usage des armes le reste de la semaine. Ces jours-là, alors, Talvas reparaissait, narguant ses ennemis… pas trop près tout de même car on ne pouvait pas savoir, puis filait se rembucher dans une autre tanière. Mabile suivait, silencieuse, murée sur ses pensées, mais jouissant des sueurs paternelles quand le danger se faisait plus pressant…

Chaque fois qu'ils trouvaient l'oiseau envolé, les Giroie brûlaient son gîte, puis reprenaient la piste, les dents serrées, plus sombres que jamais.

Un jour un jeune homme vint vers eux.

– Pour prendre un Talvas, il faut un autre Talvas… Laissez-moi vous aider, leur offrit-il.

Cet homme, c'était Arnulf, le propre fils du Lièvre… et qui ne valait guère mieux. Le cœur au bord des lèvres, les deux autres acceptèrent, traquèrent leur gibier qui, une fois de plus, leur échappa. Mais, cette fois-là, Talvas avait eu si peur qu'il passa en France laissant le champ libre. Arnulf d'ailleurs mourut peu après d'une indigestion. Il avait volé un cochon à une religieuse et le mangea tout entier.

Il ne restait plus, comme héritiers, qu'Yvon évêque de Sées… et Mabile. Bien souvent, celle-ci avait pensé tuer son père. Elle était habile en poisons, grâce à l'aide d'une sorcière de Bellême dont elle s'était fait une amie, mais le temps n'était pas encore venu de rentrer en Normandie et de réclamer ses terres… Les choses en effet changeaient d'aspect : le duc Guillaume, Guillaume le Bâtard, était revenu en force. En 1047, à Mézidon, il battait ses barons révoltés. Il était redevenu le maître, un maître à la poigne de fer.

– Vous n'avez pas combattu le duc, mon père, dit Mabile. Il est temps d'aller à Rouen plier le genou et réclamer vos biens. Le duc ne peut refuser car vous êtes trop haut sire !

Talvas suivit le conseil, alla à Rouen où il fut accueilli avec une grâce inattendue. Guillaume le reçut avec bonté… mais lui fit comprendre très vite que la récupération de ses terres était soumise à une condition : le mariage de sa fille et unique héritière avec son bras droit, son plus fidèle serviteur : Roger de Montgomery, seigneur de Vimoutiers…

Talvas et Mabile acceptèrent d'enthousiasme. Le premier parce que les terres Montgomery, jouxtant celles des Giroie, allaient permettre la prise en tenaille des ennemis de toujours, la seconde parce que Montgomery avait tout ce qu'il fallait pour lui plaire… jusqu'à une singulière habileté à manier son arme favorite, le poison. Par les soins de son « bras droit », le duc avait été proprement débarrassé de son tuteur et régent du duché, le duc Alain de Bretagne. Ce fut le seul qu'elle aima sans le lui dire jamais.

Le mariage eut lieu à Rouen, en grande pompe, et peu de temps après que Guillaume lui-même eut épousé, non sans peine, la farouche Mathilde de Flandres qu'il avait dû battre comme plâtre pour l'obliger à avouer qu'elle l'aimait.

Devenue dame de Montgomery, Mabile, libérée de la tutelle paternelle, entreprit la réalisation du vaste plan qu'elle s'était proposé. Son père, le tout premier, disparut à la suite d'un trop bon repas pris au château de Bures, chez son gendre. Puis elle s'occupa des Giroie.

Ceux-ci étaient mal en cour. Montgomery avait réussi à se faire donner une partie de leurs terres. Guillaume, l'Essorillé, était parti en pèlerinage en Terre sainte et son fils Ernauld avait fui en Italie. Raoul lui aussi avait quitté la vallée de la Charentonne pour s'adonner, en Sicile, à de plus hautes études de médecine auprès de la célèbre Trotula. Mais restait Robert, Robert marié à une cousine du duc, Adélaïde, dont Mabile sut se faire une intime amie. Et tout alla bientôt selon les désirs de la terrible femme : Robert mourut un beau soir après avoir mangé de superbes pommes que lui avait présentées sa propre épouse.

Mabile alors se crut assurée de la victoire. Les terres Giroie étaient pratiquement sans maître. Il suffisait de tendre les mains... Elle les tendit.

Soudain reparut Ernauld après son tour d'Italie, Ernauld qui rapportait au duc un manteau précieux... et faisait lui aussi sa paix. Tout était à recommencer. Mais la dame de Montgomery n'était pas femme à se décourager si facilement. Avec toute la grâce dont elle était capable, elle invita le jeune homme à un grand souper. Sans résultat. Prévenu, Ernauld s'excusa.

Alors, elle essaya autre chose : tandis qu'il se préparait à réintégrer son château d'Echauffour, on lui offrit, en signe de bienvenue, un pot de vin frais. Echauffour avait appartenu un temps à Mabile, Ernauld refusa le vin, mais l'un de ses compagnons assoiffé accepta... et mourut le soir même. Le malheur voulut que ce compagnon eût été le propre beau-frère de Mabile, Gislebert de Montgomery !

C'était encore raté ! Mais le Diable était avec l'affreuse petite femme : elle acheta les services du maître d'hôtel d'Ernauld, un certain Roger Goulafre de la Goulafrière qui, moyennant un tas d'or, se chargea volontiers d'accommoder les boissons de son maître. Et Ernauld rejoignit lui aussi ses ancêtres par la vertu des breuvages de Mabile. Il laissait un fils qui préféra s'en aller très vite offrir ses services au roi de France et mettre le plus de champ possible entre lui et sa dangereuse voisine.

Le temps d'ailleurs marchait. Le duc Guillaume, flanqué de Montgomery, s'en allait conquérir l'Angleterre. Les honneurs se mirent à pleuvoir sur les Montgomery, mais Mabile n'aimait pas la mer. Elle préférait demeurer sur ses terres normandes qu'elle continuait à arrondir au moyen de décoctions judicieusement distribuées tout en mettant dans son lit tous ceux de ses vassaux qu'elle jugeait convenablement bâtis. À la grande joie, il faut bien l'avouer, d'un mari désormais terrifié par une telle femme et qui ne souhaitait plus guère cohabiter. Et de cet éloignement elle souffrit, mais ne s'en montra que plus avide d'amants…

Le châtiment vint enfin, longtemps après : le 2 décembre 1082. Ce jour-là, Mabile, fidèle à une vieille habitude, avait pris comme de coutume son bain dans l'eau glacée de la Dives. Dûment ragaillardie, elle rentra chez elle, s'étendit sur son lit devant un grand feu, aussi nue que la main, suivant les coutumes d'un temps où l'on ne mettait rien pour se coucher. La nuit tombait d'ailleurs et Mabile, après s'être fait servir un bon repas, s'apprêtait à dormir quand la porte de sa chambre s'ouvrit, livrant passage à trois hommes armés de pied en cap.

Elle n'eut pas le temps de crier : une seconde plus tard, sa tête volait à travers la pièce, tranchée par un maître coup d'épée. L'auteur de cet exploit était un cousin des Giroie, Hughes de Saugei, dépossédé, lui aussi, au profit de Mabile, de son château de la Motte Igé. Puis les justiciers disparurent dans la nuit… sans même que le fils de Mabile, qui cependant tenait le château, eût paru s'apercevoir de leur intrusion. Il les poursuivit quelques heures après, pour la forme, et ne trouva rien…

On enterra la Locuste du Perche dans le couvent de Troarn… et Roger de Montgomery, devenu veuf, poursuivit tranquillement une éblouissante carrière qui le mena jusqu'à la vice-royauté d'Angleterre où, à l'aide d'une nouvelle épouse, il fonda la branche anglaise des Montgomery…

IMPÉTUEUSE BERTRADE !

Ou comment
on devient reine

Cette année-là, 1092, Tours préparait les fêtes de Pentecôte avec un éclat inusité. Les ordres du comte Foulques étaient formels : ne rien négliger pour que le visiteur attendu puisse se faire une haute idée de l'Anjou en général et des Plantagenêts, ses seigneurs, en particulier car le visiteur en question n'était pas n'importe qui !... Il s'agissait du roi de France, Philippe Ier, et, comme il était auréolé d'une grande réputation de magnificence, Foulques entendait que l'on se donnât du mal pour être au moins à sa hauteur.

Mais, parmi tous ceux qui attendaient le Roi, il y avait à Tours quelqu'un qui l'attendait tout particulièrement et ce quelqu'un, c'était Bertrade, la belle comtesse d'Anjou, la propre épouse du maître de maison. En fait, cette visite était son œuvre exclusive et elle en espérait beaucoup...

Quelques semaines plus tôt, incapable de contenir plus longtemps une curiosité aussi ardente que passionnée, elle avait écrit et fait porter à Philippe une lettre dont le moins que l'on puisse dire est qu'elle était assez inattendue, s'agissant d'une femme mariée s'adressant à un homme marié. Une lettre qui pourrait se résumer ainsi : « Je suis mal mariée et malheureuse en amour, car, sans vous avoir jamais vu, je vous aime et j'ai juré de n'appartenir, de corps et d'âme, à un autre homme que vous… »

Ce sont de ces choses qui frappent l'imagination, même quand on est marié, même quand on est roi… mais surtout quand on s'appelle Philippe Ier car c'était un roi d'un modèle un peu exotique.

Fils d'Henri Ier et d'une princesse russe, Anne de Kiev (la seule Russe qui eût jamais régné en France), il tenait de sa mère, une affolante sirène blonde venue du fond des steppes avec un train de princesse orientale et un trésor digne des *Mille et Une Nuits*, une extrême beauté, un tempérament volcanique, ce prénom de Philippe, byzantin et parfaitement inusité en France où les rois avaient plutôt tendance à se nommer Louis, et, bien entendu, le charme slave. Un charme qui plongeait dans la mélancolie nombre de femmes du royaume et ravissait quelques favorisées discrètes.

Or, ce colosse blond, taillé comme un dieu nordique et charpenté comme un ours, était marié depuis l'âge de quinze ans à une petite Hollandaise rose et ronde, Berthe de Hollande qui, de rose et ronde, était devenue avec les années obèse et couperosée. Elle lui avait donné (non sans peine car le premier s'était fait attendre huit ans) deux enfants : Louis et Constance, qui annonçaient déjà tous deux une nette propension à imiter le tour de taille maternel[1].

Dans ces conditions, il est aisé de comprendre que Philippe, grand amateur de beauté pure comme l'était

1. Louis était déjà surnommé le Gros.

sa mère, se fût mis à rêver sur l'espèce d'appel au secours de la comtesse d'Anjou. D'autant plus que la réputation de beauté de Bertrade n'était pas à négliger. Seigneurs et ménestrels vantaient à qui mieux mieux la splendeur de ses yeux sombres, les anneaux bleutés de sa longue chevelure, la grâce de sa démarche, la souplesse de son corps et la perfection de son visage. Bientôt, le roi n'y tint plus et fit annoncer à son vassal une visite de courtoisie, prétextant le désir déjà ancien qu'il avait de visiter une terre si riche, si fertile et si bien administrée. Ainsi noyé sous un grand seau d'eau bénite de cour, Foulques se rengorgea et mit en branle son personnel afin de justifier pleinement une si bonne opinion.

On aurait assez tendance à plaindre l'infortuné seigneur ainsi menacé d'une cruelle disgrâce si Foulques avait été un homme sympathique. Mais il s'en fallait de beaucoup qu'il le fût ! Ses sujets, qui s'y connaissaient, l'avaient surnommé le Réchin, autrement dit le Hargneux ou le Grognon. Dans son cas, c'était plutôt un euphémisme.

Le premier à s'en apercevoir avait été son frère aîné, Geoffroy le Barbu. Mécontent d'avoir reçu la Saintonge en apanage tandis que Geoffroy se taillait la part du lion avec l'Anjou et la Touraine, Foulques le Malgracieux avait pris le taureau par les cornes, sa bonne épée d'une main, sa bannière de l'autre et s'en était allé bouter le feu et la guerre chez son frère. Sans doute était-il meilleur guerrier car Geoffroy, battu et capturé à Brissac, s'était vu bouclé au fond d'une geôle fraternelle où il put méditer durant trente années, avant d'en mourir, sur les inconvénients d'un mauvais caractère chez un cadet, tandis que Foulques s'installait à sa place.

Les trois premières épouses du comte (Bertrade portait le numéro quatre) n'avaient pas eu à se louer de lui plus que le frère aîné. Hildegarde de Beaugency était morte d'une raclée un peu trop copieuse administrée de la propre main de son tendre époux au cours d'un léger accès de mauvaise humeur. Les deux suivantes, Hennengarde de Bourbon et Arengarde de Castillon n'avaient pas eu sort meilleur. Foulques s'en était débarrassé de la plus pieuse façon et l'une comme l'autre, répudiées, méditaient désormais dans un couvent sur les inconvénients d'un caractère pointilleux chez un mari.

Dans ces conditions, il est aisé à comprendre que la fière Bertrade, malgré sa beauté et le fils qu'elle avait eu le bon esprit de donner à son époux, ne se fît guère d'illusions sur ce qui l'attendait à plus ou moins brève échéance : tôt ou tard, l'aimable Foulques la prendrait en grippe, et comme elle n'avait goût ni pour la vie monastique, ni pour une fin prématurée, Dieu seul savait comment cela se terminerait ! De là l'idée de prendre les devants et d'assurer sa sécurité tout en donnant libre cours à son penchant naturel pour les beaux hommes, catégorie à laquelle n'appartenait pas le Réchin.

L'arrivée de Philippe Ier à Tours, outre l'éclat exceptionnel qu'elle revêtit, confirma Bertrade dans l'opinion qu'elle avait eu pleinement raison de s'adresser à lui. Le coup de foudre fut immédiat, réciproque et tandis que le géant blond s'assurait le cœur de l'ardente comtesse, la capiteuse beauté de Bertrade déchaînait chez le Roi l'une de ces passions dévorantes qui occupent toute une vie et dont on ne se relève pas.

Dès le lendemain de l'arrivée, une courte conversation les éclaira sur leurs sentiments mutuels.

– Je suis venu, ainsi que vous me l'avez demandé, dit Philippe, je vous ai vue et mon cœur a cessé de m'appartenir, mais ai-je vaincu bien réellement le vôtre ?

– Il y a longtemps que le mien vous appartient, déclara Bertrade à ce César d'un nouveau genre, mais, si vous désirez que je sois à vous tout entière, il vous faut m'enlever !

– Où et quand vous voudrez ! Dès maintenant, je sais que je ne pourrai plus me passer de vous.

C'était, comme on le voit, un homme de décision et, sur ce point, la belle comtesse ne lui était pas inférieure. C'était, également, un homme assez bien armé sous le rapport de la dissimulation, et, tandis que, dans l'église Saint-Jean, Philippe inaugurait avec Foulques les fonts baptismaux tout neufs et jurait à son hôte une éternelle amitié, Bertrade, qui s'était fait dispenser de la cérémonie sous le fallacieux prétexte d'un malaise, faisait ses bagages. Les adieux officiels avaient eu lieu. Visite terminée, le Roi quittait Tours immédiatement après la cérémonie pour regagner sa ville royale d'Orléans où se tenait sa cour. Et quand, après les congratulations d'usage, Philippe prit congé de son hôte et sauta à cheval pour prendre le chemin du retour, Bertrade, le cœur battant et le sourire aux lèvres écouta monter puis décroître les acclamations qui saluaient le départ de l'hôte illustre. Elle savait que bien peu de temps s'écoulerait au sablier avant qu'elle ne retrouvât Philippe. Il n'allait pas bien loin…

Exactement jusqu'au premier pont jeté sur le Beuvron où il s'installa pour tendre à sa belle un simulacre d'embuscade. De son côté, Bertrade, escortée seulement de deux suivantes, monta à cheval vers la fin du jour et quitta le château, prétendant aller faire ses dévotions dans un moutier des environs. Mais, à peine hors de la ville, elle piqua des deux et rejoignit au grand galop celui qui, dans sa pensée, était déjà son amant.

Une heure plus tard, sous la tente de soie qu'il avait fait dresser au bord de la rivière, il le devenait réellement. Ce fut, grâce à la douceur du temps, une mirifique nuit d'amour à la belle étoile dont ni l'un ni l'autre ne devaient jamais oublier le goût sauvage. Et le lendemain, en pleine lune de miel, ils empruntèrent côte à côte le chemin d'Orléans, mais en prenant bien garde de ne pas se hâter car il fallait laisser aux émissaires de Philippe le temps de faire un peu de ménage au palais royal... au palais royal où vivait tranquillement l'innocente Berthe de Hollande, victime inconsciente de sa cellulite et de son amour des pâtisseries.

Dans un grand souci de délicatesse, le Roi jugeait peu élégant de mettre en présence une compagne de vingt ans et une maîtresse de la veille. Il avait donc décidé de faire place nette et tandis que, sous sa tente, il initiait Bertrade aux joies violentes de l'amour partagé, quelques-uns de ses hommes galopaient, mors aux dents, pour informer la Reine de son infortune conjugale et d'une répudiation peut-être un peu précipitée mais irrévocable. C'est tout juste si on laissa à la pauvre femme, le temps de se confectionner un baluchon avant de l'embarquer dans une litière fermée et de la conduire, sous forte escorte, jusqu'au couvent de Montreuil-sur-Mer. C'était un bon couvent, solide et, pour l'époque, relativement confortable. Et puis, surtout, Philippe n'en connaissait pas de plus éloigné. Mais on devine sans peine de quel œil les deux enfants de la répudiée, le gros Louis et sa sœur

Constance, considérèrent l'arrivée fracassante de la nouvelle conquête paternelle.

– Tôt ou tard, murmura Constance, il faudra nous débarrasser de cette femme.

– Mais le plus tôt sera le mieux, répondit Louis en écho.

Il serait donné à Louis d'exécuter le projet commun car, en ce qui concerne Constance, ce fut Bertrade qui s'en débarrassa, de façon agréable d'ailleurs, mais définitive, en la mariant.

Que faisait, pendant ce temps, le Ménélas de cette nouvelle Hélène ? Naturellement, Foulques le Grincheux n'avait pas manqué une si belle occasion de se mettre en colère. Cet ancêtre des rois d'Angleterre n'était malheureusement pas celui de l'humour anglais. Il jeta feu et flammes, couvrit Philippe et Bertrade d'injures qui faisaient grand honneur à son vocabulaire et prit la Chrétienté tout entière à témoin de son malheur. On a beau savoir se débarrasser allégrement de ses femmes successives, il est toujours offensant de se voir pris de vitesse et laissé pour compte.

Du moment où Bertrade ne voulait plus de lui et le faisait savoir de façon éclatante, Foulques découvrait que, justement, il tenait essentiellement à Bertrade.

Son premier mouvement fut de prendre les armes et d'aller investir Orléans, mais il se ravisa : les deux autres enfermés dans la ville et bien protégés par une armée puissante, ne le craignaient guère en vertu du vieil adage qui veut que l'amour se rie de tout. Foulques comprit qu'il perdrait son temps et, à la réflexion, tourna les talons mais, au lieu de rebrousser chemin, préféra prendre celui de Rome.

Philippe avait eu en effet une idée brillante : non content d'avoir cloîtré sa femme et d'avoir enlevé celle d'un ami, il s'était mis dans la tête de l'épouser. Il voulait que sa bien-aimée pût coiffer la couronne royale et cela dans les plus brefs délais. C'est dire que le recours à Rome pour mettre la situation au net lui paraissait insupportablement long ! Mais, quand on est roi, on trouve facilement des amis obligeants tout prêts à vous aider. Il en trouva : quelques évêques de bonne volonté qui, pour lui faire plaisir, annulèrent tranquillement son mariage avec Berthe puis un autre, Ursion, évêque de Senlis, qui accepta de bénir à Paris son union un peu hâtive avec Bertrade.

C'était cette dernière nouvelle qui avait décidé Foulques à s'en aller voir à Rome de quel œil le pape voyait la chose. Il fut tout de suite fixé : le pape Urbain II voyait cela fort sévèrement, mais, engagé dans la lutte du Sacerdoce et de l'Empire, le Saint-Père avait bien d'autres chats à fouetter. En outre, depuis des années déjà il était hanté par l'idée d'une Croisade qui enlèverait aux Infidèles le tombeau du Christ et assurerait la sécurité des pèlerinages à Jérusalem. Enfin, c'était un homme sage qui connaissait bien la nature humaine : il pensa qu'avec des tempéraments aussi volcaniques que ceux de Philippe et de Bertrade, l'amour ne serait qu'un feu de paille, s'éteindrait de lui-même et que tout rentrerait dans l'ordre sans qu'il eût à se mettre à dos l'un des principaux souverains de l'Europe au moment où il en avait si grand besoin.

Ce laps de temps donna aux deux coupables tout le loisir de mettre au monde deux enfants… et à la malheureuse Berthe celui de mourir d'ennui dans son couvent des bords de la mer (en 1094). Au reçu de cette nouvelle, Philippe ne perdit pas un instant et convoqua à Reims une vaste réunion d'évêques pour faire valider un mariage dont la légitimité, tout de même, lui paraissait sujette à caution.

C'était aller un peu vite car, si Berthe de Hollande était morte, Foulques, lui, était bien vivant et pas calmé le moins du monde. En vertu de quoi la belle réunion d'évêques ne valida rien du tout. Car le pape trouvant, cette fois, la chose un peu forte, se fâchait : il commença par excommunier le roi de France et sa concubine. Puis, il convoqua le concile à Nîmes et vint le présider personnellement.

Un peu inquiet de la tournure prise par les événements, Philippe promit de renoncer à Bertrade et se sépara d'elle momentanément : tout juste le temps nécessaire au pape pour lui donner l'absolution et retourner chez lui. Après quoi, incapable de résister à la passion toujours aussi vive qu'il éprouvait, il rappela Bertrade auprès de lui, puis fit la sourde oreille quand on vint lui parler de la Croisade : il ne supportait déjà pas l'idée de se séparer de son amie pour quelques jours, il n'était donc pas question de s'en aller guerroyer au bout de la terre, sans trop savoir si l'on en reviendrait et, avec pour tout viatique, une boucle de cheveux noirs pour charmer ses soirées solitaires. Il y aurait bien eu la solution d'emmener Bertrade mais Dieu sait comment Urbain II aurait pris la présence de la sémillante comtesse au milieu de l'armée du Christ…

Aussitôt prévenu des incartades de Philippe, le pape entra dans une violente colère et, non seulement excommunia de nouveau le couple adultère mais, cette fois, lança l'interdit sur tout le royaume. C'était, alors, une arme terrible et justement redoutée : toute vie religieuse devait s'arrêter dans le royaume et, comme les prêtres et moines accomplissaient nombre de tâches de toute première nécessité, c'était laisser les malades sans soins, les morts sans sépulture, les mourants sans consolations, les enfants sans baptême et les mariages sans bénédiction : c'était la mort spirituelle pour tout le monde.

Le peuple en gémit de douleur et s'enferma pour prier Dieu d'éclairer son souverain. Philippe fit la sourde oreille. Trop pris par son amour, il se moquait bien des souffrances de ses sujets. Lui et Bertrade s'affichaient avec un dédain superbe. L'excommunication semblait les laisser froids et quand, à leur entrée dans une ville, les cloches demeuraient muettes, les portes se fermaient, et les gens se sauvaient comme devant la peste ils riaient de ce qu'ils appelaient la pusillanimité des manants. Un jour même où, après leur départ, les cloches s'étaient remises à sonner et où leur chant plaintif les poursuivait dans la vaste plaine où ils chevauchaient côte à côte, Philippe se pencha vers sa compagne et lui dit en riant :

– Écoute, ma belle, écoute comme ils nous chassent !

Pourtant, malgré l'endurcissement de leurs trop heureuses amours, les coupables fussent peut-être venus à composition tant les souffrances étaient grandes... et tant les murmures des grands devenaient gênants. Mais, l'année même où les Croisés de Godefroy de Bouillon entraient dans Jérusalem, le grand pape Urbain II mourait. Son successeur, Pascal II, allait se montrer infiniment plus compréhensif.

Il envoya en France deux de ses fidèles, Jean de Gubbio, cardinal de Sainte-Anastasie, et Benoît, cardinal de Sainte-Eudoxie, avec des instructions très modérées : cette vieille histoire commençait à traîner en longueur et, après tout, un amour aussi tenace méritait bien quelque considération : enfin Foulques le Réchin s'était calmé par force, car il avait suffisamment à faire chez lui où ses fils menaçaient de s'entr'égorger. Ainsi, le jeune Foulques, fils de Bertrade, n'avait échappé à son aîné, Geoffroy-Martel, fils de l'une des répudiées, qu'en fuyant à la cour de France où il avait trouvé bien entendu accueil, aide et assistance.

Alors, le père affligé s'était rendu auprès de son ancienne épouse et de son rival pour leur dire sa reconnaissance et les retrouvailles s'étant passées le mieux du monde, cela donna toute latitude aux deux cardinaux pour faire traîner les choses en longueur afin de ne pas troubler une atmosphère aussi familiale.

Pourtant, il y avait, à la cour de France, deux personnages qui ne désarmaient pas : le prince Louis et sa sœur Constance. Louis, déjà associé au trône par son père suivant la coutume féodale, était sans cesse en butte à des tentatives d'assassinat contre lesquelles son père ne le défendait que mollement. Quant à Constance, dont Bertrade s'était débarrassée en la mariant, son mariage avait si mal tourné que la princesse était revenue chez son père, ce qui n'avait pas arrangé un caractère capable de supporter la comparaison avec celui de Foulques lui-même.

En 1097, elle avait quinze ans, quand on l'avait mariée au séduisant Hughes, comte de Champagne. Mais celui-ci, après huit ans de mariage… et l'amère constatation que son épouse serait bientôt aussi ronde que feue Berthe de Hollande sa belle-mère, s'était avisé tout à coup de ce que son mariage offensait l'Église pour la raison que lui et Constance étaient cousins au troisième degré. Aussitôt, il avait convoqué un concile à Soissons, battu sa coulpe et déclaré hautement, avec de vraies larmes dans les yeux et de la cendre sur la tête, qu'il était un grand coupable et que son mariage était un trop grand péché pour continuer normalement.

Hautement édifiés, les évêques félicitèrent Hughes de son zèle pieux et renvoyèrent Constance à son père tandis que l'hypocrite seigneur courait se consacrer à la jolie fille svelte qui lui avait inspiré des principes d'une si grande délicatesse. Constance, la rage au cœur, regagna le château paternel de Melun où se tenait alors la Cour.

L'œil ironique avec lequel Bertrade salua le retour au bercail de sa belle-fille fut plus que la princesse n'en pouvait supporter : la guerre entre les deux femmes devint inexpiable. Tant et si bien que Bertrade chercha fébrilement un nouvel époux pour cette fille qui, maintenant, lui faisait peur. Les tentatives d'empoisonnement reprirent de plus belle entre Bertrade et les enfants de Berthe mais, cette fois, dans les deux sens et sans d'ailleurs amener autre chose que de violentes indigestions de part et d'autre. N'est pas Borgia qui veut !...

L'époux souhaité tomba brusquement du Ciel un soir de mars 1106. Il se nommait Bohémond de Tarente, prince d'Antioche par la grâce de la Croisade et, tout juste libéré des geôles de l'émir de Sivas, Gumutchekin, il accourait en France y demander des secours en or et en hommes pour continuer la guerre contre son ennemi. C'était un homme d'une cinquantaine d'années, mais qui ne les portait guère : sanglé de la tête aux genoux dans la broigne normande aux écailles d'acier qui le faisaient ressembler à quelque requin géant, ses yeux sauvages, couleur de mer, séparés par le nasal de fer et le chaume clair qui couvrait sa tête grisonnant à peine, Bohémond avait l'allure d'un héros de roman et, en fait, c'en était un à sa manière qui était assez celle de Maître Renard.

Les amples formes de Constance n'étaient pas pour lui faire peur. Il trouva la princesse à son goût et la dot royale plus encore. Quelques mois plus tard, il emmenait Constance sans esprit de retour tandis que l'une des filles de Bertrade, la petite Cécile âgée de onze ans, quittait à jamais sa famille et s'embarquait elle aussi pour la Terre sainte afin d'y épouser Tancrède, le propre neveu de Bohémond, et de resserrer ainsi l'alliance royale.

Si grand fut alors le soulagement de Bertrade en voyant disparaître à l'horizon une belle-fille si profondément détestée, qu'elle ne montra que peu d'émotion devant le départ de sa propre enfant. Il est vrai que, sur les quatre qui avaient sanctionné son adultère royal, il lui en restait encore trois : le jeune Philippe, déjà marié à la fille du sire de Montlhéry, Fleury âgé de douze ans et Eustacie qui en avait sept.

Seul, en face de sa terrible belle-mère, demeurait le prince Louis. Mais, privé de sa meilleure alliée, le Gros choisit la prudence et se tint écarté le plus possible des terrains de chasse de Bertrade. Il se savait, d'ailleurs, mal toléré par un père, toujours aussi amoureux qui prenait automatiquement le parti de sa bien-aimée et, dans ces conditions, il préférait sagement éviter les drames familiaux.

Sa patience fut enfin récompensée quand, dans la nuit du 30 ou 31 juillet 1108, Philippe Ier mourut, sans laisser beaucoup de regrets, tué par les excès d'amour.

« Depuis qu'au détriment de sa femme légitime, devait écrire plus tard Suger, le fidèle conseiller du nouveau roi Louis VI et son plus sage ministre, Philippe s'était uni à la comtesse d'Anjou, il ne faisait plus rien qui fût digne de la majesté royale : entraîné par sa passion désordonnée pour cette femme qu'il avait enlevée, il ne connaissait d'autres soins que de se livrer à la volupté, ne pourvoyant à aucun des besoins de l'État et, s'abandonnant aux plaisirs plus qu'il ne fallait, ne ménageait pas même la santé de son corps. »

On enterra Philippe au monastère de Fleury-sur-Loire. La lutte interminable, entre Bertrade et son beau-fils s'achevait. Comme jadis Berthe de Hollande, la comtesse fut chassée de son palais et dut chercher refuge au prieuré des Hautes-Bruyères où elle finit par mourir en 1117, ignorant le destin glorieux de son premier fils, Foulques d'Anjou qui devait, quelques années plus tard, épouser la princesse Mélisende de Jérusalem et coiffer, à son tour, la couronne royale de Terre sainte…

TENDRE ISABELLE !…

Une belle
de l’Escadron Volant

I

Pas un mot à la Reine Mère

La reine Catherine de Médicis avait, sur les activités de ses filles d'honneur, des idées bien personnelles.

D'abord elle les choisissait avec le soin que met, de nos jours, un propriétaire d'écurie de course dans la sélection de ses poulinières, en se basant sur trois critères : les candidates devaient être très belles, intelligentes et très accessibles. Des trois vertus d'ailleurs, c'était l'intelligence qui était la moins demandée. Point trop n'en fallait : juste le nécessaire pour bien comprendre les missions dont on était investie sans avoir, surtout, l'idée de les discuter. Moyennant quoi l'existence la plus fastueuse et la plus élégante était assurée. On devenait instrument de gouvernement, donc objet précieux entre tous car, à la cour de la reine Catherine, seules la politique et la raison d'État avaient droit de cité. Quant à l'intelligence, elle se la réservait…

Ce groupe frivole, élégant, ravissant et parfumé s'était vu gratifié du sobriquet d'Escadron Volant et, à la Cour, tout un chacun savait à quoi s'en tenir sur ses occupations réelles. On savait, par exemple, que, seul, le charme blond de Mlle de Rouhet avait décidé le faible Antoine de Bourbon à délaisser le parti protestant et à porter son aide à la Reine. C'était un exemple entre vingt autres en attendant que, plusieurs années plus tard, la charmante Charlotte de Beaune-Semblançay, baronne de Sauves, ne fît faire les pires folies à l'incandescent Henri de Navarre, la bête noire de Catherine qui, avec lui, devait s'installer dans un rôle de belle-mère tyrannique et dangereuse…

C'était, à dire vrai, un temps sans pitié – nous sommes en l'an de grâce 1560 – et les guerres de Religion avaient entrepris de dévaster la France, partageant peuple et noblesse en deux groupes d'ennemis irréconciliables qui s'entretuaient sans frein ni jugeote au nom de la messe en français ou en latin.

Placée entre eux comme entre marteau et enclume, Catherine, malgré sa volonté obstinée de paix, avait fort à faire pour essayer de sauver l'essentiel, c'est-à-dire une certaine unité et la prééminence du pouvoir royal. Son premier fils, François II, un grand malade, était mort après un an de règne et l'épouse du défunt, la jolie et frivole Marie Stuart, avait regagné les brumes de son Écosse natale. Catherine, régente durant la minorité de son second fils Charles IX, sportif hémophile et d'autant plus forcené, sentait peser sur ses épaules tout le poids du royaume en ébullition. Ce poids, à vrai dire, elle allait le porter sans défaillance durant des années, avec des erreurs car elle était humaine (et la pire fut sans doute la Saint-Barthélemy, ce gage sanglant donné aux Guise qui n'en continuèrent pas moins à semer la discorde) mais en grand homme d'État[1]. Comme telle,

1. C'est de toute évidence cette Saint-Barthélemy qui détruisit la réputation d'une reine qui, sans cela, eût mérité d'être, elle aussi, surnommée Catherine la Grande.

Catherine savait qu'en politique tous les moyens sont bons, même les plus tortueux d'où l'Escadron Volant. À ses yeux, une arme était bonne si elle était sûre et cette troupe de jolies filles était non seulement sûre mais singulièrement efficace.

C'est ainsi qu'un matin de mai, Catherine fit appeler l'une des plus jolies de ses demoiselles. Elle se nommait Isabelle de Limeuil. Elle était blonde comme le lin, fraîche, avec d'admirables yeux gris bleuté, très doux, une grâce incomparable et un corps à damner un anachorète. De plus, elle était quelque peu cousine de la Reine qui, par sa mère, appartenait à la noble et très française famille de La Tour d'Auvergne. Catherine aimait bien cette charmante Isabelle qui était un peu sa favorite.

À peine la dame de service eut-elle refermé sur les deux femmes la porte du cabinet des Parfums de Catherine que celle-ci attaqua, sans préambule, ce qui était assez dans sa manière.

– Que penses-tu de M. de Condé ? demanda-t-elle.

– M. de Condé ? Mais, Madame… je ne sais ?

– Comment ça, tu ne sais ? Est-ce que tu ne m'accompagnais pas, hier, à l'île aux Bœufs, à ces conversations qui ont opposé Condé à Montmorency pour la signature de la trêve ? Si tu n'as pas regardé Condé, qui donc regardais-tu ?

Au ton de la Reine, Isabelle jugea que ce n'était pas le moment de chercher à comprendre. Elle se contenta de baisser la tête et de biaiser car, en vérité, elle n'avait pas du tout regardé le prince de Condé. Ses yeux avaient mieux à faire ! À tout hasard, elle commença :

– Il m'a paru aimable… et de bon air… et…

Catherine se mit à rire et, du geste, lui intima silence.

– *Basta !* fit-elle, tu n'es qu'une sotte et, ce qui est pire, tu me prends pour une sotte ! Si je te demandais de décrire ce « bon air » du prince, tu serais bien empêchée, ma belle ! Crois-tu que j'ignore que tu n'as d'yeux que pour ce fat de Robertet ? N'essaie pas de nier, tu mentirais et, d'ailleurs, cela m'est égal car, si tu n'as pas regardé Condé, lui, par contre t'a regardée et beaucoup trop sans doute pour le repos de ses nuits ! Or, écoute bien ce que je vais te dire. Isabella *mia*, et surtout arrange-toi pour le graver dans ta jolie tête : j'ai besoin que Condé nous soit acquis, tu m'entends, tout acquis ! Il est le plus important chef protestant, tu ne l'ignores pas ?

La voix de la Reine n'avait pas monté d'un ton. Elle était demeurée égale, contenue en une sorte de ronronnement coloré d'accent italien, assez berceur mais où, pour qui la connaissait bien, se dissimulait une impitoyable volonté. Isabelle releva sur elle des yeux pleins de candeur.

– Je le sais, Madame, mais qu'avez-vous désormais besoin de vous assurer du chef huguenot ? Est-ce que, justement depuis hier, la trêve n'est pas conclue ? Il n'y a donc plus rien à craindre.

– Ah ! tu trouves ? Sais-tu que les troupes de la Religion, fortement truffées d'Anglais, tiennent toujours Le Havre ? Ce Havre qu'ils ont promis à Élisabeth, en cas de victoire, par le honteux traité d'Hampton Court ? L'Anglais sur le sol de France, Isabella, comme au temps de Du Guesclin et de Jehanne la Pucelle, imagines-tu cela ? Je ne suis pas le Connétable, et, toi, tu n'es plus pucelle depuis longtemps. Quant à Condé, il est le seul qui puisse nous faire rendre la ville. Voilà pourquoi il faut, tu entends, il faut que tu t'intéresses à lui !

– Mais Madame…

– Ne réplique pas ! C'est un ordre ! Que t'importe d'ailleurs, à toi, un homme de plus ou de moins ? De Ronsard à Montmorency, les amants ne t'ont pas manqué, j'imagine ? Alors pourquoi pas Condé ? Il est prince de sang et il n'a rien de repoussant. Ta mission pourrait être pire !

La voix de Catherine ne s'était toujours pas élevée, mais, imperceptiblement, elle s'était faite cassante. Isabelle connaissait bien ce symptôme et préféra capituler sans combattre plus avant.

– Quels sont les ordres de Votre Majesté ? fit-elle en pliant le genou.

– Tout à l'heure, nous quittons Blois pour Chenonceaux. Nous coucherons cette nuit à Chaumont. Monsieur de Condé sera des nôtres. Arrange-toi pour lui sourire souvent, chaque fois que tu rencontreras son regard par exemple ! Oh !... Et puis ce n'est pas à moi de t'apprendre ton métier de femme. Le manège de la coquetterie n'a plus de secrets pour toi depuis longtemps, il me semble ! Débrouille-toi !

– Bien, Madame ! Je ferai de mon mieux.

Nouvelle et profonde révérence après quoi Isabelle sortit de la pièce pour se préparer au voyage. C'était la première fois qu'un ordre de la Reine la prenait au dépourvu et même lui causait une peine réelle. C'est que, même les coquettes professionnelles connaissent les faiblesses du cœur et, depuis quelque temps, la blonde fille d'honneur avait vu le sien, si volage jusque-là, se fixer sur un jeune et brillant seigneur. Fils d'une puissante famille de financiers, Florimond Robertet était beau comme un dieu, mais, comme l'avait dit Catherine, passablement fat. De plus, il n'était pas non plus très intelligent, mais allez donc demander à une fille éprise d'un beau garçon de se préoccuper de son intelligence ? Isabelle aimait les yeux ou, plutôt, les oreilles fermées, mais de toutes ses forces. Et elle n'avait aucune envie de faire du charme au petit Condé ! Mais le moyen de désobéir quand on n'a pas la vocation du couvent ?...

Il fallut demeurer à Chaumont plus longtemps que prévu. Dans la nuit, une véritable tempête se déchaîna sur le Val de Loire. Le vent soufflait avec tant de violence que plusieurs arbres de la forêt s'abattirent à grand fracas cependant que le fleuve et le Cher, débordant de concert, mirent en quelques heures les chemins hors d'état de servir. Comme il était impossible de risquer le jeune Roi, la Reine Mère et le lourd charroi de la Cour dans ces routes impossibles, on prolongea le séjour.

Durant cette claustration forcée, Condé employa son temps à essayer d'approcher Isabelle dont la beauté, en effet, l'avait frappé le jour où la fameuse trêve avait été conclue. La jeune femme possédait tout juste le genre de charme devant lequel ce grand amateur de belles dames ne savait rester insensible.

Louis de Condé avait le sang chaud, le tempérament bouillant et, tout de suite, il éprouva pour elle un désir violent. C'était l'une de ces amours jalouses et exigeantes qui ne trouvent de repos que dans la possession de l'être aimé, mais où l'âme compte pour bien peu. Et Condé se flattait de l'espoir qu'Isabelle serait à lui sans faire plus de difficultés que n'en avaient opposé ses précédentes et nombreuses maîtresses. N'appartenait-elle pas à ce fameux Escadron Volant qui collectionnait les amants ? Qu'Isabelle fût à lui était tout ce que désirait le prince. D'amour réel, il se souciait assez peu...

Dûment chapitrée par Catherine, la jeune femme accepta volontiers ses hommages, sourit beaucoup, coquetta avec art et, ainsi, d'œillades en minauderies le traîna derrière ses jupes aussi bien durant le séjour forcé de Chaumont que sous les ombrages de Chenonceaux où l'on réussit tout de même à se rendre une fois le temps redevenu souriant. Mais, désobéissant pour une fois aux ordres formels de sa maîtresse, Isabelle se refusa catégoriquement à porter le débat sur un terrain plus intime et plus brûlant quand Louis de Condé l'en pria.

À vrai dire, une certaine résistance n'était pas pour déplaire au guerrier. Elle mettait du piment et du prix au futur abandon. Mais le malheur voulut que la vaniteuse sottise de Florimond Robertet, l'amant en titre d'Isabelle, vînt tout gâter.

Dans une réunion de seigneurs parmi lesquels se trouvait Condé, le jeune sot se vanta sans discrétion des triomphes nombreux et répétés qu'il remportait auprès de la cousine de la Reine. Désormais renseigné sur la raison profonde du refus d'Isabelle, et vexé en conséquence, Condé quitta la cour, regagnant à francs-étriers son château de Condé-en-Brie pour y remâcher sa déception.

Accessoirement, sa femme, l'intrépide Éléonore de Roye, venait de tomber malade et le rappelait, mais il est probable que, sans le camouflet qu'il venait d'essuyer, Condé n'eût pas montré tant de hâte à la rejoindre. Bien entendu… et encore plus accessoirement il ne fut plus question de faire restituer Le Havre à la couronne. Les espoirs d'Élisabeth d'Angleterre sur le grand port normand reprirent de la vigueur.

Ce qui, par la même occasion, reprit aussi de la vigueur, ce fut la colère de Catherine de Médicis. À peine Condé eut-il tourné les talons que cette colère, redoutable entre toutes, s'abattait sur la coupable.

– Sotte ! Misérable coquine ! Triple buse ! Pauvre idiote ! C'est ainsi que tu obéis à mes ordres ? C'est ainsi que tu accomplis les missions délicates que je te confie ? Condé est loin maintenant et l'Anglais couve toujours Le Havre ! Es-tu donc déjà lasse de la vie et ne sais-tu pas ce qu'il en coûte de se mettre en travers de mes vues politiques ?

Jamais Catherine, ordinairement très maîtresse d'elle-même, n'avait crié si fort. À demi prosternée bien plus qu'inclinée devant elle, Isabelle de Limeuil, terrifiée, faisait le dos rond sous la fureur royale. Elle tremblait de tous ses membres, possédée d'une terreur qui n'était pas feinte. C'était la première fois qu'elle voyait la Florentine s'abandonner à une telle colère et, au fond d'elle-même, l'angoisse naissait. Isabelle, sans vouloir encore se l'avouer, tremblait pour sa vie. Les mauvaises langues prétendaient que la Reine était habile à conduire de vie à trépas les traîtres... ou les maladroits ! Or, à entendre Catherine, ce qu'elle venait de faire relevait tout droit de la haute trahison.

Brusquement, la Reine cessa la promenade furieuse qu'elle exécutait autour de sa chambre, s'arrêta auprès de la jeune femme et, la saisissant par le poignet avec une vigueur qui eût fait honneur à un lansquenet, elle la força à se relever.

– Écoute-moi bien, Isabella *mia*, gronda-t-elle entre ses dents, écoute-moi bien et fais en sorte de comprendre chacune de mes paroles car je ne les répéterai pas : je vais écrire à Louis de Condé pour le faire revenir. Au besoin, je le lui ordonnerai. Il reviendra, car il n'osera pas désobéir. Ce serait un acte de rébellion ouverte ! Mais, quand il sera là, je t'ordonne, tu m'entends, je t'ordonne de lui faire part de tes regrets, des soupirs que t'a arrachés son absence ! Je t'ordonne de te montrer suffisamment éprise même pour qu'il n'ait bientôt plus rien à désirer. Car je le veux heureux, Isabelle, très heureux même ! Rien de tel pour faire oublier la guerre à un guerrier que le lit parfumé d'une jolie femme longtemps désirée. À ce prix-là seulement je te pardonnerai car, alors, ta résistance n'aura été qu'un piège de plus. Même, Je te récompenserai !

Malgré sa terreur, la jeune femme tenta, courageusement, de défendre encore son indéfendable amour.

– Ayez pitié, Madame… et daignez charger de cette mission une autre de vos filles ! Je ne puis aimer le prince puisque j'en aime un autre !

Les yeux pâles de Catherine lancèrent des éclairs.

– Cet imbécile de Robertet ? Comment oses-tu seulement me parler de lui ? Sur la foi de sa belle figure et de sa prestance, je l'avais envoyé à Élisabeth pour la séduire. Mais il n'a su que se rendre ridicule : l'Anglaise riait de lui et le traitait d'oison ! Tu as bon goût, en vérité, et je te félicite ! Mais là n'est pas la question : entre les faiblesses de ton cœur et Le Havre, je n'hésiterai jamais ! Ou bien tu combleras les vœux de Condé (et il n'est pas question de te trouver une remplaçante puisque c'est toi qu'il veut) ou bien je te chasserai de la Cour, sous un prétexte quelconque. À moins que tu ne sois obligée de t'en éloigner de toi-même… par exemple pour raison de santé !

Lâchant enfin la jeune femme, Catherine alla s'asseoir sur un haut fauteuil au dossier raide où ses éternels voiles de deuil s'encadrèrent tout naturellement, faisant plus pâle son visage trop rond, si semblable, selon les mauvaises langues, à celui de son oncle, feu le pape Léon X… qui n'était pas spécialement beau.

– J'attends ta réponse ! dit-elle froidement.

Éperdue, Isabelle avait enfoui son visage dans ses mains. Les épaules courbées, elle pleurait à petits bruits, mais elle comprit qu'il lui fallait prendre sur elle si elle ne voulait pas subir une nouvelle colère, peut-être fatale. Sa voix, mouillée de larmes, parvint enfin jusqu'à sa terrible maîtresse.

– J'obéirai, Madame !

– Et tu feras bien ! C'est la sagesse ! Une fois Condé dompté, tu auras tout le loisir de retourner à ton oison, je ne t'en empêcherai pas. Mais quelle idée, aussi, d'avoir un cœur ! Est-ce que j'en ai un moi ? Mon cœur est mort… avec le Roi ! ajouta-t-elle d'une voix soudain changée qui se fit lointaine et lourde de tristesse. À la place de ce cœur, vois-tu, Isabelle, il n'y a plus qu'une chose mais terrible : le royaume, qui a besoin de moi !

Comme l'avait prévu Catherine, Louis de Condé ne se fit pas trop prier pour revenir à la cour. La lettre de la Reine lui laissait d'ailleurs entendre qu'on l'y regrettait et que de beaux yeux rougissaient trop souvent en regardant la route de l'est et le souvenir de la blonde jeune femme l'avait poursuivi jusqu'au fond de ses bois, jusque derrière ses tours féodales.

Il arriva donc, un peu méfiant malgré tout. Il connaissait Catherine et ses tours aussi bien que la réputation de ses filles d'honneur. Mais, à peine eut-il mis le pied dans les merveilleux jardins de Chenonceaux qu'il sentit s'envoler cette méfiance. Derrière les buissons de roses il découvrit un sourire, un peu contrit, un peu humide, mais il prit cette humidité pour de la joie. D'ailleurs, même si elle le jouait à contrecœur, Isabelle connaissait trop bien son rôle pour ne pas le jouer à la perfection.

Cette fois, les passes d'armes furent rapides, les préliminaires rondement menés. Isabelle n'était-elle pas censée avoir attendu, dans les larmes et l'anxiété, le retour de l'absent ? Quelques jours après l'arrivée de Condé dans le joli château des bords du Cher qui, pour Catherine de Médicis, représentait une éclatante revanche sur ses anciennes souffrances de jeune femme délaissée et dont elle prenait plaisir à faire un paradis, Isabelle de Limeuil devenait la maîtresse de Condé.

Mais – l'amour a ses surprises et les nuits du Val de Loire ses traîtrises – à peine Isabelle eut-elle cédé à l'homme qu'on lui avait commandé d'aimer... qu'elle se prit à l'aimer pour de bon. Le piège qu'elle avait tendu se refermait sur elle et, au lendemain d'une nuit inoubliable, la jeune femme, conquise, s'aperçut qu'elle était amoureuse de son vainqueur. Et pas seulement un peu ! Éperdument, follement, passionnément amoureuse d'un prince dont elle avait cru pouvoir se jouer.

À dire vrai, si Louis de Condé n'avait, jusque-là, rencontré que fort peu de cruelles, c'est qu'il y avait à cela quelques raisons. Sans être grand, il était bien proportionné et fort bien bâti, souple, vigoureux et aussi habile aux armes qu'aux jeux de l'amour. Les cheveux bruns et soyeux, le teint frais, il portait avec élégance un court collier de barbe qui encadrait bien un visage aux traits fins. Le regard sombre savait, avec un égal bonheur, se faire tendre ou dominateur. Enfin, tel qu'il était, Isabelle de Limeuil l'aima de tout son cœur et, en son honneur, oublia toutes ses anciennes amours. Non seulement le beau Robertet mais encore ceux qui l'avaient précédé : Montmorency, Ronsard... et Brantôme qui, inconsolé, soupirait encore en vers charmants ;

« Douce Limeuil et douces vos façons
Douce la grâce et douce la parole
Et doux votre œil qui doucement m'affole... »

Peine perdue ! Les plus tendres muses de la cour pouvaient bien soupirer à leur aise. Isabelle était désormais toute à ses amours. Des amours qui, contrairement aux habitudes de Louis, furent sincèrement payées de retour. Il avait cru à une passade, à une aventure violente et uniquement charnelle, à une folie des sens, et il découvrit bientôt que, non seulement la possession n'amenait pas la lassitude, mais que plus il demeurait auprès d'Isabelle et plus il l'aimait. Et comme, parfois, le destin fait bien les choses, bientôt les deux amants purent être l'un à l'autre presque sans contrainte, sous l'œil bénisseur de la reine Catherine : Condé devint veuf.

En effet, dans le cours de l'année, la vaillante Éléonore de Roye, princesse de Condé, rendit à Dieu son âme héroïque et douloureuse de femme mal aimée. C'était, d'ailleurs, un sort assez normal chez une princesse de Condé, les princes de cette maison faisant la plupart du temps des maris médiocres quand ils n'étaient pas franchement détestables !

Libres l'un comme l'autre, Isabelle et Louis s'aimèrent avec ardeur, à la grande joie de la reine Catherine mais au grand désespoir de l'amiral de Coligny et à la grande fureur de Jean Calvin qui, depuis sa ville de Genève, avait suivi de loin le roman ourdi par l'astucieuse Catherine et qui s'attendait à un résultat prévisible. Le Havre, en effet, fit retour à la couronne de France. Calvin faillit en mourir de rage. Quant à Élisabeth d'Angleterre, trop habile pour montrer sa déception et trop bonne politique pour ne pas admirer le jeu d'une souveraine qu'elle considérait volontiers comme son égale en intelligence, elle signait peu après avec Catherine, le 11 avril 1564, le traité de Troyes qui mettait un terme momentané aux luttes religieuses en France. Tout au moins officiellement !

Dire que les protestants furent enchantés de voir leur chef préféré prisonnier d'un jupon catholique serait beaucoup dire, mais l'un des plus éminents huguenots, Coligny, connaissait trop le charme dudit jupon pour s'en étonner.

– Il nous reviendra bien un jour ! soupirait-il. On se lasse de tout, même des plus jolies femmes…

L'amiral de Coligny était un homme qui connaissait bien ses semblables !

II
Un accouchement spectaculaire

Tranquillisée par le traité de Troyes, pour un temps tout au moins car mieux que personne elle connaissait la valeur des traités, la reine Catherine décida de faire faire à son fils, le jeune roi Charles IX, qui allait atteindre la majorité royale, un grand voyage à travers son royaume. Elle pensait qu'il était bon que le Roi vît ses peuples et, *vice versa*, que les peuples eussent une petite idée de leur souverain : une tournée de propagande en quelque sorte !

Ce n'était pas une petite affaire que de jeter la Cour sur les routes de France et pour une durée de quelque dix-huit mois, à travers Barrois, Bourgogne, vallée du Rhône, Provence, Languedoc, Béarn, Auvergne et Bretagne. À l'exception des pavés du Nord, un Tour de France bien conditionné, aussi tumultueux et presque aussi sportif !

En effet, une véritable armée accompagnait le souverain, sa mère et ses frères : quelques centaines de seigneurs et de dames à cheval, en litière ou en coche (de carrosses point ! Ils n'étaient encore qu'à l'état embryonnaire et seuls, à cette époque, trois farfelus dont un goutteux obèse, en possédaient). Ajoutez à cela quelques milliers de valets, piqueurs, palefreniers, laquais de tout poil, valets de meutes, cuisiniers, marmitons, autouriers, lingères, coiffeuses, repasseuses, lavandières, etc. : bref une espèce de microcosme incommensurablement encombrant qui se déploya avec le faste en usage chez les Valois sur les mauvais chemins de notre beau pays.

Les étapes avaient lieu, en dehors des grandes villes, dans quelque monastère ou quelque château. L'honneur était grand, mais la dépense l'était aussi, car ce n'était pas chose aisée que de loger tout ce monde.

Néanmoins, le succès de ce voyage devait s'avérer immense. L'accueil des villes et des campagnes toucha profondément Catherine qui ne soupçonnait pas qu'un tel loyalisme pût exister encore chez ses sujets au milieu des misères et des guerres intestines. Les Français, unanimement, se déclarèrent ravis de pouvoir approcher leur jeune roi, le toucher et lui parler, car l'étiquette, alors, n'avait pas la rigidité quasi espagnole du siècle de Louis XIV. Bref, ce fut un triomphe.

Mais, il convient de revenir au début de cet étonnant voyage dans lequel, bien entendu, la Reine Mère avait emmené ses filles d'honneur. L'Escadron Volant, sous les armes et au grand complet, entourait sa litière et lui composait une cour aussi charmante qu'agitée. Naturellement, aussi, Isabelle de Limeuil, la préférée, la plus belle de toutes, était du voyage, son cher Louis de Condé également.

À dire le vrai, la jeune femme n'était pas enchantée de prendre la route, surtout pour si longtemps et au milieu d'une telle foule. La raison en était bien simple et fort naturelle : Isabelle était enceinte et n'avait, des chemins français, qu'une opinion fort mince. Elle était lasse, en assez pauvre état et craignait qu'il ne lui arrivât malheur dans de telles circonstances.

Elle avait bien tenté d'obtenir un congé, de rester en arrière, mais, naturellement, la Reine Mère qui ignorait tout de l'état de sa suivante (les vertugadins avaient de ces discrétions-là !) ne voulut même pas en entendre parler : Isabelle tenait Condé en laisse et, comme Condé était du voyage, il n'était pas question de laisser Isabelle en arrière. Bon gré mal gré, il avait bien fallu que la pauvre fille d'honneur se mît en route comme les autres. Dans le courant du mois de mai, on arrivait à Dijon.

Les échevins de l'ancienne cité ducale, devenue ville royale, n'avaient rien épargné pour que leur réception fût digne des visiteurs. Dijon était riche et le montrait sans fausse honte. Et, ce jour-là, qui était le vingt-cinquième de mai, la grande salle du Conseil, au palais des Ducs, était pleine. Les notables, à tour de rôle, y haranguaient le Roi, la Reine et leur famille en attendant le festin somptueux qui allait leur être servi.

Assis sur les trônes qui leur avaient été préparés, Charles IX et Catherine de Médicis écoutaient, immobiles, un peu rigides, avec cet ennui poli et léger des gens rompus depuis longtemps à ce genre de manifestation.

Autour de la Reine Mère, ses filles d'honneur, debout, déployées en demi-cercle, formaient une scintillante guirlande de jeunesse, de beauté et d'élégance dont le charme donnait d'évidentes distractions à plus d'un des graves seigneurs provinciaux venus là pour saluer leurs souverains. Toutes, d'ailleurs, jouaient de la prunelle avec ardeur.

À une exception près, toutefois ! Seule parmi ses compagnes, Isabelle de Limeuil semblait, non seulement se désintéresser complètement de ce qui se passait, mais encore assister à son propre supplice. Très pâle malgré un pied de rouge étendu sur ses joues, le cerne de ses yeux mal dissimulé par le maquillage, elle paraissait avoir toutes les peines du monde à demeurer debout. À certain moment, même, elle s'accrochait au bras de Mlle de Châteauneuf, sa voisine immédiate.

Soudain, elle s'y cramponna si fortement que la jeune femme eut un soupir agacé.

– Qu'est-ce que tu as ? chuchota-t-elle. Tu n'es pas malade, au moins ? Tu es bien pâle ! ajouta-t-elle constatant qu'Isabelle devenait blême.

– Je peux à peine me soutenir ! Ces… ces harangues n'en finiront donc jamais ? Il me semble que je vais m'évanouir.

– Seigneur ! Non ! Surtout pas ! Tout le monde nous regarde, bien plus que ce bonhomme en noir qui nous assomme de son discours ! Et tu sais combien la reine Catherine est inflexible sur le chapitre de notre tenue en public !

– Je sais !… Mais je souffre tellement ! Si tu savais !

Elle achevait à peine ces mots qu'une douleur fulgurante traversa son corps comme un coup de lance, si brutale et si cruelle que la malheureuse ne put retenir un cri perçant. L'orateur se tut aussitôt et tout le monde se tourna vers le cri. Déjà Catherine fronçait les sourcils, mais Isabelle était bien incapable de s'en apercevoir. Déchirée par une nouvelle douleur et prise de suffocation dans le corset qui l'étouffait, elle venait de perdre connaissance et glissait à terre, évanouie.

Affolée, Châteauneuf se pencha sur elle, tentant vainement de la relever.

– C'est la chaleur sans doute, hasarda-t-elle après un bref coup d'œil au visage orageux de la Reine.

– En ce cas, qu'on l'emporte ! ordonna celle-ci. Le grand air lui fera du bien ! En vérité, ces jeunes filles n'ont pas plus de résistance que de la gelée : un peu de chaleur et elles fondent !

On se pencha sur Isabelle. Des gentilshommes se précipitèrent. On prit la malade par les épaules et par les jambes et, dans cet appareil, on lui fit quitter aussitôt la salle du Conseil. Mais quand on l'eut enlevée, chacun put voir qu'à l'endroit occupé précédemment par la jeune femme, une large tache de sang s'étalait. Ce fut un « oh ! » de stupeur générale et, du coup, on en oublia le discours de l'échevin, qui ne s'en releva pas, pour discuter de l'étrange accident dont venait d'être victime cette jeune et jolie fille. Il n'y avait plus qu'un moyen de faire taire les langues : annoncer le souper. Ce que l'on se hâta de faire.

Pendant ce temps, dans la salle voisine et sous les yeux effarés d'une partie de la Cour, Isabelle de Limeuil étendue sur une bancelle hâtivement garnie de coussins mettait tranquillement au monde un beau petit garçon dont les hurlements emplirent bientôt une pièce accoutumée à d'autres bruits que ceux d'une nurserie : c'était le cabinet de travail du maire !

La fureur de la Reine Mère connut d'autant moins de bornes qu'elle fut bien obligée de la maîtriser pour ne pas ajouter au scandale. D'un geste impératif, elle appela auprès d'elle M. de Nançay, son capitaine des gardes, et chuchota quelques mots à son oreille. Après quoi, souriante, détendue, elle s'en alla rejoindre le Roi dans la salle du festin.

L'accouchement s'était, en vérité, fort bien passé. Il n'en restait, à la jeune femme, qu'un peu de faiblesse et une tête légèrement brumeuse, plus une immense fatigue. Isabelle souhaitait dormir, dormir pendant des jours et encore des jours, se cacher au fond de son lit et n'en plus bouger, ne plus voir personne et surtout pas Catherine dont elle redoutait la colère.

Mais son lit était étrangement agité. Et malgré le brouillard qui enveloppait son esprit, la jeune femme se rendait parfaitement compte de ce qu'on l'avait installée dans une litière et de ce que cette litière, fermée par d'épais rideaux de cuir, roulait sur un chemin fort cahoteux qui, en dépit des matelas et des nombreux coussins tapissant le véhicule le rendaient très inconfortable. Elle savait aussi qu'elle était seule dans cette litière, mais, ce qu'elle ne savait pas, c'était où on la menait. Il n'était même pas possible d'apercevoir le paysage tant l'engin était bien clos.

Quand la litière s'arrêta, après plusieurs heures, la nouvelle accouchée vit qu'elle se trouvait dans la cour d'un bâtiment austère dont il n'était pas difficile de deviner la fonction : c'était un couvent. Près de la porte principale, une femme grande et mince, sévère dans ses vêtements monastiques, se tenait debout, les mains enfouies dans ses larges manches. Isabelle la regarda avec étonnement.

– Pouvez-vous me dire où je suis, ma Mère ?

La Supérieure fixa l'arrivante droit dans les yeux, mais ses lèvres minces bougèrent à peine quand elle répondit :

– Vous êtes au couvent des Cordelières d'Auxonne, ma fille. Sa Majesté la reine Catherine a décidé que vous y demeuriez jusqu'à nouvel ordre !

– Jusqu'à nouvel ordre ? Mais cela veut dire... jusques à quand ?

– Je l'ignore, ma fille ! Il se peut que la Reine souhaite vous voir prendre le voile.

– Moi ? Au couvent ? Mais ce n'est pas possible !

Atterrée, les yeux déjà pleins de larmes, Isabelle implorait du regard cette femme blanche qui lui faisait l'effet de l'Ange exterminateur. Pour un peu, elle eût cherché l'épée flamboyante !... Une panique où se mêlait ce que nous nommerions une crise de claustrophobie s'empara d'Isabelle. Ces murs si hauts, cette femme rigide qui semblait à peine humaine, était-ce vraiment ce que Catherine voulait pour elle ? Virant soudain sur ses talons, elle courut vers le portail fermé en criant :

– Je ne veux pas être nonne ! Je ne veux pas... Je veux sortir !

La Supérieure ne courut pas après elle. Elle la laissa s'abattre contre la lourde porte, sachant bien qu'il lui était impossible de l'ouvrir. Puis, quand elle la vit s'y agripper, secouée de sanglots convulsifs, elle alla jusqu'à elle, entoura doucement ses épaules de son bras et l'entraîna, à petits pas, vers les bâtiments conventuels.

– La Reine n'a jamais exigé que vous prissiez le voile, ma fille ! Il ne saurait être question de vous contraindre. Les ordres portent seulement que vous demeuriez ici ! La Reine souhaite que l'on vous oublie un peu.

– C'est aussi triste qu'une prison !

– Peut-être ! Mais ce n'en est cependant pas une et il se peut que vous vous plaisiez à ce séjour parmi nous. Vous avez besoin de calme, de repos... et nous ne sommes pas des geôlières.

En effet, Isabelle s'aperçut, dans les jours suivants, que la Mère Supérieure, malgré son aspect froid, n'était pas une femme dure ou seulement sévère. Elle n'interdit nullement à sa pensionnaire forcée de recevoir des lettres. Et c'est ainsi qu'un beau matin la sœur tourière apporta à Isabelle une lettre du bien-aimé, du cher, de l'indispensable Louis de Condé qui avait fini par retrouver la trace de sa douce amie.

Dans cette épître, Condé annonçait à Isabelle qu'il avait réussi à se faire remettre l'enfant que la reine Catherine avait, dès sa naissance, confié à une nourrice habitant la campagne. Il ajoutait, avec plus de bonne volonté que de science de l'orthographe :

« Hélas, mon cœur, que vous puis-je mandé sinon que vos pènes me rande le plus affligé gentilhome du monde, vous voiant soufryre tant de facherys et grande pasion que je ne sé sy suis mort ou vif. Mes cant je panse à l'amour que vous porte et porterès pour jamays, je me reconais lors en vie pour vous fère ung bon et pront service. Et a saite heurre là, le pourrès dire être, en dépit de movèse fortune, bien heureux et ne seret car je ne vois que par vos ieux et que par vos santimans… »

Isabelle, bouleversée de tendresse et d'espoir, arrosa de ses larmes cette effarante missive qui eût rendu malade Ronsard, son ancien amoureux. Elle aimait trop pour s'arrêter à de tels détails et attendit, avec une confiance renouvelée, que son amant vînt l'arracher à ce qu'elle considérait toujours comme sa prison. Elle était persuadée qu'il ne saurait tarder à venir et, d'ailleurs, il s'y disposait réellement quand, une fois encore, quelqu'un troubla la fête : la reine Catherine qui n'était pas femme à s'en laisser conter.

L'incident du palais ducal lui avait démontré que la romance Isabelle-Condé avait suffisamment duré. D'ailleurs, elle avait Le Havre et, au fond, que Condé portât ses affections où il voulait, cela n'avait plus tellement d'importance. Mais ce qu'elle n'acceptait pas, c'est que ces deux amoureux offrissent au monde un scandale permanent.

Condé n'étant pas homme à garder sur ses projets un silence suffisant, elle eut vent de ce qui allait se passer à Auxonne et prit les devants : sur son ordre, Isabelle fut extraite de son couvent et conduite, près de Vienne, au château de Canaux qui était peut-être plus confortable et, surtout, infiniment mieux gardé. Elle devait y rester jusqu'à la fin du Tour de France royal. De retour à Paris, Catherine de Médicis la rappela : elle lui pardonnait.

Bien qu'elle n'eût guère reçu de nouvelles de son amant, Isabelle regagna Paris avec la joie que l'on imagine. Elle espérait tant de ce retour qui, selon elle, allait apporter à ses amours le merveilleux renouveau que fait naître l'absence dans les cœurs vraiment épris.

Hélas !... Condé, sans doute, n'était pas aussi épris qu'il l'écrivait, car l'absence n'avait rien valu à son amour à lui. Il montra, à revoir Isabelle, une joie convenable, passa avec elle quelques semaines agréables... puis s'en détacha de façon évidente. La jeune femme connut les rendez-vous manqués, les lettres trop brèves, les distractions et toutes ces menues choses qui sonnent le glas d'un amour.

Bientôt, Isabelle dut se rendre à l'évidence : Louis ne l'aimait plus. Il était tombé follement amoureux de la belle Françoise de Longueville-Rothelin et, quelques mois plus tard il l'épousait au grand désespoir d'Isabelle. Celle-ci qui, un instant, avait espéré devenir princesse de Condé, découvrit alors qu'elle avait fait un rêve insensé... et que sa réputation était en miettes. Le scandale de Dijon, malgré le temps, n'était pas oublié, loin de là, et chacun de ceux qui eussent épousé volontiers Mlle de Limeuil, avant son... accident, fuyait maintenant, peu désireux de donner son nom à une femme ayant un « passé »… Pour passer l'éponge sur l'affaire Condé, il fallait, selon les épouseurs, être complètement fou… ou éperdument amoureux.

Or, il y en avait un ! Il n'était plus très jeune, mais il était fabuleusement, scandaleusement, riche. Venu dans les bagages de Catherine de Médicis quand elle avait épousé l'héritier de France, le Florentin Scipione Sardini, banquier de son état, avait développé à Paris une fortune immense et, à première vue, convenablement acquise. Le peuple, lui, n'était pas de cet avis et chansonnait impitoyablement le banquier richissime :

« Naguère sardine, aujourd'hui grosse baleine…

C'est ainsi que la France engraisse les petits poissons italiens… »

Tel qu'il était, Scipione Sardini n'était pas laid. C'était un homme sérieux, de belle prestance, et surtout, surtout, il était depuis des années follement épris d'Isabelle sans jamais avoir osé le dire. Conscient de la noblesse de la jeune fille et de sa propre obscurité originelle, il avait souffert mort et martyre chaque fois qu'un nouvel amour accaparait Isabelle, mais jamais autant que durant le règne, éphémère et passionné, de Condé.

Le scandale dijonnais, s'il avait fait saigner son cœur, n'en avait pas moins réveillé des espoirs depuis longtemps assoupis. Il savait que nul ne voudrait épouser les « restes » de M. de Condé. Lui, ces restes, il était prêt à les recueillir avec bonheur et c'était lui qui, usant de son influence certaine sur la Reine Mère, avait plaidé la cause de la coupable, obtenu son rappel à la Cour.

Lorsque Condé eut épousé Mlle de Longueville, il s'en vint, calmement, demander à Catherine de quel œil elle verrait un mariage entre lui et sa folle cousine. Il n'était pas très sûr de la réaction de la Reine Mère, mais il la connaissait bien : elle était réaliste, pratique et il le savait.

– Si elle t'accepte, car cette sotte est encore capable d'objecter je ne sais quels regrets fumeux, épouse-la, Scipione ! Tu auras ma bénédiction car je sais que tu la rendras heureuse.

Toutefois, elle n'eut pas besoin de chapitrer Isabelle. Quand Sardini vint lui offrir à la fois sa main, sa fortune et son cœur, Isabelle, désenchantée et aspirant surtout à la paix de l'âme, accepta les trois.

Le plus merveilleux est qu'elle ne le regretta jamais. Bon prophète, et surtout profond connaisseur du cœur humain, Catherine de Médicis avait vu juste. Elle savait qu'Isabelle, tête légère (elle ne s'occupa que fort peu de l'enfant né dans les circonstances que l'on sait), était de celles qui aiment l'amour, la vie, la joie, l'élégance bien plus que les hommes eux-mêmes. Fabuleusement riche et profondément épris, Scipione Sardini, que d'ailleurs Catherine avait anobli à l'occasion de son mariage, fit l'impossible pour plaire à sa ravissante épouse et y réussit parfaitement.

Isabelle fut couverte d'or, de toilettes à faire rêver. Elle eut des joyaux sans prix, les plus beaux équipages, un magnifique hôtel dans le quartier Saint-Marceau, des terres, des fêtes, tout ce qu'elle pouvait désirer. Scipione ne lui refusait rien et savait aller au-devant de ses désirs. Grâce à lui, elle goûta le doux plaisir d'écraser de sa splendeur celles qui lui avaient fait grise mine au temps de sa demi-disgrâce.

Mais c'est seulement bien des années plus tard qu'elle eut la preuve de l'amour de son mari et de l'espèce de romantisme que cultivait, dans le secret de son cœur, cet homme d'affaires. Un jour, alors que le siècle allait finir, Scipione fit monter sa femme en voiture et annonça qu'il l'emmenait en voyage. On alla jusqu'à Orléans, puis, on prit le chemin qui longeait la Loire. On arriva ainsi au château de Chaumont où, jadis, Isabelle avait, sur l'ordre de Catherine, tendu à Condé le piège où elle devait tomber elle-même. Jamais la jeune femme n'était revenue dans l'austère et magnifique demeure que Catherine de Médicis avait échangé à Diane de Poitiers contre Chenonceaux et qui était, depuis, tombé dans l'héritage de l'ancienne favorite.

Parvenue en vue du domaine, la litière portant les deux époux s'arrêta. Isabelle contempla avec étonnement le château, ses tours imposantes. Il avait des toits neufs. Ses pierres, nettoyées, brillaient, blanches sous le soleil. Des girouettes dorées tournaient sur les poivrières et, dans les jardins nouvellement tracés, des fleurs s'épanouissaient. Ainsi paré, Chaumont avait l'air sorti d'un conte de fées, mais Isabelle ne parvenait pas à comprendre pourquoi Scipione l'avait menée ici. Pourquoi, après tant d'années, cherchait-il à raviver un souvenir aussi défunt que Condé lui-même, mort en 1569 ? Elle le lui demanda sans détours, habituée depuis longtemps à une grande confiance mutuelle :

– Pourquoi sommes-nous ici, mon ami ? Quel souvenir voulez-vous raviver ?

– Uniquement celui de mon amour pour vous, Isabelle ! C'est ici que je vous ai vue pour la première fois. Vous ne m'avez même pas remarqué mais moi je n'ai jamais pu oublier le décor de notre première rencontre. Aussi, j'ai voulu qu'il fût à vous, comme je le suis moi-même, et je l'ai acheté, remis à neuf afin de vous l'offrir. Dans votre vie comme dans la mienne, il a joué un trop grand rôle pour que d'autres aient le droit de s'immiscer dans nos souvenirs. S'il vous plaît de l'accepter, il est à vous ! Mais s'il vous déplaît…

– Eh bien ?

– Dès demain, on le détruira !

Touchée, Isabelle pencha vers son mari sa tête où les cheveux blonds se mêlaient d'argent et posa ses lèvres sur sa joue.

– Ce serait un grand crime ! Je l'aime, Scipione, et je crois qu'il couronnera dignement l'existence heureuse que je vous dois.

Alors, la main dans la main, les deux époux entrèrent dans leur nouvelle demeure.

UNE FAMILLE
DE « PÉCHÉS MORTELS »

Ardente Astrée !
(la mère)
Belle Gabrielle !
(la fille)

I

La vengeance

La fin de l'année 1563 s'annonçait désagréablement sur Paris. Les bourrasques de pluie glacée, les brouillards d'automne venaient de céder le pas brutalement à la neige et au verglas. Dès que le jour commençait à tomber, les Parisiens se hâtaient de rentrer chez eux pour y retrouver le coin du feu et attendre, tous volets clos, que le jour revînt. On n'était vraiment bien que dans son lit…

Néanmoins, ces conditions atmosphériques détestables étaient insuffisantes pour empêcher la jeunesse dorée de la capitale, et singulièrement celle de la Cour, de s'amuser. Ainsi, un soir de décembre, un bel hôtel de la rue du Roi-de-Sicile brillait de tous ses feux tandis que les échos des flûtes et des violons emplissaient la rue.

Cet hôtel, qui portait encore le nom d'hôtel d'Anjou, avait été jadis demeure royale, celle des ducs d'Anjou, rois de Sicile et autres lieux. Les années lui avaient apporté leur décrépitude et leurs lézardes jusqu'à une date récente, qui se situe quatre années auparavant, où le chancelier de Birague l'avait racheté et restauré.

Pour le moment, il abritait le capitaine des gardes du jeune roi Charles IX, beau garçon qui était certainement l'un des plus redoutables séducteurs de tout Paris. Il se nommait Louis-Bérenger du Guast, de bonne noblesse dauphinoise et parvenu à l'âge d'homme, il avait été mis « hors de page ». Bérenger du Guast collectionnait les bonnes fortunes et rencontrait bien peu de cruelles.

Grand, blond, bien bâti, pourvu d'un regard caressant et bleu, d'une charmante moustache soyeuse qu'il retroussait galamment sur des lèvres pleines et des dents sans défauts, le beau Bérenger, âgé de vingt-trois ans, avait l'allure d'un prince, l'élégance apprêtée d'une femme, la bravoure folle d'un chevalier de la Table Ronde… Quant à l'âme elle était plutôt noire car elle ignorait les scrupules et ne connaissait guère que le bon plaisir de son maître.

Mais, homme de la Renaissance, Bérenger du Guast ne se contentait pas d'aimer les jolies filles, les grandes beuveries et les beaux coups d'épée, il était également habile aux jeux de l'esprit, possédait une belle culture humaniste et aimait à s'entourer d'artistes et d'écrivains.

Ce soir-là, se dépensait autour de la table fastueusement servie de l'hôtel d'Anjou plus d'esprit que dans tout le reste de Paris. Outre l'ami préféré du maître de maison, le poète Pierre de Ronsard, il y avait le seigneur de Brantôme, Pierre de Bourdeilles, l'aimable Beaujoyeux, musicien préféré de la Reine Mère Catherine de Médicis, les poètes Antoine de Baïf et Desportes, le grave Antoine Dorat qui appréciait particulièrement la cave de son hôte et même le galant évêque de Dol, Charles d'Épinay.

Tout ce monde menait grand bruit tandis que les musiciens faisaient rage. Propos joyeux et vers galants fusaient, encouragés par les vins généreux, mais, chose étrange, celui qui, en général, menait le branle était, ce soir-là, le plus silencieux. Assis à sa place de maître de maison, Bérenger n'était présent qu'en apparence. Il souriait aux anges, écoutait distraitement, répondait tout de travers quand on lui parlait et, surtout, ce qui était beaucoup plus grave, oubliait de boire.

La bizarrerie de son comportement finit par frapper Brantôme et, tandis que Ronsard se levait pour déclamer un sonnet à quelque belle inhumaine, il se pencha vers son ami.

– À quoi penses-tu ? Ton esprit nous boude-t-il ?

– Allons donc ! Je bois vos paroles !

– Et tu en oublies de vider ton verre ! Voilà qui est flatteur. Ce qui l'est moins, c'est l'attention... oh, très discrète, que tu réserves à ton horloge ! Elle est donc bien belle ?

– Qui ? Mon horloge ?

– Ne joue pas au plus fin avec moi ! Je veux dire : celle qui t'a fait dire qu'elle viendrait ce soir... et qui te l'a fait dire trop tard sans doute pour que tu puisses nous prier de rester chez nous ! Il n'y a qu'une femme pour te rendre aussi distrait et aussi morose ! J'ai raison ?

Du Guast se mit à rire et frappa sur l'épaule de son ami.

– J'oublie toujours que tu as les yeux les plus perspicaces de toute la Cour. Vouloir te cacher quelque chose quand ce quelque chose est une affaire d'amour relève de la plus folle utopie. J'avoue ma défaite et j'ajouterai même : tu as raison ! Elle est merveilleuse !... Mais je ne te dirai pas son nom.

– C'est d'un galant homme... D'ailleurs, ajouta-t-il en riant, je l'apprendrai dès demain matin, car rien ne s'apprend plus vite, à la Cour, qu'un secret de cœur ! Mais, pour le moment, je vais te débarrasser de tes invités avant qu'ils ne soient complètement ivres et n'aillent dormir sous la table.

Ce fut fait vite et bien, avec tout le tact d'un homme de Cour. Une demi-heure plus tard, il ne restait plus, dans la grande salle, que les valets occupés à desservir. Tout le monde était parti et Bérenger, embusqué derrière la petite porte donnant sur la rue du Roi-de-Sicile, attendait, sans se douter, d'ailleurs, que son ami Brantôme, caché un peu plus loin dans l'embrasure d'une autre porte, en faisait autant car c'était un homme incapable de résister à sa curiosité.

Ni l'un ni l'autre n'attendirent longtemps. Au bout de quelques minutes, deux femmes apparurent à l'entrée de la rue, emmitouflées comme le commandait la saison et masquées comme le voulait la mode. Mais Brantôme connaissait chacune des femmes de la Cour. C'était un observateur attentif, habitué à saisir le détail d'une démarche, la grâce d'une tournure, certaine façon d'être qui même voilée distinguait chaque femme à ses yeux. Si celle-ci appartenait à la Cour, il la reconnaîtrait. D'autant plus qu'il avait, sur la nouvelle conquête de son ami du Guast, une idée personnelle.

Arrivées devant la porte, la plus petite des deux femmes gratta discrètement. Le battant s'ouvrit aussitôt et les deux formes voilées s'engouffrèrent dans la maison dont la porte se referma sans bruit. Au bout d'un instant, Brantôme quitta son observatoire et, s'enveloppant plus étroitement dans son épais manteau, il reprit, en marchant d'un bon pas, le chemin de son logis. Il souriait.

– Que de mystère, mon Dieu, pour une femme qui n'a guère besoin de se cacher ! marmotta-t-il. Il existe bien heureusement des maris qui ne sont point gênants et qui, au contraire, sont la bénédiction des amants. Ce bon marquis de Cœuvres est tellement fier de ses titres de vicomte de Soissons et de premier baron du Boulonnais, tellement occupé à en acquérir d'autres qu'il ne verrait aucun inconvénient à être sacré Premier Cocu du Royaume si cela devait lui apporter une couronne supplémentaire ! Il est vrai qu'il est bien placé pour remporter le titre.

Et Brantôme, tout content bien qu'un peu déçu, car il espérait une aventure plus difficile et plus mystérieuse, s'alla coucher l'âme en paix tandis que Bérenger du Guast prenait dans ses bras l'un des « Sept Péchés Mortels » avec un enthousiasme qui prouvait qu'il n'en avait pas peur.

On appelait ainsi les sept filles du haut et puissant seigneur Jean Babou de la Bourdaisière, de bonne noblesse tourangelle, seigneur de Sagonne, maître de la Garde-Robe du Roi, gouverneur et bailli de Brest, de Gien, d'Amboise, Grand Maître de l'Artillerie, etc. Ses sept filles[1] s'étaient attiré cet aimable surnom, moins par la variété de leurs défauts que par leur commune propension à la vie galante. Ravissantes, d'ailleurs, elles tenaient de leur grand-mère qui avait eu des bontés pour le roi François Ier, une science et un appétit pour les choses de l'amour qui avaient solidement assis leur réputation.

Ces jolies femmes peu farouches se nommaient : Marie, comtesse de Saint-Aignan, Françoise, marquise de Cœuvres, Isabelle, marquise de Sourdis, Madeleine, marquise d'Airvault, Diane, comtesse de Turpin, une

1. Il avait aussi quatre garçons.

autre Madeleine, abbesse de Beaumont et Anne, qui succéderait à sa sœur à ladite abbaye.

Celle qui venait d'entrer chez le beau capitaine des gardes était la seconde, Françoise, et c'était peut-être la plus belle : plus grande que la moyenne des femmes, elle avait une chevelure opulente qui semblait véritablement tissée d'or, de grands yeux bleus sur lesquels retombaient souvent, avec une grâce languissante, de longs cils foncés, un teint rose et frais et une taille que trois maternités n'avaient pas réussi à déformer.

Il y aurait bientôt cinq ans qu'elle avait épousé, à Chartres et le 14 février 1559, Antoine d'Estrées, marquis de Cœuvres. Mariage un peu précipité d'ailleurs car, dès la fleur de sa jeunesse, la belle Françoise avait eu un amant. C'était un beau colonel général de l'Infanterie, Charles de la Rochefoucauld, comte de Randan, dont elle était devenue positivement folle ! À ce point même que les Babou avaient tremblé que ce grand amour n'eût des suites, difficilement réparables, car Randan était marié.

On s'était donc hâtés de caser Françoise à un homme de guerre qui n'avait, dans la vie, que deux désirs : réussir sa carrière militaire et avoir des enfants pour continuer sa race. Il avait jugé que Françoise était, pour ce genre d'activité, l'épouse idéale, d'autant plus que depuis longtemps déjà, il avait jeté son dévolu sur elle lorsqu'elle était fille d'honneur de la reine Marie Stuart parce qu'elle lui semblait posséder une belle santé.

Honnête à sa manière, Françoise se mit en devoir de donner satisfaction à son mari sans pour cela cesser de s'occuper de ses amours. Le mariage ne lui étant pas apparu comme une raison suffisante pour se briser le cœur, elle avait poursuivi tranquillement son aventure avec Randan jusqu'à ce jour tragique du 3 novembre

1562 où l'infortuné colonel général trépassa des suites d'une blessure reçue au siège de Rouen.

Françoise pleura, bien sûr, mais moins que l'on aurait pu le croire. C'était une femme qui ne se gaspillait pas en regrets stériles… En outre il y avait déjà un moment qu'elle avait jeté un regard connaisseur sur le séduisant du Guast.

Entre cet homme à femmes et cette femme à hommes, on aurait pu penser que l'amour serait feu de paille, passade vite assouvie et Brantôme le sceptique ne donnait guère que six mois, à cette aventure-là pour s'achever. Or, il n'en fut rien. « Cet amour-là » allait durer plus de dix ans. Avec des hauts et des bas, des brouilles et des coups de canif de part et d'autre, mais la rupture ne devait jamais intervenir dans ce qui était bel et bien une passion.

Elle éclata aux yeux de tous au printemps de 1564 au cours des fêtes fabuleuses que la Reine Mère donna au palais de Fontainebleau pour préluder à la majorité royale. Pendant plusieurs semaines ce ne furent que bals, jeux, joutes, concerts, festins et ballets auxquels participaient les plus belles dames de la Cour et les plus galants cavaliers. Françoise d'Estrées y élut publiquement du Guast pour son chevalier servant et, dès lors, les deux jeunes gens ne se quittèrent plus. Le mari, peu encombrant, s'était éloigné : enfermé dans sa terre de Cœuvres, il y faisait construire un château neuf et veillait à son avancement.

En véritable bel esprit, Bérenger tint à chanter convenablement les charmes de sa belle et, pour cette tâche délicate, il pensa qu'il ne pouvait mieux faire que s'adresser à son ami Ronsard. L'aimable poète composa aussitôt la suite des « Sonnets et Madrigaux pour

Astrée ». C'était, à peine transposé, le nom de la belle Françoise et personne ne s'y trompa. D'ailleurs le portrait était explicite :

« Plus que mes yeux, j'aime tes beaux cheveux
Liens d'amour que l'or même accompagne... »

Le modèle était d'ailleurs assez beau pour justifier l'élan du poète et Ronsard chanta Françoise avec conviction. Il la chanta même si bien que, fidèle à ses habitudes, il finit par s'éprendre de la belle marquise et alla le lui dire. Mais Françoise était trop habituée à toutes sortes d'hommages pour s'émouvoir.

– On ne chante vraiment bien que ce qu'on aime ! dit-elle gracieusement. Aimez-moi donc, mon ami, et continuez à chanter.

Puis, pour l'encourager, elle l'embrassa et lui offrit un brin de romarin mais rien d'autre. Vexé et déçu, Ronsard décréta que le baiser était « tel qu'une fille en donne à sa grand-mère », fourra le brin de romarin dans un coffret puis se chercha une muse moins réservée.

Cependant, la morgue et l'esprit retors de Bérenger lui créaient des ennemis singulièrement puissants. Ainsi de la princesse Marguerite, fille de Catherine de Médicis, la jolie Margot qui avait, elle aussi, pour l'amour de singulières dispositions. Si évidentes même que du Guast, toujours aussi fat, se crut certain de séduire la jeune fille. Mais elle venait de s'éprendre du jeune duc de Guise et n'accorda même pas un soupir au capitaine de son frère.

Du Guast fit alors une chose fort laide et tout à fait indigne d'un gentilhomme. Il surveilla Margot et, une nuit où il l'avait espionnée et acquis la certitude que le duc l'avait rejointe dans sa chambre, il prévint tranquillement le Roi et la Reine Mère.

Charles IX était un garçon d'un caractère brutal et emporté. Quant à Catherine, ce n'était certes pas une femme commode. Avec un bel ensemble, ils se ruèrent chez la malheureuse Margot à laquelle Charles appliqua une correction qui, pour être fraternelle, n'en était pas moins vigoureuse tandis que le jeune Guise s'enfuyait à toutes jambes.

Le résultat de la royale intervention fut le mariage immédiat de Guise avec Catherine de Porcien et les fiançailles de Margot avec Henri de Navarre : deux circonstances que ni la princesse ni d'ailleurs son frère d'Anjou ne devaient pardonner à du Guast.

La haine de Marguerite s'étendit bientôt jusqu'à la maîtresse de l'imprudent. Et un jour où Françoise d'Estrées faisait son entrée chez la reine Catherine dont elle était dame d'honneur, elle entendit nettement Margot déclarer, sans se donner la peine de baisser le ton :

– Voilà la garce du capitaine !

Néanmoins si la princesse avait cru embarrasser « Astrée », elle se trompait. Celle-ci plongea dans sa révérence puis, avec un sourire suave :

– J'aime mieux l'être du capitaine que du général..., susurra-t-elle faisant ainsi allusion aux mœurs fort libres de Margot qui collectionnait les amants.

Un tel échange d'amabilités n'allait pas tarder à porter ses fruits. Passé l'ouragan de la Saint-Barthélemy où du Guast se fit remarquer parmi les plus cruels massacreurs, la nouvelle reine de Navarre prit, à son tour, la peine de faire espionner les deux amants, afin de découvrir leurs habitudes.

Ce n'était pas très difficile. Bien que le marquis de Cœuvres fût devenu Grand Maître de l'Artillerie à son tour, sa femme ne jugeait pas utile de cacher ses amours bien qu'elle continuât sans faiblir à augmenter la progéniture de son époux. Elle et Bérenger avaient loué, dans une ruelle proche du Louvre, deux maisons mitoyennes dont ils avaient fait percer le mur par une porte discrète. Bien entendu, ce voisinage immédiat ne trompait personne. Mais, cette apparence de discrétion était tout de même une concession aux convenances que l'on appréciait. Margot n'eut donc aucune peine à découvrir le pot aux roses...

Au soir du 31 octobre 1575, trois hommes forcèrent la porte de la maison de du Guast. Il était dix heures du soir. La nuit était très sombre et il pleuvait : une nuit et un temps choisis évidemment pour la circonstance...

Étendu sur son lit, Bérenger attendait sa maîtresse tout en se faisant faire les ongles des pieds par son valet. Entendant frapper à sa porte, il ne s'émut pas. Il arrivait, surtout par une soirée aussi sombre, que Françoise ne prît pas la peine de faire le tour par sa propre maison, surtout quand son service auprès de la Reine Mère l'avait retenue plus tard que son impatience à rejoindre son amant ne la jugeait convenable.

Hélas, ceux qui frappaient ne venaient pas au nom de l'amour, mais à celui de la rancune. C'étaient le baron de Vitteaux, sorte de spadassin de haut vol tout dévoué à la reine de Navarre, et deux coupe-jarrets de ses amis. Ils firent irruption dans la chambre en poussant des cris de mort.

Avant même que du Guast eut pu tendre la main vers son épée, il tombait percé de plusieurs coups et, sans une plainte, rendait le dernier soupir. Les trois meurtriers ne s'attardèrent pas. D'un coup de pied, Vitteaux retourna le cadavre et se pencha sur lui.

– Il est mort et bien mort ! déclara-t-il. Tirons-nous d'ici !

Les meurtriers repartirent comme ils étaient venus.

Quand, un moment plus tard, Françoise apparut à la porte dérobée, elle se trouva en face du cadavre de son amant. Les murs se mirent à tourner autour d'elle et, poussant un grand cri qui fit accourir ses femmes, elle s'évanouit comme une simple mortelle.

On la ramena chez elle aussitôt ; la discrète porte fut immédiatement murée par les soins d'un maçon que l'on se hâta d'aller chercher.

La mort de Bérenger du Guast fit du bruit. Tandis que Françoise, à demi morte de douleur, demeurait enfermée chez elle sans vouloir rencontrer personne, le roi Henri III faisait faire à son capitaine des gardes des funérailles superbes et ordonnait que l'on se mît sur la trace des meurtriers. Mais, naturellement, il ne fut pas difficile de savoir d'où venait le coup et renseigné le Roi fit cesser les poursuites. Malgré le profond dissentiment qui se creusait entre lui et sa sœur, il était impensable de s'en prendre aux gens de la reine de Navarre. C'eût été l'accuser personnellement.

Le silence se fit donc sur la mort du capitaine. Mais Françoise d'Estrées se refusa à oublier. Elle dut rejoindre son époux nommé gouverneur de La Fère pour laisser aux remous du scandale le temps de s'apaiser. De son côté, Marguerite de Navarre avait éloigné Vitteaux qui se cachait hors de Paris.

Il eut le tort d'y revenir en 1582. Persuadé que le temps avait apporté l'oubli, il se risqua à rentrer discrètement. Pas assez cependant pour que la nouvelle ne transpirât et n'allât rejoindre la marquise de Cœuvres à La Fère. Celle-ci rentra aussitôt à Paris pour y machiner la perte de l'assassin de son amant.

Elle n'eut pas à se donner grand mal. Vitteaux avait de nombreux ennemis parmi lesquels se remarquait le jeune marquis d'Alègre, un Forézien vindicatif dont le spadassin avait jadis tué le père. Yves d'Alègre n'avait que vingt-trois ans, mais il s'était juré d'abattre un jour le meurtrier de son père et entendait ne pas manquer son coup.

À cela un empêchement. Alègre n'était pas l'homme des assassinats perpétrés dans l'ombre : il voulait tuer au grand jour. Malheureusement il n'était guère préparé pour un duel, n'étant qu'un tireur fort médiocre alors que Vitteaux était un redoutable bretteur. Une provocation adressée par lui à ce spadassin équivaudrait à un suicide.

La solution vint du Roi lui-même. Malgré ses allures un peu trop raffinées, Henri III était sans doute la meilleure lame de son royaume et il appréciait fort les jeux de l'épée. Sous son règne, les maîtres d'armes firent fortune et, singulièrement, un redoutable bretteur, maître Jacques Ferron, d'Asti.

L'assassinat de son capitaine des gardes n'était pas de ces choses que le Roi pardonnait aisément. Aussi, ayant eu vent des projets d'Alègre, le convia-t-il un jour à faire assaut avec lui. Et, naturellement, il eut vite fait de s'apercevoir que le jeune homme n'était pas un champion.

– Il est dommage, lui dit-il, qu'un homme de votre nom et de votre valeur ne soit pas meilleur tireur.

– Surtout auprès de Votre Majesté ! fit Alègre hors d'haleine. Je suis bien loin d'avoir sa maîtrise !

– Vous n'avez pas non plus mon âge ! Il n'empêche qu'aux temps où nous vivons, il faut savoir se battre ! Allez donc trouver maître Jacques Ferron de ma part ! Dites-lui que vous avez besoin de devenir vite… très vite, un bretteur capable, disons… d'attaquer sans dommage un spadassin de profession.

Le jeune homme comprit ce que le Roi entendait par là ! Sa Majesté, visiblement, entendait servir sa vengeance et s'occupant de la sienne propre et tout gonflé d'espoir, il s'en alla trouver Ferron. Pendant trois mois, sous la direction de l'Italien, il s'escrima ferme. Jamais sans doute le maître d'armes n'avait eu élève si ardent ni si assidu ; au bout de ce laps de temps, le jeune Auvergnat était devenu redoutable.

– Gardez-vous d'une trop grande impétuosité, lui recommanda le maître un beau soir, et vous pourrez vaincre plus fort que vous ! Dites au Roi que vous êtes prêt !

Ainsi rassuré sur ses possibilités, Alègre ne se le fit pas dire deux fois. Le soir même en pleine galerie du Louvre, il giflait vigoureusement le baron de Vitteaux et l'invitait à venir « se battre avec lui hors de Paris en beaux champs !… »

La rencontre fut décidée pour le dimanche 7 août 1583, à huit heures du matin dans un pré situé derrière le couvent des Chartreux de Vauvert… au Diable Vauvert, comme on nommait alors cet endroit désertique.

La provocation avait fait du bruit. Tellement même que des paris furent ouverts. Évidemment nul ne donnait très cher de la peau d'Alègre. Pour tout le monde, le résultat ne faisait aucun doute : Vitteaux ne ferait qu'une bouchée du jeune présomptueux…

Cette opinion déprimante se répandit si bien que Ferron, à la veille du combat, n'en dormit pas de la nuit et, au lever du jour, courut sur les lieux du futur drame. Il voulait voir, de ses yeux, ce qui allait se passer et, pour être bien certain de n'être pas vu, escalada un arbre du jardin des Chartreux dont le feuillage lui offrit un asile commode. À huit heures précises, les deux adversaires engageaient le fer.

Le combat fut rapide. Alègre avait bien profité des leçons de son maître. Quelques passes, une estocade foudroyante et Vitteaux chancelait sur ses jambes avant de s'abattre sur le sol, une mousse sanglante aux lèvres. Mais voir tomber son adversaire ne calma pas la fureur d'Alègre. Deux coups d'épée supplémentaires, au mépris de toutes les règles du duel il faut bien le dire, épargnèrent au vaincu les affres de l'agonie. Après quoi, calme comme à la parade, Alègre essuya son épée sanglante et la remit au fourreau.

En s'éloignant, il faillit être assommé par Ferron qui dégringolait de son arbre avec des cris de joie et lui tombait dans les bras avec une fougue toute italienne.

II

Le drame d'Issoire

Quant à Yves d'Alègre, il ne lui restait plus qu'à recevoir les félicitations de ses pairs. Or, lorsqu'il s'agissait de récompenser un homme, la belle Françoise ne connaissait pas trente-six méthodes. Aussi, deux jours après le duel, vers minuit, quand l'obscurité fut bien épaisse, se présenta-t-elle au logis du jeune Alègre. Elle portait le même voile épais dont elle avait coutume de s'envelopper pour l'église et, naturellement, elle refusa de donner son nom au valet qui vint lui ouvrir.

– C'est à ton maître que j'ai affaire ! À lui seul !

L'homme n'insista pas et alla prévenir Alègre qui d'ailleurs s'apprêtait à se mettre au lit. Vivement rhabillé, celui-ci ordonna que l'on fit entrer la visiteuse. Le mystère dont elle s'entourait n'était pas pour lui déplaire.

– En quoi, Madame, puis-je vous servir ? demanda-t-il en la saluant et en cherchant à pénétrer le secret de cet anonymat

Le voile, en effet, était bien noir et bien épais mais le parfum qui s'en dégageait laissait supposer qu'il recouvrait quelque beauté célèbre.

– Vous m'avez déjà, Monsieur, servie au-delà de toutes mes espérances et sans vous en douter. Aussi ne suis-je venue que pour vous en remercier.

En prononçant ces mots, la sombre apparition fit jaillir de son crêpe funèbre deux mains fort douces et fort blanches dont l'une offrait un anneau d'or garni d'un bouquet de rubis et l'autre une bourse bien ronde. Mais Alègre ne prit pas ce qu'on lui tendait.

– Pourquoi ces présents, Madame ?

– Parce qu'en tuant l'autre jour ce spadassin de Vitteaux vous m'avez fait goûter aux joies puissantes de la vengeance. Prenez ceci, Monsieur : ce sont gages de gratitude.

Mais, à nouveau, il repoussa l'or et le joyau.

– Je ne mérite pas tant, Madame, car j'ai, d'abord, vengé mon père. Tant mieux si, ce faisant, je vous ai donné quelque joie ! Mais, si vous tenez vraiment à m'offrir quelque chose, sachez que j'aimerais mieux... un sourire !

C'était un peu ce qu'elle espérait. Lentement, néanmoins, elle ôta le voile qui tomba autour d'elle. La femme qui apparut à la lumière douce des chandelles n'était plus jeune. Elle avait quarante et un ans ; pourtant elle semblait avoir été, par quelque miracle, préservée des atteintes du temps. Elle avait perdu, certes, la fragilité, la transparence de la jeunesse, mais sa beauté blonde demeurait éclatante, ayant acquis, en revanche, la plénitude, l'accomplissement d'un beau fruit tardif. Et, sous son regard bleu, le jeune homme frissonna.

– J'avais raison de préférer un sourire car vous êtes bien belle, Madame ! Gardez vos présents et donnez-moi ce que je réclame.

Elle lui sourit alors, en s'approchant de lui. Il y avait longtemps qu'elle n'avait rencontré un homme qui lui plût autant et elle sentait s'éveiller en elle la flamme qui l'avait si souvent brûlée auprès de son amant mort. Celui-là avait une beauté sombre, un peu inquiétante, mais il éclatait de jeunesse, de vie ardente et drue... Elle s'approcha encore, fermant à demi les paupières pour mieux concentrer la séduction de ses yeux.

– C'est peu de chose qu'un sourire !... Vous refusez mes présents mais peut-être en accepterez-vous un autre... bien différent !

– Lequel ?

– Moi-même ! Voulez-vous de moi ?

La question ne se posait même pas. Alègre ouvrit les bras et ce fut seulement au premier feu du jour que Françoise quitta son nouvel amant. Un amant qui allait lui devenir singulièrement cher.

Car, si, en s'offrant, elle avait cru n'obéir qu'à un brusque coup de désir mêlé inopinément à sa reconnaissance, elle s'aperçut très rapidement qu'elle s'était trompée. Au lendemain de cette nuit mémorable, elle se retrouva prise au piège d'une de ces passions terribles qui guettent les femmes dont la jeunesse va disparaître. De son côté, Yves d'Alègre fut ébloui : entre les bras de cette femme experte à tous les raffinements du jeu d'amour, il découvrait un monde de sensations neuves telles que la brutalité habituelle de ses appétits ne lui avait guère permis d'en goûter. Ces deux découvertes composèrent un amour étrange, plein de cris et de violence qui allait détruire tout sur son passage avant d'anéantir ses protagonistes.

À quelque temps de là, les commères de la Cour et de la ville trouvèrent, au seuil de leur salon, le plus savoureux des potins scandaleux, un potin qui allait leur valoir quelques bonnes soirées : la marquise de Cœuvres abandonnait ouvertement foyer, époux et enfants pour s'installer, sans la moindre vergogne, au domicile de son amant !

Et ce n'était qu'un début. Si épaissement constitué que fût l'épiderme conjugal du marquis de Cœuvres qui en avait déjà vu d'autres, il lui interdisait cependant de s'accommoder d'une situation où il était seul à supporter le ridicule.

Peu désireuse de se voir arracher par la force un amant qui lui plaisait tant, Françoise parvint à le convaincre de mettre quelque distance entre leur coupable bonheur et les furies d'un époux à bon droit outragé. On partit donc pour l'Auvergne où Yves possédait d'importants domaines.

Le vieux nid d'aigle des seigneurs d'Alègre dominant de haut le Forez et le Velay, accueillit le couple adultère derrière ses murailles du XIVe siècle dont les mâchicoulis tréflés portent toujours les traces des sièges soutenus. De ses cinq filles, la marquise de Cœuvres n'avait emmené que la dernière, Julienne, dans son exil vellave, l'enfant étant véritablement trop jeune pour se passer de sa mère et, sa santé n'étant pas des meilleures, Françoise avait pensé que le séjour auvergnat ne pourrait que lui être salutaire.

La petite Julienne s'installa donc, elle aussi, à Alègre tandis que les quatre autres filles et leurs frères restaient auprès de leur père au château de Cœuvres enfin terminé. Aucune de ces jolies filles, d'ailleurs, dignes continuatrices des « péchés mortels » ne souhaitait s'enterrer au fond des provinces pour le seul plaisir de voir Madame leur mère filer le parfait amour.

Françoise, à vrai dire, s'en était séparée sans beaucoup de chagrin, car les aînées devenaient vraiment trop belles pour une femme soucieuse de conserver intacte sa réputation de beauté sans rivale. Évidemment, elle ignorait encore qu'elle ne devait jamais plus les revoir.

Dans le vieux nid d'aigle battu par les orages et autour duquel, durant les nuits d'hiver, le vent tournoyait en sifflant si lugubrement, Yves et Françoise vécurent sept années de bonheur aussi parfait qu'égoïste. Le temps passait et, cependant, le maître d'Alègre ne parvenait pas à se lasser d'une maîtresse qui approchait la cinquantaine. De temps en temps, il la laissait pour s'en aller guerroyer au service du roi, mais sans jamais quitter l'Auvergne où les luttes fratricides de la Religion faisaient rage. Puis il revenait et c'étaient alors des jours et des nuits d'amour comme si tous deux cherchaient à rattraper le temps perdu.

Cela dura jusqu'en 1590, date à laquelle le roi Henri IV, qui venait de battre à Ivry Mayenne et les Espagnols tout en immortalisant son panache blanc, donna le gouvernement d'Auvergne à son cousin le prince de Conti. À la même époque, la Ligue, définitivement vaincue en Auvergne à la bataille de Cros-Rolland, vit tomber devant les troupes royales que commandait Alègre la ville d'Issoire. Le vainqueur en devint aussitôt le gouverneur et, tout naturellement, y fit venir Mme de Cœuvres et ses filles car, outre Julienne qui devenait une jeune fille, une autre enfant, Françoise, était née l'année précédente d'un retour de bataille particulièrement fougueux.

Toute la famille s'installa dans la plus belle demeure de la ville, la maison Charrier qui avait abrité le comte de Randan bien peu de temps auparavant. Une maison qui n'avait guère de peine à être la plus magnifique car, en vérité, il ne restait plus grand-chose d'une ville prise et reprise et qui, quinze ans plus tôt, avait véritablement subi le martyre.

En 1575, en effet, un farouche partisan huguenot, le capitaine Merle, s'en était emparé, l'avait transformée en camp retranché et s'y était établi solidement pour la mettre plus commodément en coupe réglée. Cela dura deux ans, jusqu'au 20 mai 1577 où le duc d'Anjou, ex-duc d'Alençon et frère perpétuellement insatisfait du roi Henri III, profita d'une absence du capitaine Merle, parti fourrager dans les environs, et vint mettre le siège devant Issoire.

Connaissant le personnage dont la réputation n'était plus à faire, Issoire se défendit vaillamment. Mais François d'Anjou possédait une puissante artillerie, ce qui n'était pas le cas des assiégés. Il en usa et même en abusa tant et si bien que la ville tomba. Triste vainqueur, Anjou la livra au pillage et à l'incendie…

Puis, content de son œuvre, et avant de quitter définitivement la ville presque entièrement anéantie, il fit planter, sur ce qui avait été la grand-place, un écriteau où s'inscrivaient ces mots : « Yci fut Yssoire… »

La ville, pourtant, n'était pas tout à fait morte. Son âme, cette vieille âme arverne qui ne sait pas s'avouer vaincue et qui se cheville si bien aux carcasses rudes de ses enfants, respirait encore sous les blessures. Et quand l'armée du bourreau se fut éloignée, le désert s'anima, le silence se brisa. Les ruines encore fumantes livrèrent passage, comme autant de tombeaux ouverts, à des hommes, à des femmes qui avaient pu se cacher. Ils n'avaient plus rien, mais ils serraient les dents et voulaient vivre encore et vivre là !

Patiemment, douloureusement, ils rebâtirent « les uns sans mortier, les autres de boue comme l'hirondelle », leur cité dévastée en commençant par les murailles qui leur permirent ensuite de soutenir d'autres sièges car la montagne n'était avare ni de lave, ni de schiste, ni de granit.

Et ce fut sur cette ville encore blessée, mal remise de tant de souffrances que le dernier vainqueur allait régner.

Peut-être son gouvernement eût-il été sage et humain, tel que le souhaitait le roi Henri dont il était, après tout, le mandataire. Mais il y avait Françoise, cette femme qui aurait pu être sa mère, dont la beauté ne se décidait pas à mourir et aux pieds de laquelle il vivait en esclave, à peu près prosterné. Ce fut donc elle qui, à travers lui, gouverna. Et avec une dureté, un égoïsme et une stupidité qui allaient déchaîner la catastrophe.

En effet, plus elle avançait en âge et plus sa coquetterie s'exaspérait. Il lui fallait, pour ses atours, ce qu'il y avait de plus beau, de plus riche, de plus rare. Nulle princesse n'était plus fastueusement parée et, à quelque heure du jour qu'on la vit, Mme de Cœuvres étincelait de pierreries, jusqu'à son livre d'heures dont la couverture portait des diamants.

Son orgueil croissait d'ailleurs en proportion et, comme la méchante reine du conte, chaque matin, elle interrogeait son miroir avant de se livrer aux multiples rites d'une toilette incroyablement compliquée. C'est qu'à mesure du temps écoulé, cette différence de dix-huit ans qui la séparait de son amant commençait à l'obséder.

Une antique ordonnance, qui devait dater des Capétiens et que nul ne songeait plus à observer, interdisait aux bourgeoises de la ville de porter robes de soie ou quelque parure d'aucune sorte que ce soit. La marquise la fit exhumer, exigeant de son amant qu'on la remît en vigueur. Sa terreur de se voir supplantée auprès de lui par quelque jolie fille était telle qu'il fallut placarder sur les murs de la ville un édit menaçant des pires représailles celles qui seraient assez folles pour contrevenir à la loi ressuscitée. Seule, la maîtresse du gouverneur avait droit aux parures et certaines filles, assez hardies pour passer outre aux exigences de « la vieille catin », furent fouettées en place publique.

Les ornements que pouvaient s'offrir les femmes d'une cité aussi durement éprouvée étaient cependant sans commune mesure avec ce que portait une dame de la Cour ou même une bourgeoise de Paris. Mais il n'en demeurait pas moins que le plus petit morceau de ruban était passible de la prison et le plus léger soupçon de dentelle du fouet.

En outre, Mme de Cœuvres décréta une bonne fois qu'une femme régnant pour le roi sur une ville n'avait pas à payer ses dettes. Tout devait lui être fourni gratuitement. Aussi ne cessait-elle de commander, exigeant qu'on lui fît venir du Puy, de Clermont ou même de Paris tout ce qui pouvait flatter sa vanité ou son infernale coquetterie. Et, naturellement, les fournisseurs ne voyaient jamais la couleur de son argent.

Un jour de mai 1592, une délégation de marchands, qui approvisionnaient régulièrement la table et la cave du gouverneur, se présenta à la maison Charrier pour tenter d'obtenir au moins un début de paiement, allant même jusqu'à laisser entendre qu'ils ne livreraient plus le moindre boisseau de quoi que ce fût si l'on ne se décidait à entendre leurs plaintes.

Mal leur en prit. Madame se fâcha, cria, tempêta et, comme les marchands insistaient, lança sur eux ses valets qui les chassèrent à coups de bâtons. Des fenêtres, on leur cria que, s'ils osaient seulement se représenter ou mettre leur menace à exécution, on irait les chercher au fond de leurs logis pour les accrocher à la potence. Et, s'ils essayaient de fuir, on s'en prendrait à leur famille.

La mesure était comble. Devant une tyrannie qui relevait des temps barbares, la révolte s'enfla. Les haines religieuses se réveillèrent. Les protestants se mirent à prêcher secrètement la guerre sainte contre la « vieille Jézabel » et, pour une fois, les catholiques firent chorus. En face de la menace que cette femme représentait pour tous les foyers d'Issoire, l'union, naguère encore impossible, se fit tout naturellement. Il fallait abattre la noble courtisane qui osait étaler impunément sa vie de pécheresse et pressurer le peuple. Il fallait abattre également avec elle son trop faible amant puisqu'ils ne savaient pas se séparer.

Un complot se noua qui prit comme chef le boucher Liron, l'un de ceux dont la créance était la plus lourde. Et, bien entendu, on s'assura de la complicité d'un valet.

Dans la nuit du 8 juin, une troupe armée de haches et de couteaux, menée par le boucher, se présenta à la porte de service de la maison Charrier. Cette porte s'ouvrit devant eux. Un à un, les conjurés pénétrèrent dans la maison.

Alors, le drame se déroula avec une effrayante rapidité bien qu'Alègre et sa maîtresse eussent l'habitude de barricader solidement la porte de leur chambre. Renseignés par le valet qui connaissait bien cette particularité, les hommes de Liron s'étaient munis de pétards grâce auxquels la porte sauta, découvrant les deux amants couchés, nus, sur leur lit.

Voyant surgir la meute, Alègre empoigna l'épée qui ne quittait pas son chevet et voulut faire face tandis que

Françoise courait se réfugier dans la chambre d'une servante.

Mais contre une meute furieuse, la bravoure du capitaine ne devait pas servir à grand-chose. Bientôt, il succombait sous le nombre et s'effondrait dans une mare de sang, littéralement hâché de coups.

Liron constata la mort puis relança ses hommes :

– Nous avons abattu le chien ! Il nous faut maintenant la chienne !

On la découvrit sans peine, tapie au fond de la ruelle de sa servante et tremblant de tous ses membres. Elle eut à peine le temps de crier : d'un coup de couteau, Liron lui trancha la gorge. Après quoi, empoignant les deux cadavres ses hommes les jetèrent d'une fenêtre sur la place où ils allaient demeurer exposés de longs jours…

Tout était fini. La belle marquise de Cœuvres, l'Astrée qu'avait chantée Ronsard, venait de mourir là, sous le couteau d'un boucher, comme une bête à l'abattoir. Mais, depuis deux ans déjà sa fille, Gabrielle, tenait Henri IV captif d'une beauté qui dépassait celle de sa mère. La belle Gabrielle ne chercha d'ailleurs nullement à venger une femme qui était, depuis longtemps, sortie de ses préoccupations !

III

La fiancée de Monsieur de Bellegarde

L'automne 1590 s'annonçait assez morose pour le roi Henri IV. La vie ne lui avait pas été facile depuis qu'en mourant, le 2 août 1589, sous le couteau du moine fanatique, Jacques Clément, le roi Henri III lui avait légué le grand, très catholique et très turbulent royaume de France. Ce n'avait été que guerre incessante contre la Ligue et ses chefs, ces messieurs de Lorraine. Grandes victoires parfois, dont le panache blanc du Béarnais semblait montrer le chemin, et parfois épuisement d'un siège, celui de Paris, ligueur jusqu'aux moelles, devant lequel Henri venait d'échouer.

En se repliant sur Compiègne, en ces jours lugubres et pluvieux de Toussaint, le roi Henri, si joyeux et si bon compagnon d'habitude, se disait que la vie n'avait aucun sens. Paris se refusait et en outre il se sentait, au cœur, un grand vide qui, plus encore que l'échec, le désenchantait. Sans amour, le Vert Galant n'était plus qu'un corps sans âme.

Bien sûr, les aventures ne lui avaient jamais manqué. La charmante abbesse de Montmartre, Claude de Beauvilliers, moins farouche que la capitale, lui avait montré, tout récemment, beaucoup d'attachement de même qu'une autre nonne, du couvent de Longchamp celle-là, l'aimable Catherine de Vendôme. Mais ce n'étaient là que passades, agréables délassements de guerrier toujours sur la brèche. Cela ne satisfaisait pas l'âme ! Et en fait, Henri n'avait pas vraiment remplacé la belle comtesse de Guiche qui avait été la grande passion de sa jeunesse. Or dans quelques semaines, il aurait trente-sept ans !

Quant à sa femme, la folle Margot dont il était séparé depuis longtemps, elle menait, dans sa tour auvergnate d'Usson, une vie assez dissolue mais à tout prendre fort agréable pour une pseudo-captive.

Or, si tout en chevauchant vers Compiègne, le Roi faisait triste mine, son grand écuyer, par contre, le beau et galant Roger de Bellegarde en affichait une tellement réjouie qu'elle finit par indisposer quelque peu Sa guerrière Majesté.

– Ah ça, Bellegarde ! Tu ris aux anges, ma parole ?

– Pas aux anges, Sire, à un ange… que je vais bientôt revoir puisque nous allons à Compiègne.

– Tu as un ange à Compiègne ?

– Pas tout à fait, sire, mais à Cœuvres, qui est fort proche. C'est là que demeure celle que je considère comme ma fiancée, la ravissante fille d'Antoine d'Estrées, l'éblouissante Gabrielle.

– Une histoire d'amour ? Conte-moi cela, mon fils ! Cela me changera les idées. Ventre-Saint-Gris ! Je me sens triste comme un chanoine en carême ! Elle est si belle, ta Gabrielle ?

Peut-être Bellegarde aurait-il dû se méfier de l'étincelle qui venait de s'allumer dans l'œil bleu de son maître mais il était amoureux et, bien qu'il eût une grande habitude des succès féminins, immensément fier de sa conquête.

Il peignit sa belle de si fraîches couleurs qu'il piqua la curiosité d'Henri IV. Du coup le Roi décida qu'on camperait à Cœuvres. Le prétexte ? Rapprocher son cher Bellegarde de sa fiancée. La vérité ? Voir au plus vite et de ses propres yeux une merveille capable de faire déraisonner un don Juan de la trempe du Grand Écuyer.

Le Roi ne fut pas déçu, bien au contraire. À dix-sept ans, Gabrielle d'Estrées était un miracle de blondeur rose, d'éclat et de grâce. Jamais le Béarnais n'avait contemplé peau plus blanche, yeux plus bleus. La belle était éblouissante et Henri flamba comme une torche. Le temps sombre et froid faisait plus éclatante encore cette rose de printemps dans son magnifique décor de pierre. Car le château du seigneur d'Estrées était en tous points somptueux. Par sa mère, fille d'un bâtard de Bourbon-Vendôme, il était quelque peu cousin du Roi et l'orgueil se lisait dans l'élégance de sa maison.

Tout de suite amoureux, Henri aurait bien voulu faire une cour pressante à Gabrielle. Malheureusement pour lui, la jeune fille ne le regarda même pas. Évidemment auprès de Bellegarde, jeune, beau, raffiné, cet homme précocement mûri et déjà grisonnant, au cuir tanné par la vie des camps, peu soigné de sa personne et fleurant une pénible odeur d'ail et de crasse, ne pouvait guère soutenir la comparaison.

La jeune fille fut même si sèche qu'Henri, vexé, alla rejoindre le gros de son armée à Compiègne, non sans avertir d'ailleurs Bellegarde des sentiments qui l'agitaient.

– Bellegarde, lui dit-il, j'entends ne pas plus partager la femme que j'aime que la royauté. Je suis aussi jaloux de l'une que de l'autre. Et je te demande de ne plus penser à Mlle d'Estrées !

Plutôt contrarié, comme bien l'on pense, Bellegarde qui avait le sang vif eut beaucoup de mal à ne pas se jeter à bras raccourcis sur l'imprudent Béarnais mais, comme il était également homme de cour et soucieux de son avenir, il retint son premier mouvement et se donna le temps de la réflexion. Résister, c'était, dans l'état d'agitation où se trouvait le Roi, risquer un ordre d'exil qui eût laissé tout le champ libre au galant couronné tandis que lui, Bellegarde, s'en irait, sur la plus lointaine de ses terres, tuer le temps comme il le pourrait en ayant moins que jamais la possibilité de voir Gabrielle. Tandis qu'acquiescer, c'était peut-être s'attirer la reconnaissance royale (et Henri était d'une grande générosité). De plus, sûr de l'amour de sa dame, le jeune homme pensa qu'il ne risquait vraiment pas grand-chose à laisser le Roi faire sa cour. Il prit donc le sage parti de s'éloigner pour un temps.

Dès qu'il eut tourné les talons, Henri, heureux comme un amoureux de vingt ans, fit inviter la famille d'Estrées à venir visiter son camp de Compiègne.

Gabrielle vint, avec son père, sa tante, l'habile Mme de Sourdis dont nous aurons à reparler, et sa sœur Diane. Plus ravissante que jamais bien entendu mais aussi de fort méchante humeur. Bellegarde avait disparu trop subitement de son horizon sentimental pour qu'elle ne s'en montrât point froissée. D'autant plus que, fidèle à la promesse faite au Roi, il ne donnait plus signe de vie.

Mais, si l'idée de s'en venger lui vint, ce ne fut, malheureusement pas le Roi qui en eut le bénéfice, mais bien le duc de Longueville avec lequel, à peine arrivée au camp, l'éclatante Gabrielle se mit à « fleuretter » assidûment… Henri s'en montra offensé puis, comme il redoublait de galanteries, de soupirs, de déclarations enflammées et de propositions qui ne l'étaient pas moins, la jeune fille entra dans une magnifique colère :

– Sire, déclara-t-elle à son soupirant, sachez que je ne suis pas de celles dont le cœur change. Et le mien est tout à Monsieur de Bellegarde ! Je suis sensible à l'honneur que prétend me faire Votre Majesté mais je la prie de considérer qu'elle perd, à cette heure, son temps et ses soins car je ne pourrai jamais l'aimer, en aimant un autre de tout mon cœur !

C'était raté ! Le cœur gros, Henri laissa Gabrielle regagner son cher Cœuvres pour y attendre d'hypothétiques nouvelles de Bellegarde. Mais, entêté à gagner cette fille comme il ne l'avait jamais été à gagner aucune autre, il ne se tint pas pour battu. Il voulait, à tout prix, la revoir !

Ce jour-là, Gabrielle d'Estrées et sa sœur Diane se promenaient dans la grande galerie de Cœuvres. Le temps, maussade et bas, ne permettait guère de sortir. Depuis la veille, la pluie glacée de novembre n'avait pas cessé.

Lasses d'arpenter la longue pièce, les deux jeunes filles s'approchèrent de l'une des fenêtres et jetèrent un regard au-dehors. Soudain, Diane s'écria :

– Voyez donc, ma sœur, ce paysan sous son gros sac de paille ! Ne dirait-on pas un champignon qui marcherait ?

– Qu'il est drôle ! fit la jeune fille. Voyez-le courir, ma sœur ! Il est vrai que le temps est affreux ! Mais… mais où va-t-il ainsi ? Ma parole… il entre dans le château ! Il doit se tromper ! Bah ! Quelque laquais le renverra et nous allons le voir reparaître.

Elles virent, en effet, reparaître le paysan quelques instants plus tard, mais dans la galerie, à quelques pas d'elles où il laissa choir son sac de paille avant de tomber à genoux en s'écriant :

– Belle entre toutes les belles ! Voyez à vos pieds votre plus dévoué serviteur !

Avec stupeur, Gabrielle examina l'homme, qu'elle avait pris d'abord pour un fou. Mais le doute n'était pas possible : sous la souquenille crasseuse et déchirée, souillé de boue, la barbe en désordre et le cheveu ébouriffé par le sac de paille, elle venait de reconnaître le Roi !

– Sire ! s'écria Diane qui l'avait aussi reconnu. Comme vous voilà fait !

– Il fallait que je vienne, expliqua Henri, et la route est infestée de Ligueurs. De crainte d'être reconnu, j'ai pris ce costume.

Mais Gabrielle était revenue de sa surprise qui, brusquement, faisait place à la colère. Déjà, Henri ne lui plaisait pas en roi mais sous cet accoutrement, il était positivement grotesque. Comme il s'avançait vers elle, tout souriant et les mains tendues, elle rougit de fureur.

– Sire ! cria-t-elle, comment n'avez-vous pas honte d'oser vous montrer ainsi ? En vérité, je ne vous reverrai que lorsque vous aurez choisi un costume plus conforme à votre état ! Car, ainsi fait, vous êtes trop laid !

Et, ramassant à pleines mains ses jupes de soie, la belle s'enfuit en courant, laissant le Roi tout éberlué face à face avec sa sœur. Tout éberlué… et pas bien loin de pleurer tant il était déçu ! Lui qui accourait avec tant d'amour au cœur ! Il semblait si triste que Diane eut pitié de lui.

– Sire, dit-elle doucement, ne soyez pas chagriné des paroles de ma sœur. Elle craint fort notre père, qui n'est pas loin, et, en voyant Votre Majesté apparaître sous ce costume, elle s'est effrayée de ce qu'il pourrait dire et penser.

– N'est-ce que cela ? s'écria Henri qui, en vérité, ne demandait qu'à se laisser convaincre. Ventre-Saint-Gris, Mademoiselle ! c'est donc à moi de m'excuser. Mais il vous faudra rassurer votre adorable sœur et lui dire que mon amour pour elle est tout plein de respect et de tendresse. Dites-lui aussi que je verrai Monsieur votre père et lui parlerai.

Et, tout rasséréné, le roi de France reprit son sac de paille et repartit par où il était venu.

Cette équipée, cependant, loin de susciter la colère d'Antoine d'Estrées comme l'avait si bien laissé entendre Diane lui donna à penser. Le résultat le plus immédiat en fut un conseil de famille qui réunit autour du Seigneur de Cœuvres, sa belle-sœur, Mme de Sourdis, le mari de celle-ci, plus son amant le chancelier Hurault de Cheverny qui faisait pratiquement partie de la famille. L'âme allait en être comme toujours l'unique femme de cet étrange quatuor.

Isabelle de Sourdis, née Babou de la Bourdaisière, n'était pas un parangon de vertu (chez les Babou, le mot vertu ne faisait pas partie du dictionnaire) mais c'était incontestablement une femme de tête. Elle avait servi de mère aux jeunes d'Estrées depuis que leur vraie mère, la belle Françoise, s'en était allé filer le parfait amour en Auvergne avec l'élu de son cœur, le jeune Yves d'Alègre. Et forte de cette quasi-maternité, elle entendait bien faire le bonheur de ses nièces, comme d'ailleurs de toute la famille, au besoin contre vents et marées.

Jusque-là, le mariage projeté avec Bellegarde lui avait paru fort souhaitable, mais l'attention passionnée que le Roi donnait depuis quelque temps à Gabrielle changeait singulièrement la face des choses. D'autant plus que les affaires des membres du conseil de famille n'allaient vraiment pas au mieux.

En effet, Antoine d'Estrées, d'une incapacité notoire en tant qu'officier, s'était vu souffler par les Ligueurs son gouvernement de La Fère tandis que M. de Sourdis se faisait chasser d'un poste analogue en la bonne ville de Chartres, par les mêmes Ligueurs. Quant au chancelier de Cheverny, qui gouvernait, lui, le pays chartrain tout entier, il l'avait également perdu. D'où Isabelle de Sourdis avait conclu :

– Un seul peut nous rendre tous les biens que nous n'avons plus : le Roi ! Or, le Roi est entiché de Gabrielle au point d'en perdre la tête. Il serait de la dernière sottise de laisser passer une si belle occasion. Il faut que Gabrielle comprenne sa chance. Maîtresse de Roi, ce n'est pas une situation négligeable…

L'excellente dame savait de quoi elle parlait car sa grand-mère, Marie Gaudin, épouse Babou de la Bourdaisière, avait été successivement la maîtresse de François Ier, puis celle de l'empereur Charles Quint, après avoir eu quelques bontés pour le pape Paul III dont elle avait eu un fort beau diamant. Si les derniers rois n'avaient guère donné de chance à Isabelle de Sourdis, il fallait que celle de Gabrielle n'en fût pas perdue pour autant.

L'intéressée, cependant, ne montrait aucun penchant pour le brillant avenir qu'on lui dépeignait. Elle s'en tenait à son cher Bellegarde, ne voulait que lui, ne voyait que lui et tenait pour fort méprisable ce roi sans apparence qui s'habillait si mal et se parfumait à l'ail. Il fallut que dame Isabelle dépensât des trésors d'éloquence pour la convaincre de la laisser mener à son aise la barque familiale.

– Que vous importe, en vérité, de montrer quelque bonté au Roi ? lui dit-elle en substance. De lui seul peuvent venir toutes les faveurs et tous les biens qui nous font si cruellement défaut depuis quelque temps.

– Il n'est même pas le roi de tout son royaume ! riposta Gabrielle dédaigneuse. Beau roi que celui-là dont la capitale demeure hostile et qui n'habite que des camps boueux.

– Ma chère, vous ne connaissez rien aux hommes. Notre Henri sera un grand roi. Quant à l'entrée dans Paris, je suis bien certaine que ce n'est qu'une question de temps ! Il en viendra à bout, mais lorsqu'une autre vous aura soufflé ce cœur qui, pour le moment, est tout à vous, il vous restera seulement vos yeux pour pleurer, et à nous pas beaucoup plus !

– M. de Bellegarde est Grand Écuyer et…

– … et il tient à le rester ! J'admire que vous mettiez toujours en avant M. de Bellegarde qu'on ne voit plus par ici ! Allons, ma nièce, cessez de faire la sotte ! Montrez-vous aimable avec notre sire, souriez-lui, encouragez-le, soyez à lui quand il vous aura donné assez de preuves de son attachement… et gardez un coin de votre cœur à ce cher Bellegarde si vous y tenez tant, mais avec discrétion !

Et, sur cette belle leçon de morale, Mme de Sourdis expédia son beau-frère au camp de Senlis où se tenait alors le Roi pour qu'il pût y défendre plus commodément les « affaires de la famille ».

Il dut s'y montrer plus brillant qu'à la défense de La Fère puisque, le 29 janvier 1591, le Roi signait les lettres patentes qui en faisaient son lieutenant général. L'accord, en quelque sorte, était conclu. Il ne restait plus qu'à mener Gabrielle jusqu'à celui qui était prêt à la payer plus cher encore. Et, à la mi-février, le Roi, qui avait tout d'abord pensé diriger vers Rouen son armée, mettait le siège devant Chartres, dans le seul but d'être agréable à la famille et de rendre à M. de Sourdis un gouvernement qu'il regrettait si fort. L'amusant de la chose était d'ailleurs qu'au nombre des chefs ligueurs défendant la cité, on pouvait compter le seigneur de la Bourdaisière, oncle de Gabrielle et frère de l'impétueuse Isabelle. Un Babou qui apparemment ne voulait pas comprendre de quel côté son pain était beurré...

Le siège, dont le Roi croyait voir rapidement la fin, dura jusqu'au 19 avril, mais, tant qu'il dura, la vie que menèrent les assiégeants fut des plus joyeuses. Gabrielle vint au camp avec sa sœur Diane, convenablement chaperonnées par la tante Isabelle et, pour charmer sa bien-aimée, le Béarnais donna force bals et concerts qui avaient au moins l'avantage d'empêcher les Chartrains de dormir et de saper ainsi leur moral, faute de sommeil.

C'est au cours de ce siège si galamment mené que la belle Gabrielle, écoutant à la fois la voix de la raison et celle d'un soupirant si empressé, accepta de se rendre à discrétion, sans grand enthousiasme il est vrai. L'image de Bellegarde s'effaçait d'autant moins que le séduisant Grand Écuyer n'était pas loin. Il faut tout de même noter ici qu'en faisant de Gabrielle sa maîtresse, Henri IV ne s'emparait pas d'une « vraie jeune fille ». Les mauvaises langues du temps chuchotaient que Mlle d'Estrées avait eu plus d'un amant et que, même, le roi Henri III, cependant si peu enclin à aimer les dames mais ébloui par son éclat, en avait eu les prémices. Néanmoins, il fallait respecter les convenances.

– Le nouvel état de Gabrielle ne peut lui permettre de rester fille, déclara un beau soir Antoine d'Estrées à sa belle-sœur. Il lui faut un mari !

– Ou tout au moins un semblant de mari, renchérit Mme de Sourdis qui ne voyait aucun inconvénient à ce que sa nièce suivît ses propres traces.

En effet, à cette époque héroïque où l'on faisait aux instincts une large place, il n'était tout de même guère convenable qu'une jeune fille, ou réputée telle, fût publiquement la maîtresse d'un homme, fût-il le Roi. Tandis qu'une femme mariée ne présentait pas cet inconvénient.

Certes, la chute de Gabrielle avait été profitable à sa famille : Antoine d'Estrées était devenu gouverneur de Noyon et son second fils en avait reçu le siège épiscopal. Mais, chez les d'Estrées, on tenait essentiellement à ce que les apparences fussent sauves. Aussi pria-t-on le bon roi Henri de faire choix d'un époux.

Gabrielle, une fois encore, s'insurgea. Puisqu'il fallait à tout prix qu'elle fût mariée, pourquoi ne le serait-elle pas au cher Bellegarde ? La jeune femme pensait que ce serait là une juste compensation à ce qu'elle avait souffert en s'abandonnant à un homme qu'elle n'aimait pas.

– Pourquoi n'aurais-je pas celui que j'aime ? dit-elle à sa tante. Puisqu'il faut un époux, je voudrais au moins le choisir moi-même.

– Il ne saurait en être question, Gabrielle. Le Roi, seul, peut choisir… et il ne choisira pas Roger de Bellegarde !

En fait, Henri IV aurait choisi n'importe qui, sauf justement ce Bellegarde qu'il aimait bien, mais qui plaisait vraiment trop à l'adorable Gabrielle. Le 2 avril 1592, le Roi fit donation à Antoine d'Estrées d'une somme de cinquante mille écus, pour doter sa fille « en considération des services qu'il reçoit chacun jour du seigneur d'Estrées et des siens (*sic*) ». Il avait, en effet, décidé que Gabrielle épouserait un veuf, de bonne noblesse picarde, Nicolas d'Amerval, seigneur de Liancourt… qui avait la regrettable réputation d'être impuissant mais doué d'un heureux caractère et d'une totale absence de jalousie.

Malgré ses protestations, la belle Gabrielle fut unie à Liancourt, dans une chapelle de la cathédrale de Noyon, chez Antoine d'Estrées. Après quoi ce fut le Roi qui vint, au château du mari, passer la lune de miel avec la jeune épousée. Il est vrai qu'il avait pris la précaution de calmer par avance les scrupules de ce dernier en lui offrant un coquet dédommagement de huit mille écus.

Gabrielle, d'ailleurs, ne devait pas vivre longtemps auprès de cet époux insipide. Dès septembre elle s'en séparait, de fait sinon de nom, et s'installait dans son rôle de favorite royale. Elle était maintenant Mme de Liancourt et personne n'avait plus rien à dire.

Personne sauf elle-même ! Mécontente de ce rôle sans gloire de jouet royal qu'on lui faisait assumer, Mme de Liancourt était bien décidée à s'en dédommager à sa manière. Et puisqu'une femme mariée pouvait, presque légitimement, avoir un amant, elle compta le Roi pour rien et accorda ses faveurs au cher, à l'inoubliable Bellegarde qui, pour une fois, délaissant ses intérêts, ne songea plus qu'au charme de Gabrielle et au bonheur qu'il trouvait auprès d'elle.

Les fonctions de Grand Écuyer de Roger l'obligeant à vivre continuellement dans l'ombre de son maître, donc de Gabrielle, des relations s'établirent entre eux, fort dignes et assez distantes dans la vie quotidienne, mais infiniment plus douces dès que le Roi tournait le dos.

Pour le Béarnais, ce fut un temps cruel. Trop épris de Gabrielle pour trouver le courage de la renvoyer mais trop intelligent pour ne pas se douter qu'il était berné, le pauvre roi, tout en poursuivant la patiente reconquête de son royaume, endura tous les tourments de la jalousie et toutes les amertumes d'un cœur mal aimé. Les nombreuses lettres qu'il écrivit à Gabrielle, de ses divers camps et des nombreux lieux de rendez-vous où elle le faisait attendre en vain, gardent le reflet de cette douleur : « Soyez glorieuse de m'avoir vaincu, moi qui ne le fus jamais que de vous… Il est midi et je n'ai point encore de vos nouvelles, c'est bien loin de l'assurance que vos paroles m'avaient donnée de vous voir la nuit. Quand apprendrez-vous à tenir, chère, votre foi ? Je n'en fais pas ainsi de mes promesses… »

Mais la belle se fait désirer d'autant plus qu'elle passe entre les bras de Bellegarde les heures qu'elle refuse à Henri. Il faut que son père (qui entre-temps s'est fait reprendre Noyon par les Ligueurs !) et sa tante Isabelle la traînent, parfois presque de force, auprès de celui qui n'attend d'elle qu'amour et tendresse pour que, d'un sourire, elle rétablisse les affaires de la famille, trop souvent compromises par les bévues paternelles.

Pourtant, en dépit de ses réticences et de son peu de chaleur, l'amour du Béarnais pour Gabrielle ne fait que croître. Il ne regarde plus aucune autre femme, ne vit que pour elle, que par elle…, tant et si bien que les d'Estrées s'en viennent tout doucement à penser qu'il serait souhaitable de voir rompre la vieille union qui lie encore Henri IV à l'incorrigible reine Margot. Une fois libre, pourquoi donc Henri ne ferait-il pas de Gabrielle une reine de France ?

Mais, pour que le mariage fût rompu, il fallait que le Roi abjurât le protestantisme puisque, seul, le Pape pouvait annuler le mariage royal. Et, petit à petit, Isabelle de Sourdis, Cheverny et Antoine d'Estrées, se mirent à susurrer au Roi de judicieux conseils. Ne comprenait-il pas qu'il ne viendrait jamais à bout de Paris tant qu'il appartiendrait à la religion réformée ?... Paris, ligueur dans l'âme, était tout aux Guise, parangons du catholicisme... Que le Roi se fît catholique et Paris n'aurait plus aucune raison de lui fermer ses portes. Henri deviendrait alors, avec la bénédiction papale, le Roi Très Chrétien comme l'avaient été ses prédécesseurs.

Ainsi endoctriné, peu à peu, Henri IV en arrivait à penser que « Paris valait bien une messe » tandis que les d'Estrées pensaient, plus prosaïquement, que leur Gabrielle valait bien une conversion. D'ailleurs, quatre ans après son avènement, Henri IV était bien obligé de s'avouer qu'il risquait d'user sa vie dans une guerre épuisante sans jamais parvenir à tenir, enfin, tout son royaume au creux de sa main.

Toute cette belle politique faillit bien s'écrouler comme un château de cartes. Tandis qu'Henri assiégeait Dreux, Gabrielle s'attardait auprès de Bellegarde sans même répondre aux appels enflammés du Roi. Et, cette fois, Henri faillit bien se fâcher.

« Vous savez bien, écrivit-il, la résolution que j'ai prise de ne me plaindre plus. J'en prends une autre : de ne me fâcher plus. La première me fait n'importuner plus personne : la seconde soulagera fort mon esprit. »

C'était la brouille, ou du moins quelque chose de si fort approchant qu'Isabelle de Sourdis prit le mors aux dents.

– En voilà assez, ma nièce ! dit-elle à Gabrielle. Vous ne pensez qu'à votre plaisir et vous vous conduisez comme une sotte ! Et ne me venez pas dire encore une fois que vous aimez Bellegarde car, en vérité, j'en suis excédée. Si séduisant que soit votre soupirant, permettez-moi de vous dire qu'il est infiniment moins beau que la couronne de France.

– La couronne de France ?

– Mais oui, sotte que vous êtes ! Que le Roi abjure et que le Pape, comme il le fera sans doute, casse son mariage avec Marguerite de Valois et rien ne s'opposera à ce que vous deveniez reine ! Maintenant... si vous préférez demeurer toute votre vie Mme de Liancourt tandis qu'une autre montera sur le trône, libre à vous ! Mais je vous le dis : ou bien vous partez pour Dreux sur l'heure, ou bien je fais en sorte que l'on vous ramène à M. de Liancourt et je vous affirme que vous n'en sortirez pas de sitôt.

Mme de Sourdis, à vrai dire, perdait sa peine et ses menaces. Depuis que le mot « reine » avait été prononcé, la belle Gabrielle avait tout à coup trouvé bien moins de charme à Bellegarde. Une heure plus tard, elle montait dans sa litière, accompagnée de sa tante, pour gagner Dreux dans les plus brefs délais.

IV

Une mort opportune

Quand, le 7 juin 1594, Gabrielle d'Estrées mit au monde un gros garçon sous les voûtes séculaires du château de Coucy, Mme de Sourdis entra dans une profonde réflexion. Certes, l'enfant qui venait de naître et qui ne pouvait avoir d'autre père que le roi Henri IV comblait tous ses désirs, mais n'en soulevait pas moins quelques problèmes.

Un an, à peu près, s'était écoulé depuis qu'en agitant la couronne de France, comme un hochet étincelant, sous le nez de sa nièce, elle avait réussi à l'envoyer rejoindre le camp de Dreux où s'impatientait le Roi. Mais que d'inquiétudes et que d'événements en cette année ! Quand elle y pensait, Mme de Sourdis se sentait venir la chair de poule.

D'abord, Gabrielle avait encore fait des siennes. L'obsédant Bellegarde n'ayant rien trouvé de mieux, pour se désennuyer, que de courtiser Mlle de Guise, Gabrielle n'avait pas hésité à planter là une fois de plus son royal amoureux pour courir à la rescousse de ses amours menacées. Cette fois Henri s'était fâché et la tante de Gabrielle n'avait pas eu trop de toute sa diplomatie pour remettre les choses en l'état. Elle avait d'ailleurs trouvé, pour ramener Gabrielle, le meilleur des arguments : le Roi abjurait le protestantisme. Devenu catholique, il pouvait demander au Pape de dissoudre son mariage avec Marguerite de Valois. Ceci fait, il serait libre d'épouser « ses chères amours ». Mais, si Gabrielle se dérobait encore, le chemin serait libre pour quelque princesse et la favorite, délaissée, n'aurait plus qu'à rentrer dans l'obscurité où l'amour d'Henri l'avait tirée. Dès lors, plus d'argent, plus de joyaux merveilleux, plus de robes somptueuses et plus de grasses prébendes pour la famille... La disgrâce !

Cette fois, Gabrielle prit sa décision : Bellegarde était rayé de sa vie et elle allait se consacrer uniquement au bonheur de son roi. Même quand, plusieurs mois plus tard, le beau Roger épousait Anne de Bueil, Gabrielle ne changea rien à sa ligne de conduite. Le résultat en fut un automne passionné sous les ombrages de Fontainebleau dont Gabrielle sortit bienheureusement enceinte. Seulement, maintenant que l'enfant était né, il fallait faire quelque chose pour lui assurer un nom décent.

– Qu'on le veuille ou non, dit Mme de Sourdis, le Roi ne peut reconnaître un enfant qui, légalement, devrait être celui de Liancourt. Or, pour l'amener à épouser un jour Gabrielle, il faut qu'il reconnaisse l'enfant.

Le problème était ardu mais c'était au chancelier de Cheverny que s'adressait ce discours et il avait plus d'un tour dans son sac.

– Il n'y a qu'une chose à faire, déclara-t-il. Il faut que le Roi fasse d'abord annuler le mariage de Gabrielle. Liancourt étant notoirement impuissant, cela ne devrait pas être difficile. Et le Roi pourra alors reconnaître son enfant. Après quoi, la parole sera au Pape pour le libérer de Madame Margot.

C'était l'évidence même et, incontinent, un courrier fut dépêché au Roi qui assiégeait alors Laon pour lui soumettre le problème. Bien entendu, il promit de s'en occuper toutes affaires cessantes puis, Laon ayant eu le bon esprit de tomber sans trop se faire prier, Henri IV s'en fut à Amiens dont le peuple venait de rejeter la Ligue. Il avait d'autant plus hâte de récupérer cette bonne ville que l'Official d'Amiens était tout justement celui qui était habilité à casser le mariage de Gabrielle.

En un tournemain, le procureur de l'Official eut troussé une requête en annulation que l'on fit signer à Gabrielle, à sa tante Sourdis et à une autre tante, Mme de Manicamp, qui portait aussi allégrement que les autres le sang brûlant des Babou.

Après quoi, laissant ces messieurs de l'Official se dépêtrer des arcanes du droit canon, Henri et sa maîtresse confiants dans leur avenir commun revinrent passer d'agréables jours d'été dans les environs de Paris, Paris qui, sous peu, allait ouvrir ses portes au souverain converti. Et tandis que Gabrielle berçait le nouveau-né que, faute de mieux on avait titré en attendant « César Monsieur », Henri s'occupait activement de cette entrée si importante tout en griffonnant à la hâte de tendres billets pour sa maîtresse.

« Mes belles amours, deux heures après l'arrivée de ce porteur, vous verrez un cavalier qui vous aime fort, que l'on appelle roi de France et de Navarre, titre certainement honorable mais bien pénible. Celui de votre sujet est bien plus délicieux. Tous trois ensemble sont bons, à quelque sauce qu'on les puisse mettre et je n'ai résolu de les céder à personne… »

Lorsqu'elle recevait des lettres dans ce genre, Gabrielle se disait qu'une fois mariée à Henri, ce serait elle le véritable roi de France et de Navarre, puisqu'elle régnait si complètement sur son amant. Elle allait d'ailleurs en avoir bientôt la preuve.

Le 15 septembre, à la tombée de la nuit, Henri IV fait dans un Paris illuminé, sa joyeuse entrée. Dans les rues bordées de troupes qui vont de la porte Saint-Jacques à Notre-Dame où le souverain converti va entendre le *Te Deum*, les Parisiens en habits de fête se pressent au pied de leurs maisons décorées jusqu'aux pignons. Les excès de la Ligue ont lassé les habitants et c'est avec sympathie qu'ils attendent le « petit sire » dont beaucoup n'ont pas oublié la silhouette familière, les yeux vifs et le sourire goguenard.

Or, soudain, voici que, juste derrière les compagnies de trompettes et les premiers étendards, juste avant le Roi lui-même, apparaît une grande litière découverte. Et, sur cette litière toute tendue de soie et de velours, une femme très blonde, étincelante de diamants, couverte de perles, est étendue, dans une robe de satin noir « relevée de houppes blanches » qui fait merveilleusement chanter son teint sans rival. Largement décolletée, la favorite sourit à tous ces visages, ahuris ou incrédules qui l'entourent, trop sûre d'elle pour sentir ce qu'a d'inconvenant ce rôle d'idole portée en tête des troupes qu'elle joue ce soir. Dans son esprit, elle est déjà reine…

Dans le cortège royal, lui-même, plus d'un s'offusque et singulièrement le sire de Rosny, Maximilien de Béthune (qui sera bientôt Sully) et qui, depuis l'enfance, a été le compagnon du Roi. Intransigeant, orgueilleux pour son maître et bouillant d'un génie politique qui lui fait pourchasser tout ce qui est contraire à la gloire d'Henri, Rosny supporterait encore Gabrielle, avec laquelle jusque-là il a entretenu d'assez bonnes relations, mais il abhorre sa famille, ce qu'il appelle, en un espagnol qui chez ce demi-Flamand est une insulte, la « camarilla de la favorite ». Rosny a, en effet, l'esprit trop vif pour n'avoir pas démêlé la fructueuse entreprise familiale que constitue cette belle fille à la chair épanouie dont son roi et ami est si féru.

– Sire, chuchote-t-il, vous n'auriez pas dû faire cela ! Regardez vos Parisiens ! Ils ne comprennent pas ce que fait ici Mme de Liancourt.

– Elle ne l'est plus pour longtemps, et puis elle est si belle ! Est-ce que mes Parisiens, comme tu dis, ne seraient plus gens de goût ? Ils auraient bien changé depuis le temps de mes beaux-frères Valois.

– Ils ont toujours autant de goût, mais quelques-uns ont gardé la tripe espagnole ! Et votre maîtresse, portée devant vous comme le Saint Sacrement, ne peut que les choquer, surtout pour aller à Notre-Dame !

– Allons, Rosny, cesse donc de grogner ! Je sais bien que c'est ce que tu aimes le mieux, mais je soutiens, moi, que le doux visage de mes belles amours m'attire plus de cœurs que ma cuirasse bosselée et mon poil grison !

Ce en quoi il se trompait. Il venait tout juste de donner forme humaine à l'impopularité larvée dont bénéficiait déjà Gabrielle dans le cœur des gens de la capitale. Et cette impopularité n'allait faire que croître et embellir.

Parfaitement inconsciente de l'effet produit, Gabrielle alla s'installer dans le magnifique hôtel du Bouchage que le Roi lui donnait en attendant mieux, en attendant surtout que le Louvre fût jugé assez confortable pour être digne de ses beaux yeux.

Quelques semaines plus tard, pour mieux étaler la faveur de la famille d'Estrées, Henri, avec Gabrielle bien sûr, était parrain de l'enfant que Mme de Sourdis venait d'avoir du chancelier de Cheverny. Et pour bien montrer que pareil état de choses ne le choquait aucunement, il envoya au chancelier un mot aimable pour le féliciter « d'avoir fait un si beau fils à Mme de Sourdis ».

Le procès d'annulation du mariage de Gabrielle attira à Amiens la favorite et son royal amant dans les derniers jours du mois de novembre. Ce fut une comédie bien réglée, mais assez répugnante. Gabrielle, sans broncher, décrivit devant le tribunal ce qu'avaient été les quelques nuits passées auprès de son époux. Plusieurs témoins vinrent décrire avec beaucoup de sérieux l'incapacité « notoire » du pauvre Liancourt qui, finalement, fut soumis à un examen médical pénible à la suite duquel on établit fort en détail, mais en latin pour sauvegarder ce qu'il pouvait rester des bonnes mœurs, les causes de l'infirmité en question (une chute de cheval survenue dans la jeunesse de l'infortuné). Et, tandis que le tribunal délibérait gravement sur l'arrêt que l'on allait prononcer – et qui en vérité ne faisait de doute pour personne – Henri et Gabrielle reprenaient le chemin de Paris pour y fêter joyeusement la Noël en famille. Mais, avant que l'année ne fût écoulée, le destin allait apporter à cette comédie graveleuse un tragique contrepoint et donner au couple impudent un sinistre avertissement.

Dans le superbe hôtel de Schomberg, jouxtant le Louvre, la foule des gens de cour se pressait pour saluer Gabrielle, qui venait de prendre possession de cette riche demeure. Le Roi allait venir et, sous les caissons dorés des plafonds, l'assistance était si nombreuse, si bruyante aussi que nul ne prêta attention à un mince et blême garçon de dix-neuf ans qui parvint à se glisser jusqu'à la pièce où trônait la maîtresse du logis, plus éblouissante que jamais.

C'était le fils d'un drapier de la Cité, un catholique fanatique, élève des Jésuites, qui se nommait Jean Châtel. Un feu étrange brillait dans ses yeux, le même feu qui un jour beaucoup plus lointain brillerait dans ceux d'un grand homme roux au pourpoint de drap vert, mais comme ce successeur à venir, Jean Chatel, sous son pourpoint, crispait sa main sur le manche de corne d'un long couteau.

– Messieurs ! Le Roi…

L'annonce attendue ! La foule qui s'écrase plus que jamais pour approcher celui qui arrive. Mais le garçon est mince, souple, il parvient à se faufiler au premier rang.

Voici Henri. Preste, souriant, il est d'une étincelante bonne humeur. Il va voir sa belle et c'est temps de fête. Il distribue les sourires autour de lui, se penche pour relever deux gentilshommes qui se sont agenouillés devant lui pour implorer une grâce. Et soudain, Jean Châtel a bondi, frappé !

Oh ! Il s'en faut de peu qu'il ne tue. Le Roi eût-il été moins vif dans ses mouvements, le couteau lui tranchait la gorge. Mais il y a du poivre dans les veines du Béarnais. L'arme mortelle l'atteint seulement à la lèvre et bute contre une dent… Le coup est manqué. Et, tandis que Gabrielle s'évanouit, tandis que l'on étanche le sang et que la foule s'agite, on entraîne le meurtrier vers une fin qui sera proche… et atroce.

Deux jours plus tard, tandis que les Jésuites étaient chassés du royaume, que le régent de leur collège était pendu et brûlé en Grève et que l'on écartelait Jean Châtel, Rosny, plus sombre que jamais, tenta de faire entendre raison à son maître.

– C'est un avertissement du Ciel, Sire ! L'état de péché dans lequel vous vivez et le scandale permanent que cause votre liaison avec Mme de Liancourt irrite plus que vous ne pensez. Jean Châtel vient d'expier son crime… mais qui peut savoir si, dans l'ombre, un autre couteau ne s'affûte ?

– J'ai chassé les Jésuites ! Ils étaient à la solde de l'Espagne.

– Pouvez-vous chasser tous ceux qui espèrent encore dans le roi Philippe, tous ceux que subventionne le comte de Fuentes, tous ceux qui ne rêvent que renvoyer à sa Navarre… ou à Dieu, le mauvais converti que vous êtes ? Le peuple attend de vous que vous viviez dans la dignité et l'honneur, que vous donniez l'exemple !

– Tu as raison. Il faut que cesse la fausse situation où nous sommes, Gabrielle et moi. Quand elle sera libre et moi aussi, rien ne pourra s'opposer à ce que nous puissions nous aimer à la face du ciel, et avec sa bénédiction !

– Sire ! s'écria Rosny épouvanté. Vous ne voulez pas dire que vous songez à en faire une reine de France ?

– Je songe à en faire ma femme, tout bonnement. Et ce n'est pas sa faute si je suis roi de France.

Rosny, découragé, abandonna la partie et quitta la place, plus sombre et plus soucieux qu'il ne l'était en arrivant. Son maître, il le savait bien, était trop follement épris de cette femme, trop prisonnier de ses charmes, pour pouvoir encore raisonner sainement et pour comprendre que pareil mariage lui coûterait son trône, mais grâce au Ciel, il ne suffisait pas que Mme de Liancourt fût libre pour qu'on la fit reine. Il fallait encore qu'Henri fût séparé de Marguerite par l'Église.

Or, tout justement, du haut de son donjon auvergnat, Margot semblait prendre un malin plaisir à tenir la dragée haute à son époux. C'était une situation qu'il était peut-être opportun d'entretenir et, pour se consoler, le fidèle conseiller rentra chez lui afin d'écrire à Mme Marguerite que, si elle ne voulait pas être remplacée par une fille de peu, il lui fallait tenir bon encore quelque temps.

Cependant, neuf jours après le supplice de Jean Châtel le tribunal d'Amiens prononçait la dissolution du mariage de Gabrielle d'Estrées et de Nicolas d'Amerval, sire de Liancourt. Et, pour compenser à sa maîtresse le nom qu'elle venait de perdre, Henri en fit une marquise de Montceaux en lui conférant le magnifique château jadis construit par Catherine de Médicis avec les terres y attenant.

Un renouveau d'amour emportait les deux amants tandis que l'un des hivers les plus cruels de l'Histoire s'abattait sur la terre de France. Et la silhouette scintillante de la favorite devint encore un peu plus détestable au cœur de ceux sur qui elle espérait régner un jour.

Car pour tous, l'influence de Gabrielle n'était que trop établie sur le Roi. À ses désirs, à ses moindres caprices, il subordonnait toutes ses actions, au mépris de son propre intérêt et sans vouloir écouter personne, aveuglé qu'il était par ce corps rose et blanc dont il ne pouvait se lasser et où, à nouveau, germait un enfant. Ce que veut Henri, c'est faire asseoir Gabrielle sur le trône auprès de lui et, pour cela, il multiplie à Rome les démarches afin d'obtenir l'annulation de son mariage.

Aussi, est-ce avec une joie profonde qu'il apprend que Clément VIII se décide, enfin, à lui envoyer un légat et quel légat ! Alexandre de Médicis, cardinal de Florence, le propre neveu de Léon X, comme l'était la reine Catherine.

– Il ne pourra pas me refuser l'annulation ! s'écria-t-il avec emportement. Et, quand il verra Gabrielle, le légat, dont le cœur est tout français, comprendra que je ne saurais, nulle part ailleurs, trouver meilleure reine que la mère de mes enfants.

Quand il verra Gabrielle ? Mais c'est que, justement, le cardinal de Florence ne la verra jamais, même lorsqu'elle sera sous son nez. Dans le palais même du Roi, chaque fois qu'il se trouvera en face de la favorite, Alexandre de Médicis sera sujet à une sorte de cécité diplomatique fort affligeante pour l'orgueil de la favorite. Devant lui, Gabrielle eut l'impression déprimante d'être transparente. Et Henri, aussi navré qu'elle-même, n'y pouvait rien car les pourparlers s'annonçaient fort mal, au point que Mme de Sourdis pensa un moment en mourir de rage. Mais quoi ? Il était impossible de dicter sa conduite à un prince de l'Église. Qu'il se fâchât, rompît les relations et reprît le chemin de Rome et Henri demeurait lié à Margot *ad vitam aeternam* !

Alors, Gabrielle prit les devants sous l'inspiration de sa tante. Feignant d'être persuadée que le cardinal n'était là que pour la faire chasser de la Cour, elle alla se jeter sanglotante et échevelée aux pieds du Roi en le suppliant de la protéger.

– On veut nous séparer, Sire, on veut que je quitte un amour qui est toute ma vie, que je laisse le père de mes enfants !

– Ventre-Saint-Gris, ma mie, où avez-vous pris toutes ces folies ? Vous, me quitter, alors que je ne peux pas respirer un instant sans vous ?

– Le Pape ne vous accordera pas l'annulation. Vous garderez par force la reine Marguerite.

Henri se pencha et releva sa belle amie qu'il tint un long moment serrée contre lui, séchant ses larmes avec des baisers.

– Ma mie, le Pape n'est pas seulement le chef de l'Église, il est aussi un homme politique et un bon homme. Quand nous aurons démontré à son légat quel couple uni nous formons, il ne pourra pas nous refuser plus longtemps de sanctifier enfin notre amour. Il nous faut seulement prendre un peu patience.

Gabrielle prit donc patience et, tandis qu'Henri achevait de conquérir son royaume, elle lui donna, en attendant mieux, deux autres enfants : une fille, Catherine et un fils, Alexandre qui furent baptisés avec un éclat royal. Ainsi, elle consolidait d'autant sa position et, bien que le cardinal de Médicis continuât de l'ignorer obstinément, elle s'installa dans le rôle de reine putative, exigeant des honneurs et déployant un faste trop insolent pour ne pas allumer la haine dans plus d'un cœur. Aussi, quand Henri fit d'elle une duchesse de Beaufort, le titre fastueux trouva bientôt chez les Parisiens un contrepoint insultant, celui de « duchesse d'ordure ». C'était évidemment plus que révélateur, mais le Roi, tout à ses belles amours, ne voulait ni voir ni entendre.

Quand Gabrielle entama une nouvelle grossesse, Mme de Sourdis pensa qu'il était temps de passer à l'action. Il fallait l'annulation, mais il fallait aussi éloigner le cardinal de Médicis qui, décidément, semblait prendre depuis quelque temps beaucoup d'emprise sur l'esprit du Roi. Saint homme s'il en fut, profondément intelligent et libéral, Alexandre de Médicis avait toutes les qualités qui, chez un homme, pouvaient plaire à la nature foncièrement droite et saine du Béarnais.

Persuader Gabrielle que le cardinal ne travaillait qu'à incliner Henri à épouser sa nièce Marie de Médicis ne fut qu'un jeu pour l'astucieuse femme. Et Gabrielle, bien entendu, s'en alla tout courant rapporter la chose au Roi. Celui-ci la rassura et, pour la tranquilliser tout à fait, demanda au cardinal, avec beaucoup d'amitiés et d'embrassements, de vouloir bien se rendre à Rome pour plaider lui-même auprès du Pape, la cause de son annulation.

Le cardinal, bien sûr, se fit un peu tirer l'oreille. Il eût sans doute résisté plus longtemps si, un matin, il n'avait trouvé sur sa table un billet anonyme.

« Le Pape peut annuler le mariage du Roi, la duchesse de Beaufort ne sera jamais reine de France… »

Troublé, malgré tout, le prélat reprit enfin la route de Rome et la « camarilla » de Gabrielle exulta. Il fallait profiter de son absence pour arracher enfin à la reine Margot le consentement qu'elle faisait tant désirer. Henri IV lui écrivit pour lui promettre tout ce qu'elle désirerait en échange de ce geste de bonne volonté et Margot, lasse peut-être de lutter, ou bien renseignée, finit par accepter. Un devin italien n'avait-il pas prédit que la duchesse de Beaufort ne verrait pas le jour de Pâques ?

Ce sombre présage ne troubla d'ailleurs ni le Roi ni sa favorite. Le jour du mardi gras, au milieu d'une fête, il passa au doigt de sa bien-aimée l'anneau qui lui avait été remis lors de son sacre, celui qui en avait fait l'époux de la France.

– J'ai de bonnes nouvelles de Rome. Le jour de Quasimodo, mon cœur, nous nous marierons…, lui promit-il.

Enfin, Gabrielle touchait au terme si longtemps convoité et, le soir, rentrée dans son superbe hôtel, elle sauta au cou de Mme de Sourdis en s'écriant :

– Il n'y a plus que Dieu et la mort du Roi pour m'empêcher d'être reine de France !

Le destin n'allait pas tarder à relever l'orgueilleux défi de Gabrielle.

Depuis le 22 mars, le Roi et sa « fiancée » étaient à Fontainebleau, tout aux préparatifs de leur mariage. La duchesse avait déjà commandé sa robe et les tentures de sa future chambre de souveraine, mais, enfin, il fallait se quitter pour la Semaine Sainte parce que, selon le confesseur du Roi, il n'était pas convenable que le souverain et celle qui serait bientôt son épouse passent le temps de Pâques sous le même toit.

Le lundi matin donc, Gabrielle, très nerveuse, s'arracha avec peine des bras d'Henri pour monter dans le bateau qui, par la Seine, la ramènerait doucement à Paris. Elle était enceinte de sept mois et se mouvait avec quelque difficulté. Mais elle pensait, comme Henri, qu'il était bon que Paris fût témoin de la piété avec laquelle elle passerait la Semaine Sainte.

En arrivant, le mardi, elle alla s'installer chez sa tante, à l'hôtel de Sourdis, près de Saint-Germain-l'Auxerrois. Le lendemain, elle se rendit à l'abbaye Saint-Antoine pour y entendre l'office des Ténèbres après quoi elle alla visiter le financier Zamet, un Italien qui, dans son fastueux hôtel voisin de l'abbaye, donnait des fêtes que prisait fort le roi Henri. C'était chez un ami intime que Gabrielle se rendait et un souper maigre mais magnifique l'y attendait.

Mais, dolente tout à coup, elle accepta seulement une orange puis, au bras de son hôte, descendit au jardin pour respirer un peu. Loin de se dissiper, le malaise augmenta au point de faire bientôt place à d'intolérables douleurs. Malgré les représentations de Zamet, inquiet, elle voulut à tout prix rentrer à l'hôtel de Sourdis d'où un messager partit aussitôt pour Chartres, où se trouvait la tante Isabelle, afin de la prier de revenir en hâte.

La nuit fut un peu meilleure. Au matin, Gabrielle se sentit assez bien pour se faire habiller et pour se rendre à Saint-Germain-l'Auxerrois afin d'y entendre la messe. Au retour, prise d'une terrible fatigue, elle dut se recoucher. Vers quatre heures, les douleurs reprirent, effrayantes. L'accouchement s'annonçait, prématuré. Mais les spasmes devinrent bientôt si violents qu'il fut vite évident qu'il ne s'agissait pas là d'une délivrance normale. On envoya un messager au Roi pour l'avertir.

Le vendredi matin, les douleurs devinrent si atroces que les médecins s'affolèrent et comme, vers deux heures, une violente hémorragie se produisit, ils délivrèrent la malheureuse de son enfant morceau par morceau. Puis le drame devient hallucinant.

Tandis que la favorite à peine délivrée, se tord dans les convulsions de l'éclampsie, le peuple de Paris assiège son hôtel et s'écrase pour regarder mourir la maîtresse royale dont les hurlements s'entendent jusqu'au fond du Louvre.

La malheureuse offre un spectacle si effrayant que le maréchal d'Ornano et M. de Bellièvre sautent à cheval et se précipitent à la rencontre du Roi qu'ils atteignent à Ville-Juif, le suppliant de ne pas aller plus loin.

– Il n'y a plus rien à faire, Sire ! Elle se meurt et ne reconnaît plus personne. Mieux vaut, pour vous, garder le souvenir intact de la femme que vous avez aimée.

Henri, alors, se rend à leurs raisons et va passer la nuit dans une abbaye voisine tandis qu'à Paris, Gabrielle achève de mourir. À six heures du soir elle entre dans le coma et quand se lève l'aube du samedi 10 avril 1599, la vie quitte enfin un corps torturé qui n'avait jusque-là connu que le plaisir et la joie.

La dépouille mortelle, tordue par la souffrance, méconnaissable, noircit en quelques heures, si vite que la rumeur publique attribua au démon cette mort effrayante. Mais une main humaine n'avait-elle pas usurpé les pouvoirs de celle de Dieu pour écarter du trône une femme si unanimement détestée ?

Quelques heures plus tard, tandis que l'on ensevelissait dans un linceul le corps de Gabrielle, un grand remue-ménage se faisait à son hôtel. C'était Antoine d'Estrées qui, remettant à plus tard ses larmes paternelles, faisait enlever tout le mobilier de sa défunte fille. Il s'agissait de limiter les dégâts d'une perte aussi inopportune…

CHÈRE HORTENSE !…

Les folies d’une Mazarinette

I

Le mari impossible

Le cardinal Mazarin songeait à la mort et ce n'était pas une songerie agréable ! Il aurait aimé pouvoir remonter le temps, reculer indéfiniment l'échéance fatale car âgé tout juste de cinquante-neuf ans, il aurait aimé profiter encore un peu de l'existence, continuer son œuvre à la tête de ce beau royaume de France auquel, en dépit de ses nombreux détracteurs, il avait fait beaucoup de bien… et qui le lui avait rendu. Il aurait bien aimé aussi pouvoir jouir encore quelques années de sa fabuleuse fortune… Mais la nature lui refusait son aide et Dieu ne semblait guère décidé à lui accorder un sursis.

À cet âge où d'autres sont encore solides et vaillants, lui se sentait usé jusqu'à la corde : un vieil homme en vérité, auquel il restait tout juste le temps de mettre ordre à ses affaires.

Après la remise du pouvoir entre les jeunes mains impatientes de Louis XIV, la plus importante de ces affaires était sa succession. À qui transmettre le fabuleux héritage ?

Voici bien des années, le cardinal avait fait venir d'Italie sa famille : sa sœur, son neveu, ses nièces... ses ravissantes nièces qu'il aimait comme ses propres enfants et pour lesquelles il avait nourri les plus hautes ambitions. Et, mon Dieu, sauf pour les deux petites qui restaient, les ambitions en question étaient montées assez haut.

Laure, l'aînée, que Dieu avait rappelée à lui depuis quatre ans en ce début de l'an 1661, avait été l'épouse du duc de Mercœur[1]. Olympe, la seconde et la plus altière, était comtesse de Soissons depuis quatre ans. Marie, que le jeune roi avait aimée avec passion et que l'on avait dû exiler à Brouage pour obliger son soupirant à épouser l'Infante, était à présent l'épouse d'un fort grand seigneur romain, le connétable Colonna, et princesse. Enfin Philippe, le garçon, marié à une Gonzague, était duc de Nivernais. Oui, tout cela était bel et bon, mais le cardinal souhaitait un héritier direct, quelqu'un à qui léguer son nom avec sa fortune.

Il ne lui restait plus que deux nièces encore filles. Il fallait donc que l'une d'entre elles épousât un homme qui acceptât de porter le nom de Mazarin. Or, la dernière, Marie-Anne, n'avait que quatorze ans. Conclusion : il fallait que ce fût Hortense.

Hortense Mancini ! Dix-sept ans à peine ! La plus jolie de toutes ses nièces, celle qui ouvrait sur la vie les yeux les plus avides, d'immenses yeux noirs, doux comme du velours mais auxquels il valait mieux ne pas se fier ! Hortense, sa préférée ! Hortense que le jeune Charles Stuart, alors famélique et errant, avait désespérément souhaité épouser et qu'on lui avait refusée.

1. Petit-fils d'Henri IV et de Gabrielle d'Estrées.

– J'ai fait là une bêtise ! s'avouait Mazarin qui, alors, ne croyait pas à l'étoile du jeune prince.

Maintenant Charles était remonté sur le trône d'Angleterre. Il était le roi Charles II et Hortense aurait pu être reine… Seulement le Roi ne voulait plus de la nièce de Mazarin. À cette heure, le temps pressait : il fallait choisir une solution et la choisir vite.

À vrai dire, depuis plus de deux ans, déjà, Hortense avait un soupirant : c'était le jeune marquis de La Meilleraye, gentilhomme bien né, riche, bien fait de sa personne et fort bien en cour. Évidemment, il y avait entre eux une nette différence d'âge puisqu'au moment où Armand de La Meilleraye avait jeté les yeux sur Hortense, celle-ci avait quinze ans et lui vingt-huit. Mais ce n'était pas un obstacle, d'autant moins que le jeune homme semblait vraiment épris.

Depuis tantôt trois ans, régulièrement tous les quinze jours, Armand demandait la main d'Hortense au cardinal qui, régulièrement aussi, refusait préférant attendre un éventuel revirement anglais. Indécourageable, le jeune marquis avait écrit force lettres à sa belle quand, retirée au fond des marais de Brouage avec sa sœur Marie, elle soupirait d'ennui à en faire tomber les murailles. Tant et si bien qu'Hortense finit par admettre que les lettres enflammées de son soupirant étaient alors sa seule distraction.

À force de retourner la question, Mazarin en vint à penser que la solution était là. C'était la seule qui lui permettrait de partir sans trop de regrets pour un monde où les richesses terrestres ne sont pas tellement cotées. Restait à savoir si La Meilleraye était assez amoureux pour accepter de se laisser adopter…

Dans les premiers jours de janvier, le marquis se vit convoqué au palais Mazarin. Il trouva le cardinal enfoui dans des fourrures sous lesquelles se perdait son corps affaibli, chauffant aux flammes d'un grand feu ses longues mains pâles dont il avait grand soin et qui gardaient jusque dans la maladie une extrême beauté.

– Vous désirez toujours épouser Hortense ? demanda-t-il sans préambule et sans même jeter un coup d'œil à son visiteur.

– Votre Éminence devrait savoir, depuis le temps, que c'est là mon plus cher désir ! Mon amour pour elle ne change pas, si ce n'est pour grandir un peu chaque jour.

– Je sais, je sais. Ne me parlez pas de votre amour : je crois, Dieu me pardonne, que je le connais aussi bien que vous ! Je désire seulement apprendre de vous si, pour épouser ma nièce, vous êtes disposé à certaines concessions ?

– Lesquelles ?

– Hortense sera mon héritière : telle est ma décision. Je suis vieux… malade et je sais que les jours désormais me sont comptés ! Ne protestez pas : je déteste les mensonges pieux ! Celui qui épousera ma nièce sera donc mon héritier et je veux qu'il le soit totalement : j'entends par là qu'il devra abandonner son nom pour prendre le mien… ainsi que mes armes. En d'autres termes : Hortense sera duchesse de Mazarin. À vous de voir si vous voulez être son duc !

Pour épouser Hortense, La Meilleraye fût volontiers entré dans le feu. Il en était tellement entiché que ce sentiment, vraiment excessif, n'allait d'ailleurs pas tarder à influencer fâcheusement son comportement. Mais, pour l'heure présente, il était uniquement transporté de bonheur. Et, sans la plus petite hésitation, il souscrivit des deux mains à tout ce que voulait son futur oncle, sans même informer son père qui, à vrai dire, allait sans trop de peine se laisser faire une douce violence, la fortune du cardinal étant célèbre et enviée.

Celui-ci, sentant que sa fin arrivait à grands pas, fit presser les choses et le 28 février le contrat était signé. Et quel contrat !

Dans la corbeille de noces, l'oncle Jules mit un million et deux cent mille écus, les droits sur le revenu du sel de Brouage, les gouvernements de Brissac, de Philipsbourg, de la haute et basse Alsace, la charge de Grand Bailli de Haguenau, les gouvernements de La Fère et de Vincennes, le duché de Ponthieu et celui de Mayenne. Comme, de son côté Armand était loin d'être pauvre, qu'il apportait, outre sa charge de Grand Maître de l'Artillerie et sa résidence de l'Arsenal, une rente de deux cent mille livres, le tout constituait une fortune de vingt-huit millions de livres qui, si le jeune ménage n'avait pas d'enfants, reviendrait au frère d'Hortense : Philippe, duc de Nevers. Sans oublier, bien sûr la bagatelle que représentait le palais Mazarin et ses fabuleuses collections d'œuvres d'art et de pierres précieuses.

Ainsi accablés d'or et de titres, Hortense et son fidèle soupirant furent unis, le 1er mars, dans la chapelle du palais Mazarin par l'évêque de Fréjus, Mgr Ondedei, dans l'intimité, car il ne pouvait être question de fête ou de voyage de noces : le cardinal était à toute extrémité et l'évêque cumula extrême-onction et sacrement de mariage.

Quelques jours plus tard, le 9 mars, le cardinal Mazarin s'éteignait enfin et s'endormait dans la paix du Seigneur. Événement capital que sa famille, reconnaissante, salua de cette étrange oraison funèbre :

– Dieu merci, il est crevé !

On l'enterra comme il se doit, après quoi le nouveau duc de Mazarin et sa jeune épouse entreprirent de faire rouler sur la route défoncée de la vie quotidienne un char conjugal qui n'allait pas tarder à grincer furieusement. Trois mois ne s'étaient pas écoulés que la première bagarre sérieuse éclatait entre Hortense et son époux.

Ce soir-là, le 12 ou 13 juin, le Roi venait de quitter le palais Mazarin où, depuis quelque temps, il faisait de fréquentes visites qui n'avaient pas grand-chose à voir avec les condoléances. À peine eut-il tourné les talons qu'Armand attaquait.

– Madame, déclara-t-il sèchement à sa femme, préparez-vous à partir dès demain pour nos terres de Chilly-Mazarin. L'air de Paris ne vous vaut rien.

Hortense, qui avait passé une fort agréable soirée et qui devait danser au Louvre le lendemain soir, réagit aussitôt.

– Partir ? Demain ? Ah ça, mon ami, vous perdez le sens ? Et que dira, je vous prie, le Roi qui nous a conviés et qui nous attend ?

– Rien du tout ! Il pourra bien attendre autant qu'il lui plaira ! En fait, c'est à cause de lui que je vous emmène et vous le savez parfaitement.

– À cause du Roi ?

La stupeur de la jeune femme était peut-être sincère, son époux ne s'en soucia pas. Il tourmentait sa cravate de dentelle d'un doigt nerveux.

– Je trouve, articula-t-il enfin, qu'on voit beaucoup trop le Roi chez nous ! Et je n'aime pas cela !

– Vous n'aimez pas voir le Roi ? Mais pourquoi.

– Parce que j'ai bonne mémoire, voilà tout ! Sa Majesté a commencé par courtiser votre sœur Olympe. Ensuite elle s'est entichée de votre sœur Marie, au point d'avoir failli faire, pour elle, un coup d'État et l'épouser. À présent, on dirait que votre tour est venu.

Il est temps que le Roi cesse de s'intéresser aux demoiselles Mancini et s'aperçoive qu'il a d'autres sujettes. Quelques lieues entre vous et un souverain aussi galant ne vous feront de mal ni à l'un ni à l'autre.

La jeune duchesse sentit la moutarde lui monter au nez. Elle n'était pas d'un tempérament patient et les idées de Monsieur son époux commençaient à lui porter singulièrement sur les nerfs.

– Monsieur le duc, fit-elle en s'efforçant de garder un semblant de calme, sachez que le premier devoir d'un bon sujet est d'obéir à son roi. Or, le Roi nous a invités, donc il a ordonné !

– Un bon sujet peut-être, mais je prétends être avant tout un bon mari. Et un bon mari veille au grain. Je vais écrire à Sa Majesté pour lui dire nos regrets, invoquer le mauvais air de Paris, vos malaises et demain, après la messe, nous partirons !

Hortense eut beau prier, crier, se mettre dans tous ses états, rien ne put faire démordre Armand de sa décision. Et, malheureusement pour la jeune femme, il était le maître absolu du ménage. En désespoir de cause, elle courut s'enfermer dans sa chambre, dont la porte claqua derrière elle, et s'effondra dans les bras de Nanon, sa camériste.

– Il veut m'enfermer, me cloîtrer, sanglota-t-elle. Nous devons aller nous enterrer dans ce trou de Chilly.

– Un trou, Chilly ? C'est une si belle demeure, Madame ! Et puis, la campagne, en été, c'est bien plus agréable que Paris où l'on respire de si mauvaises odeurs.

– Je déteste la campagne ! Et puis le duc ne se soucie pas des odeurs ! La vérité c'est qu'il a peur du Roi, qu'il est jaloux ! Jaloux… ce barbon !

– Un barbon ? Mais… il n'a que trente ans ! Ce n'est pas un grand âge et, après tout, il est normal qu'un jeune mari soit jaloux quand il possède une épouse aussi belle que Madame ! Il est vrai que le Roi a bien du charme, lui aussi…

La petite flatterie de Nanon réussit. La duchesse se laissa finalement emmener à Chilly en songeant, à part elle, qu'il faudrait bien un jour ou l'autre rentrer à Paris !

Néanmoins ce séjour à Chilly-Mazarin n'allait pas tarder à lui ouvrir d'étranges aperçus sur le caractère réel de son époux. La jalousie n'était pas, en effet, le seul péché mignon du nouveau seigneur de Mazarin : il y joignait une piété si scrupuleuse, si minutieuse et, il faut bien le dire, si étroite que le mot bigoterie vient de lui-même à l'esprit. En outre, il était d'une incroyable pruderie qui conférait un caractère bizarre à ses épanchements amoureux, lesquels revêtaient toujours une grande dignité.

Une fois loin de Paris, Armand laissa libre cours à ses penchants et la malheureuse Hortense se vit bientôt l'objet d'une jalousie tatillonne doublée d'un bien curieux respect des volontés du Seigneur qui, réunis, lui rendirent très vite la vie impossible.

C'est ainsi qu'une étiquette quasi espagnole fut instaurée par le duc dans ses domaines. La duchesse ne devait y adresser la parole qu'à des femmes. Si elle avait le malheur de dire un mot ou de donner un ordre à un valet, celui-ci disparaissait de la maison dès le lendemain.

Bientôt, en dehors des nombreux prêtres et moines dont Armand faisait sa société habituelle quand il n'était pas aux armées, les visiteurs masculins ne furent plus autorisés à franchir les grilles du parc. Pratiquement mise en harem, la duchesse ne tarda pas à s'ennuyer ferme mais le Ciel se chargea de lui fournir une distraction d'un genre assez particulier.

Une nuit, un incendie éclata dans l'une des métairies du vaste domaine et, tout de suite, attisé par le vent, prit une telle violence que tout le monde accourut, duc et duchesse en tête, sur les lieux du sinistre.

Le spectacle était impressionnant : de longues flammes rouges léchaient la nuit éclairant les alentours. Une grosse troupe de paysans, armés de seaux, s'activait et faisait la chaîne pour tenter de maîtriser l'incendie et chacun travaillait avec ardeur pour sauver ce qu'il était encore possible de sauver.

Soudain, Hortense, abasourdie, vit son époux se précipiter vers ses gens en hurlant :

– Arrêtez ! Arrêtez tout de suite ! Je vous ordonne de vous arrêter ! Plus une goutte d'eau ! Vous ne jetterez plus sur ce feu une seule goutte d'eau ou je vous fais bastonner…

Tandis que tous, stupéfaits, obéissaient machinalement, la duchesse s'élança et rejoignit son époux.

– Mais enfin, mon ami, dit-elle, il faut bien éteindre cet incendie !

L'œil dont il la couvrit était plein de scandale et de dégoût.

– Je vous savais d'une piété fort tiède, Madame, fit-il, mais je ne vous savais pas assez hardie pour oser vous opposer à la volonté divine ! Si cette ferme brûle, c'est que Dieu l'a voulu ! Elle doit donc brûler jusqu'au bout afin que la Sainte Volonté s'accomplisse ! Tout le monde à genoux ! Allons !… Vous aussi, Madame !

Et il fallut bien obéir. Hortense était bien trop désorientée pour songer même à protester. À genoux en plein champ et en toilette de nuit au milieu de ses femmes ahuries, elle répondit machinalement aux ardentes invocations que le duc, agenouillé à la tête de tout son monde, adressait à Dieu tandis que l'incendie achevait de dévorer sa métairie. Il ressemblait vaguement à Néron contemplant l'incendie de Rome en chantant sur sa lyre, mais ni la duchesse ni ses gens, gelés et courbatus, n'apprécièrent, sur le moment, la beauté du spectacle. On s'estima finalement heureux de pouvoir regagner son lit quand le feu consentit à s'éteindre de lui-même, faute d'aliments.

– Ma parole, s'indigna la duchesse au bénéfice de la seule Nanon et en réintégrant sa chambre, si le feu prenait au château, le duc nous obligerait à griller tous dedans sous prétexte que c'est la volonté de Dieu ! Grand merci de ces volontés-là ! Mon mari doit être fou !

– Fou, pas encore, dit la fidèle servante, mais bizarre sans aucun doute ! Il faut bien avouer que Monsieur le duc a parfois des idées singulières… Est-ce que Madame la duchesse sait qu'il a fait proclamer, dans le village, l'interdiction aux femmes et aux filles de traire les vaches ?

– L'interdiction de traire les vaches ? Mais pourquoi ?

La camériste prit une mine confite.

– Est-ce que Madame la duchesse ne devine pas ? Monsieur le duc prétend que cela offense la morale chrétienne ! Que traire n'est pas une occupation pour des femmes honnêtes parce que cela les met en rapport trop direct avec les réalités de la nature.

Pour le coup, Hortense éclata de rire. Avait-on jamais rien entendu de pareil ? Mais ce fut du délire quand Nanon ajouta que cette affaire de traite tourmentait tellement son époux qu'il était allé jusque chez l'évêque pour en obtenir un ordre éloignant les femmes des pis de vaches dans tout le diocèse… C'était la plus merveilleuse histoire qu'Hortense eût jamais entendue et elle se promit bien d'en régaler ses sœurs et ses amies lorsque l'on rentrerait à Paris.

Hélas, ce retour tant attendu ne fut pas du tout ce qu'elle espérait. D'abord, Monsieur le duc décréta que l'on ne retournerait pas loger au palais Mazarin, haut lieu d'un luxe raffiné qui ne pouvait qu'inciter à la mollesse du caractère : on s'installerait chez lui, à l'Arsenal ! Ensuite, il interdit à sa femme de recevoir des visites ou de voir qui que ce fût. Elle n'eut même pas le droit de rencontrer la propre cousine d'Armand, Mme d'Oradour, qui habitait elle aussi à l'Arsenal, où il y avait de nombreux appartements.

Enfin, le duc donna des ordres sévères en ce qui concernait les équipages de sa femme : dès qu'elle commandait d'atteler, il ordonnait de dételer et il ne restait à la malheureuse Hortense d'autre distraction qu'une vigoureuse scène de ménage pour se désennuyer.

Une distraction à laquelle la recluse ne se faisait pas faute de recourir. Et, le tempérament italien reprenant le dessus, les austères murailles de l'Arsenal retentirent d'éclats de voix et d'invectives qui n'auraient pas déparé l'atmosphère chaude de certaines ruelles napolitaines décorées de cordes à linge.

Le malheur dans tout cela était qu'Armand, en dépit de ses lubies et de ses idées folles, n'avait pas pour autant cessé d'aimer sa femme. Il en était même amoureux comme au premier jour. Ses précautions insensées n'étaient que le reflet d'une peur viscérale : celle de voir Hortense lui échapper… Elle était ravissante, beaucoup trop coquette évidemment, et le malheureux duc ne savait plus réellement à quel saint se vouer : quand il n'implorait pas le Seigneur de protéger son ménage, il fatiguait tout le Paradis puis se livrait à des mesquineries dignes du plus tatillon des petits-bourgeois.

À ce régime, ce qui devait arriver arriva. La peur n'évitant pas le danger et les excès de jalousie n'ayant d'autre effet que décupler, chez celui ou celle qui en est l'objet, un désir forcené de liberté, la duchesse de Mazarin mit toute son astuce à tromper, d'abord la surveillance maritale, puis le mari tout court : elle prit un amant. Ce qui représentait un assez bel exploit étant donné les circonstances.

Depuis longtemps, le chevalier de Rohan, Grand Veneur de France, grand chasseur de femmes aussi et fort séduisant de surcroît, lui faisait une cour discrète mais assidue. Il fut assez habile, avec la complicité de Nanon et de l'un de ses valets nommé Narcisse, pour déjouer la surveillance étroite du mari. Grâce à lui l'Arsenal devint le théâtre d'une comédie digne de Molière. On se vit en cachette et, surtout, on s'écrivit...

Le malheur voulut que l'une des lettres du chevalier tombât sous les yeux du duc : ce fut un drame affreux. La ville et la Cour, cette dernière toujours à l'affût des potins, retentirent des cris de Mazarin. Seul le marquis de Montespan devait, plus tard, battre son record de hurlements.

Pourtant ceux du pauvre duc atteignirent une belle intensité, au point que Mgr Ondedei[1] en écrivit au Roi lui-même pour le prier humblement d'intervenir. Louis XIV se montra extrêmement fâché de la « conduite légère de Mme de Mazarin ». D'autant plus fâché peut-être qu'il lui

1. Qui avait béni ce mariage délirant et se sentait un peu responsable.

fallait bien constater qu'un autre avait réussi là où lui, le Roi, avait échoué. Il répondit donc à l'évêque de Fréjus d'une plume assez raide.

« J'ai bien du déplaisir de ce qui est arrivé, mais je veux espérer que la personne dont vous me parlez se conduira mieux à l'avenir qu'elle n'a fait dans le passé… »

La « personne » pensa mourir de fureur à la lecture de l'épître royale mais comprit cependant qu'il serait prudent de se faire oublier.

Son état physique, heureusement, s'y prêtait car, entre deux scènes de ménage et deux bordées d'injures, il arrivait encore au ménage Mazarin de se retrouver à l'abri d'un ciel de lit et de s'y comporter comme tout un chacun.

Autrement dit : Hortense était de nouveau enceinte…

C'était pour elle l'impossibilité de se montrer dans le monde et, dans un sens, cette grossesse lui fournissait une excuse pour se cacher. Bien sûr, elle eût cent fois préféré faire front, plaider elle-même sa cause auprès du Roi, lui expliquer son point de vue, le reprendre peut-être…, mais les débuts de sa future maternité étaient peu agréables : elle se sentait lasse, faible, assez patraque et, qui plus est, plutôt laide… C'était donc le moment idéal pour rester à la maison…

Ce fut tout juste celui que choisit Armand pour lui annoncer son prochain départ pour son gouvernement d'Alsace. Et comme il n'était pas question qu'elle demeurât seule au logis, entourée de toutes les tentations et de tous les pièges du démon, il ajouta que sa femme devait se préparer à le suivre.

La mort dans l'âme, elle obéit et faillit laisser les os dans l'aventure.

Les quelque cent cinquante lieues du voyage, en carrosse et par des chemins impossibles, furent pour la malheureuse un vrai supplice dont elle pensa mourir cent fois. Et, quand, enfin, on arriva à Neuf-Brisach, la duchesse de Mazarin était à la fois moulue et désespérée : son époux, elle en était certaine, voulait sa mort !

II

Une lutte épique

Enfermée dans la forteresse où le duc, son époux, l'avait claquemurée dès son arrivée après un voyage impossible, tout au moins pour une femme enceinte, Hortense Mancini, duchesse de Mazarin, ne voyait plus à ses maux qu'un seul recours : Colbert !

Le ministre qui, durant de si longues années, avait été le bras gauche[1] de l'oncle Jules, était demeuré l'administrateur financier et surtout le protecteur des nièces du défunt cardinal. Lui seul pouvait tenter quelque chose pour la tirer d'une situation qui lui faisait horriblement peur car elle craignait, tout de bon, qu'Armand n'en voulût à sa vie.

Elle prit donc sa plume, la trempa dans l'encre noire de l'angoisse et écrivit. Colbert, elle le savait, ne portait pas beaucoup d'estime au nouveau duc de Mazarin qu'il jugeait timbré ! Il pouvait intéresser le Roi au sort d'une femme, belle et malheureuse, pour laquelle Sa Majesté avait eu jadis quelque faiblesse…

1. Le droit, c'était Foucquet qui pourrissait en prison.

Hortense voyait juste. Au reçu de la lettre, Colbert ne manqua pas d'informer Louis XIV du traitement barbare infligé par le duc de Mazarin à son épouse. Malheureusement la plainte d'Hortense tombait mal, car le Roi, dont la trésorerie était en difficulté, venait de contracter un emprunt de deux millions à la fabuleuse caisse d'Armand. Aussi, peu soucieux de mécontenter son banquier, Louis XIV fit la sourde oreille et la duchesse dut demeurer en Alsace jusqu'en janvier 1662, date à laquelle son seigneur et maître consentit à la ramener à Paris.

Le voyage de retour fut encore pire que celui de l'aller car Hortense était maintenant enceinte de sept mois. Elle eut tout juste le temps de se remettre un peu pour assister, ensevelie sous des brocarts flottants et des masses de fourrures, au mariage de sa sœur Marie-Anne, la dernière des Mancini, qui épousait le duc de Bouillon.

Malheureusement pour la paix du ménage Mazarin, les fêtes de ce mariage avaient également ramené à Paris, de Rome où il demeurait depuis un an, le frère chéri de la duchesse, le charmant Philippe Mancini, duc de Nevers. Une grande tendresse unissait le frère et la sœur, si grande même que l'ombrageux Mazarin s'en offusqua et se mit, incontinent, à suspecter la pureté d'un sentiment si profond.

En conséquence, il laissa tout juste à sa femme le temps de donner le jour à une fille après quoi il la réembarqua dans son carrosse en direction de Neuf-Brisach où, pour plus de sûreté, il se hâta de lui préparer une nouvelle maternité malgré ses cris, ses larmes et ses protestations. La pauvre Hortense en était à considérer sa vie comme une immense nausée, quand une lettre de Colbert, reprochant sévèrement au duc de trop s'éloigner de la cour et de déplaire ainsi au Roi, ramena celui-ci à une plus juste compréhension des choses et le couple à Paris en février 1663. Hortense était sauvée ! Grâce à cet ami fidèle, la jeune duchesse put enfin mener un temps la vie mondaine qu'elle aimait tant.

Tandis que son époux se rendait en Poitou pour affaire, elle donna à Vincennes quelques grandes réceptions, dansa, rit et s'amusa sous la tutelle toute paternelle de Colbert. Mais ce ne fut qu'un répit : à peine eut-elle donné le jour à une nouvelle fille, qu'il lui fallut rejoindre Armand dont la jalousie avait atteint, entre-temps, des sommets fabuleux : il en était venu à ne plus même tolérer que sa femme séjournât chez son père à lui, le vieux maréchal de La Meilleraye qui n'avait cependant rien d'un séducteur et ne présentait plus aucun danger.

L'invraisemblable marathon conjugal reprit de plus belle. La duchesse avait tout juste le temps de toucher terre à Paris avant qu'on l'embarquât de nouveau pour l'Alsace ou la Bretagne. Dans l'un ou l'autre endroit, d'ailleurs, elle vivait généralement cloîtrée, réduite à la seule compagnie de Nanon sa fidèle suivante.

Or, le Roi qui, jusqu'alors, avait montré une certaine indulgence aux lubies du duc de Mazarin, se prit à penser tout de même – toujours avec l'aide bienveillante de Colbert – que le cher duc n'était peut-être pas en pleine possession de son bon sens. Les doutes lui vinrent surtout au matin du 8 décembre 1664 où Mazarin, après avoir communié comme chaque matin, se présenta à son lever et sollicita l'honneur d'un entretien particulier. Lequel entretien lui fut aussitôt accordé.

– Parlez, Monsieur ! Je vous écoute !

Ainsi encouragé, Mazarin salua gravement puis d'une voix pénétrée de son importance il déclara, sans rire :

– Sire, Votre Majesté voudra bien pardonner la liberté que je prends de m'adresser ainsi à elle, mais il me faut lui faire connaître que j'ai passé en Paradis ces trois dernières nuits. L'Ange Gabriel en personne est venu à moi, pécheur indigne, et m'a prié d'avertir Votre Majesté de tous les malheurs qui risquent de l'atteindre si elle ne rompt pas immédiatement toute relation avec Melle de la Vallière ! Je délivre donc mon message, heureux en cela de suivre le mouvement de ma conscience qui me pousse à détourner mon Roi du scandale que sa conduite donne à toute la France…

Peu habitué à ce genre de prône, le Roi, après un instant de flottement dû à la surprise, se demanda sérieusement s'il n'allait pas envoyer l'insolent méditer quelque temps à la Bastille, mais il se ravisa. Tandis que Mazarin, respectueusement incliné attendait, confiant, le résultat de son divin message, il se leva et, désignant son front d'un geste fort clair, il déclara sèchement :

– Avez-vous tout dit ? Il y a longtemps, Monsieur, que je sais que vous êtes blessé là !

Puis il lui tourna le dos. Mais cette petite aventure lui avait donné à réfléchir et ce fut d'un œil neuf qu'il se mit à considérer les nombreuses lettres de plaintes dont la duchesse accablait Colbert.

– Ce ménage, confia-t-il à son ministre, ne tiendra plus longtemps. Et je ne sais si j'aurai le cœur de donner tort à la duchesse…

Le ménage tint encore deux années environ, avec une infinité de hauts et de bas, mais surtout de bas. Ces deux ans, Mme de Mazarin les employa à mettre encore deux enfants au monde, une troisième fille et un fils. Son époux les employa, lui, à la traîner sur toutes les mauvaises routes de France, de Quimperlé à Philipsbourg et de Philipsbourg à Neuf-Brisach avec retour à Quimperlé, de préférence par les tempêtes d'équinoxe.

Elle jugea toutefois qu'elle en avait suffisamment supporté le jour où Armand lui enleva ses « grosses pierreries » et ses robes de cour, ne lui laissant que ce qui pouvait convenir à des garnisons provinciales : le tout sous le louable prétexte qu'il était bon d'éviter à sa femme les tentations du démon nommé Orgueil. Le jour aussi où elle entendit le dévot seigneur lui déclarer qu'une fois leurs filles parvenues à l'âge de quatorze ans, il leur ferait ôter les dents de devant afin qu'elles ne risquassent point de devenir des sujets de tentation charnelle…

Horrifiée, la duchesse quitta aussitôt le domicile conjugal et s'en alla chercher refuge à l'hôtel de Soissons, chez sa sœur Olympe. Alerté, Colbert, le bon ange, fit de son mieux pour recoller le couple, mais y perdit son temps et sa patience car la duchesse était d'autant plus solidement ancrée sur ses positions que le cher chevalier de Rohan, jamais oublié, était un habitué de l'hôtel de Soissons. Elle fut très ferme : le duc devrait s'engager à lui rendre ses bijoux, à la laisser en paix et, surtout, il devait promettre solennellement de renoncer à sa manie ambulatoire : Hortense ne voulait plus entendre parler de grands chemins.

Le duc refusa et, à son tour, fit connaître ses intentions : Mme de Mazarin choisirait entre l'hôtel de Conti où elle pourrait faire retraite chez un ami sûr… et le couvent !

Sans hésiter une seconde, la duchesse choisit le couvent car il y avait longtemps qu'elle était éclairée sur le compte du prince de Conti : il appartenait comme Mazarin à la lugubre Compagnie du Saint-Sacrement et battait son collègue d'une courte tête sur le chapitre de la bigoterie.

Au mois de mai 1667, elle s'installait à l'abbaye de Chelles dont l'abbesse était une tante d'Armand ce qui n'empêcha pas le neveu de proclamer hautement que la règle n'y était pas assez sévère. Le Saint-Sacrement s'en mêla, arracha un ordre au Roi et, un beau matin, la pauvre Hortense vit arriver une escouade de soldats de la prévôté de Paris, escortant l'abbesse des Filles de Sainte-Marie, rue Saint-Antoine, une certaine Mme de Toussy, connue pour son austérité. Et l'on emmena la duchesse de Mazarin sans y mettre plus de formes que si elle eût été une simple fille publique.

Mais, aux Filles de Sainte-Marie, la Providence – à moins que ce ne soit le Diable ! – lui réservait une certaine compensation sous les traits charmants et l'esprit particulièrement vif de la jeune marquise de Courcelles, Sidonia de Lenoncourt, jeune personne de dix-sept ans, fort délurée et fort espiègle.

Mme de Courcelles devait son séjour au couvent à la rancune du marquis de Louvois dont elle avait dédaigné les avances au profit de celles du marquis de Villeroy, infiniment plus séduisant à ses yeux que le sourcilleux ministre.

Rapprochées par leur commun malheur, les deux femmes devinrent inséparables et leur association fit la vie dure aux religieuses : quand les bénitiers de leur sombre chapelle n'étaient pas malicieusement remplis d'encre, les saintes filles devaient passer des nuits blanches pendant que les deux espiègles organisaient des chasses à courre avec leurs petits chiens et galopaient à travers les couloirs en criant :

– Taïaut ! Taïaut !...

À moins que les deux diablesses ne s'amusassent à percer des trous dans le grenier qu'elles inondaient ensuite, afin de tremper les religieuses dans leurs lits.

Celles-ci finirent par demander grâce et les deux amies, triomphantes, reprirent le chemin de l'abbaye de Chelles où la vie était infiniment plus agréable. Mais cela ne faisait pas l'affaire du duc de Mazarin.

Un matin de novembre, par un temps épouvantable, Armand, à la tête d'une soixantaine de cavaliers de son régiment, vint mettre le siège devant la vieille abbaye mérovingienne. Laissant ses hommes encercler le couvent, il se rendit jusqu'à la porterie et demanda à voir la Mère Abbesse.

Celle-ci y consentit mais ne lui permit pas d'entrer : ce fut devant le portail de l'abbaye qu'eut lieu l'entrevue. Le ton en fut plutôt frais.

– Pour un homme craignant Dieu comme vous faites, mon neveu, voilà un étrange équipage ! attaqua l'abbesse. Depuis quand vient-on en armes devant la maison du Seigneur ?

– Depuis qu'il s'y cache des rebelles ! riposta Mazarin. Au surplus, j'ai, comme vous pouvez voir, permission de Monseigneur l'évêque !

Et, des basques de son habit, le duc tira un vaste parchemin orné d'un énorme sceau de cire rouge !

– Voilà ! fit-il en agitant son grimoire sous le nez de l'abbesse. Maintenant, ma tante, laissez-moi entrer ou rendez-moi ma femme !

– Ni l'un ni l'autre ! Vous n'entrerez pas parce que je suis chez moi et n'y laisse entrer que des gens dans leur bon sens. Quant à votre femme, elle est maîtresse de sa décision et elle veut rester ici. En conséquence, n'espérez pas l'en arracher de force !

Ayant dit, l'abbesse tourna les talons et referma simplement sa porte au nez de son neveu stupéfait et furieux. À l'intérieur, elle trouva Hortense et son amie qui attendaient le résultat de l'entrevue avec l'anxiété que l'on devine.

– Alors ? demanda la première.

– Je pense que vous avez entendu ? Cette porte n'est pas si épaisse ! Maintenant et afin que vous soyez parfaitement en paix, je vous remets les clefs de l'abbaye. Pour aujourd'hui, c'est vous qui commandez : acceptez, refusez, faites à votre guise ! Néanmoins j'aimerais que vous parliez un instant avec votre époux.

La duchesse accepta à la fois le dialogue et l'énorme trousseau de clefs qu'on lui offrait. Au-dehors elle pouvait entendre Armand tambouriner frénétiquement contre le vantail en réclamant l'abbesse. Elle se décida donc à paraître derrière le guichet grillé.

Quand le duc l'aperçut, il commença par lui lâcher une énorme bordée d'injures puis hurla :

– Ce n'est pas vous que je veux voir. Vous n'êtes qu'une folle dangereuse et je n'ai que faire de votre avis ! Je veux l'abbesse, ma tante ! Et vous n'êtes pas l'abbesse que je sache ?

– C'est ce qui vous trompe ! Je suis abbesse pour aujourd'hui, s'écria Hortense en agitant le trousseau de clefs sous le nez de son époux. Et vous ne verrez personne d'autre ! Voulez-vous, oui ou non, causer calmement avec moi ?

– Non ! Vous me devez obéissance ! Je n'ai pas à discuter avec une épouse rebelle ! Allez au Diable !

– Voilà que vous confondez le Diable et le Bon Dieu ! C'est un couvent ici, mon ami, et un bon couvent ! Mais je ne vois aucun inconvénient à ce que vous alliez vous-même là où vous m'envoyez. Chacun ses goûts !

Et elle referma le guichet.

Voyant qu'à moins de donner l'assaut il n'obtiendrait rien de plus, Mazarin s'en alla tout furieux, tandis que, réfugiées à l'une des fenêtres de l'abbaye, Hortense et Sidonia le regardaient s'éloigner non sans une certaine inquiétude.

– Il ne doit pas se sentir assez fort, soupira l'épouse pourchassée. Mais je le connais bien, hélas, et nous avons tout à craindre de lui. Demain, il reviendra sûrement avec une troupe plus forte, peut-être même avec un ordre du Roi !

– Alors, dit Mme de Courcelles, il faut prévenir votre famille, demander du secours.

Ce que l'on fit sans plus tarder. Et, à l'aube du lendemain, une troupe imposante s'avança fermement vers les tours romanes du vieux couvent. C'étaient le comte de Soissons et son épouse Olympe, le duc de Bouillon et Marie-Anne, flanqués de tous leurs gens qui s'en venaient au secours de Mme de Mazarin.

Quand elles virent s'approcher, dans la brume du petit matin, cette espèce d'armée, Sidonia et Hortense crurent que Mazarin revenait en force. Saisies de terreur, elles voulurent fuir, coururent vers le fond du jardin où une grille de clôture offrait un trou.

– Passons par là, proposa Mme de Courcelles. Nous gagnerons ensuite la campagne.

Elle s'y glissa, passa sans peine. La duchesse suivit. Mais elle était beaucoup plus ronde que sa compagne et, bientôt, elle se trouva coincée : impossible d'avancer ou de reculer sous peine d'étouffer. Il fallut bien se résoudre à demander du secours et ce fut dans cette position peu glorieuse, criant et gesticulant comme une forcenée, que les visiteurs matinaux trouvèrent Mme de Mazarin. On se hâta de la délivrer et l'on rit beaucoup de l'aventure.

Puis comme, décidément, Mazarin n'apparaissait pas, chacun rentra chez soi.

D'ailleurs, les choses semblaient s'arranger assez bien pour la duchesse. Dès son entrée au couvent, elle avait intenté à son époux un procès en séparation sous l'inculpation de dilapidation de patrimoine. En effet, le duc dépensait allégrement l'énorme fortune de l'oncle Jules en dons plus ou moins judicieux à tous les membres de sa chère Compagnie du Saint-Sacrement dont il s'était institué en quelque sorte la Providence.

Peu de temps après, le Parlement, saisi de l'affaire, autorisa Mme de Mazarin à regagner le palais de son oncle défunt tandis que le duc se voyait assigner résidence dans son palais de l'Arsenal.

Au mois de décembre, la duchesse rentra donc au palais Mazarin avec la satisfaction que l'on devine et, toute à sa joie, s'arrangea pour y faire venir sa chère Sidonia extraite du couvent par ses soins. Les deux anciennes recluses décidèrent alors que le temps des plaisirs était venu. Elles se lancèrent dans une suite de bals, de réceptions, de concerts et de chasses. Un véritable tourbillon emporta les deux têtes folles. On les fêtait, on les adulait, on les courtisait et, tout à leur nouveau bonheur, elles en oublièrent la plus élémentaire prudence. Sidonia retrouva le cher Villeroy, Hortense le fidèle chevalier de Rohan, sans plus songer qu'elles étaient toujours, l'une et l'autre, en puissance d'époux.

Les choses pourtant, seraient peut-être demeurées dans l'ordre si un trouble-fête n'était venu se glisser entre les deux étourdies. Ce trouble-fête, ce beau coq lancé entre deux poules, se nommait le marquis de Cavoye. Elles s'en éprirent avec un ensemble touchant et, du coup, d'amies intimes devinrent ennemies mortelles.

Pour commencer, Sidonia quitta le palais Mazarin pour regagner le domicile conjugal. Le marquis de Courcelles ne se souciait guère de sa femme et la laissait mener la vie qu'elle voulait pourvu qu'elle ne fit point scandale. Et c'était justement parce que sa liaison avec Villeroy avait été trop tapageuse qu'il avait écouté les propos perfides de Louvois et fait mettre sa turbulente épouse au couvent. Il accueillit son retour avec un grand flegme et sans joie excessive.

Pourtant, si Hortense et Sidonia ne s'aimaient plus, elles conservaient encore les marques extérieures de l'amitié. C'est ainsi qu'un après-midi du début mai 1668, comme elle se rendait à l'hôtel de Courcelles pour visiter sa « chère amie » Mme de Mazarin eut la double surprise de trouver, dans la cour, le carrosse du marquis de Cavoye… et de s'entendre dire que madame la marquise n'y était point. Sa colère fut telle qu'elle demanda aussitôt à voir le maître de maison.

Courcelles reçut cette jolie femme le mieux du monde, se montra galant, empressé même. Tellement qu'Hortense ravie eut quelque peine à se défendre de ses entreprises. Mais elle l'entortilla si bien qu'à l'annonce de ce qui se passait entre le marquis de Cavoye et sa femme il ne réagit qu'assez mollement. En revanche, quand Hortense éclata en sanglots, jurant que le beau marquis l'avait lâchement abandonnée pour Mme de Courcelles, le galant seigneur prit feu.

– Je vous vengerai, Madame… j'en jure mon honneur ! Sachez que désormais vous n'avez pas de plus ardent défenseur que moi.

– Ah ! marquis, soupira Hortense en lui tendant les mains, quelle joie éprouve une pauvre femme en rencontrant un homme de votre valeur.

– Avant trois jours, je le jure, Cavoye aura expié. Mais, en retour… puis-je espérer que vous me permettrez de vous servir… plus intimement ?

Hortense ne répondit que par un soupir et un regard, à la fois si appuyé et si mourant que Courcelles électrisé en conçut immédiatement les espoirs les plus vastes. Et, tout courant, il s'en alla provoquer en duel le marquis de Cavoye.

L'affaire fit du bruit car les bonnes langues s'en donnèrent à cœur joie. Ces messieurs mirent l'épée à la main le 7 mai à quatre heures du matin, dans un terrain situé au Marais, derrière l'hôtel de Turenne, résidence de la duchesse de Bouillon, la plus jeune des sœurs Mancini. Il n'y eut point d'effusion de sang malgré l'ardeur des deux combattants et, au contraire, grâce aux bons offices du comte de Soissons et du duc de Bouillon, les adversaires se réconcilièrent sur le terrain. Cela n'empêcha pas Louis XIV, furieux du scandale, et d'ailleurs excité en sous-main par le duc de Mazarin et les messieurs du Saint-Sacrement, d'envoyer les deux belligérants réfléchir à la Conciergerie. Cavoye, pour sa part, y resta deux ans.

Quant au scandale, il retomba tout entier sur Hortense qui, pour la société parisienne et pour la Cour, commençait à faire figure de femme légère et de faiseuse d'histoires. On lui fit grise mine, les potins allèrent même si bon train que la comtesse de Soissons, Olympe Mancini, jugea utile de traîner sa sœur chez le Roi pour essayer de remettre les choses en état. Elle présenta, en riant, Hortense à Louis XIV.

– Sire, je vous amène cette criminelle, cette méchante femme dont on dit tant de maux !

Hélas, tandis qu'Hortense plongeait dans une grande révérence, le Roi la toisa d'un regard glacial.

– Je n'en ai jamais rien cru, dit-il, mais d'un ton si bref que tout le monde comprit que la duchesse de Mazarin n'était pas, et de loin, dans les grâces du Roi.

Hortense, d'ailleurs, ne s'y trompa pas et sentit le vent de la disgrâce l'effleurer. Elle n'ignorait pas, d'autre part, que son mari jouissait, à présent, grâce au Saint-Sacrement, de l'entière confiance du Parlement et qu'un arrêt pourrait bien être rendu contre elle, l'obligeant à s'enfermer pour de longues années dans un couvent. Certes, la situation n'était pas gaie.

Elle appela au secours le cher chevalier de Rohan qui accourut mais ne lui cacha pas qu'elle s'était mise dans un mauvais cas puis se mit à réfléchir.

Au bout d'un moment la jeune femme cessa de tourmenter les dentelles de sa robe et releva vers son amant en titre un regard incertain.

– Il m'est bien venu une idée, commença-t-elle.

– Laquelle ?

– Fuir. Quitter la France pour quelque temps. J'aimerais aller rejoindre ma sœur Marie en Italie. Elle et son époux, le connétable Colonna, y sont puissants à Rome, et mon oncle, le cardinal Mancini, pourrait m'être de quelque secours contre ceux qui veulent à toute force m'enfermer dans un couvent.

– Vous ne craignez pas que l'on vous juge encore plus mal ? Une femme qui quitte son foyer, ses enfants… car je ne pense pas que vous songiez à les emmener ?

– Certainement pas. Ils sont bien mieux avec leur gouvernante. Là-bas, je pourrais attendre que les choses aillent mieux… et que le Roi se rappelle que mon mari est fou. Savez-vous sa dernière trouvaille ? Il se prend à l'occasion pour une tulipe. Il s'installe dans un grand pot et exige que son valet de chambre l'arrose…

Le chevalier se mit à rire et vint s'agenouiller aux pieds de la belle duchesse dont il se mit à couvrir les bras et les mains de baisers.

– Vous êtes si belle, Hortense. Comment résister ? Et comment s'étonner que les hommes, auprès de vous, deviennent fous ? Votre époux vous aimait, c'est sans doute son plus grand malheur.

– Comme c'est le vôtre, aussi ? fit Hortense non sans aigreur en ôtant sa main. C'est donc une raison de plus pour que je parte, puisque je suis si néfaste. Je vais m'y résoudre encore que la chose demande du mystère. Puis-je compter que vous m'aiderez ?

– Vous ai-je déjà refusé quelque chose ? Je veillerai sur vous, chère Hortense. Allez à Rome si vous le désirez, mais laissez-moi pourvoir à tout le détail. Je vous donnerai mes meilleurs serviteurs. Ainsi… vous penserez mieux à moi. Et, dès que les esprits seront calmés, j'irai vous rejoindre.

Un grand sourire réapparut sur le charmant visage de la jeune femme.

– Voilà comment je vous aime, mon chevalier. Je m'en remets entièrement à vous.

La fuite d'Hortense fut minutieusement préparée par le chevalier de Rohan et Philippe Mancini, toujours prêt à aider sa sœur chérie. L'un des gentilshommes de Philippe, Parmillac, s'occupa de disposer des relais, tandis que le duc faisait préparer un carrosse confortable et réunissait de l'argent. Rohan, lui, offrait à Hortense son plus fidèle valet, Narcisse, et son écuyer, le jeune Courbeville, un garçon de vingt ans particulièrement vif d'esprit et en lequel il avait la plus entière confiance. On évita de mettre dans la confidence les sœurs d'Hortense, Olympe et Marie-Anne, considérées comme peu sûres. On s'en servit même à leur insu pour aider la fugitive.

Au soir du 13 juin, fixé pour la fuite, Hortense avait accepté d'aller dîner à Saint-Germain avec Olympe. Bien entendu, elle ne s'y rendit pas. Olympe, inquiète de ne point la voir venir, repartit pour Paris, mais rencontra en chemin son frère Philippe qui, pressentant sa réaction, venait au-devant d'elle.

– Où est Hortense ? demanda la comtesse de Soissons.

– Ne l'avez-vous pas rencontrée ?

– Non.

– Il faut donc, lui répondit Philippe tranquillement, qu'elle ait pris par un autre chemin car je l'ai vue partir avant moi.

Olympe ne démêla pas la dose d'astuce que refermait le sourire du duc de Nevers. Philippe Mancini ne mentait qu'à moitié : il avait bel et bien vu partir Hortense, mais c'était pour Milan. Et tandis qu'Olympe regagnait Saint-Germain à bride abattue, pensant y retrouver sa sœur, Hortense, déguisée en homme ainsi que sa servante Nanon, courait dans un carrosse aux armes des ducs de Nevers, se lançant dans une aventure qui n'allait pas se terminer de sitôt et dont elle ne mesurait pas les conséquences, emportée qu'elle était par le désir de vivre, de vivre éperdument. Elle risquait sa réputation, abandonnait quatre enfants, mais sa liberté l'enivrait. Et puis, quand elle se penchait à la portière de sa voiture, elle pouvait apercevoir un jeune et charmant cavalier qui galopait à la portière : le petit Courbeville dont la moustache galamment retroussée troublait la duchesse plus qu'elle ne voulait bien l'admettre.

Tandis qu'Hortense brûlait les étapes, atteignait Bar-le-Duc, puis Nancy, Mazarin qui avait été réveiller le

Roi en pleine nuit, sans plus de gêne que si Louis XIV avait été un simple commissaire de police, et s'était fait rembarrer durement, lançait ses sbires à ses trousses, mais en vain. Grâce au zèle de Courbeville, Hortense avait une confortable avance. Et à Nancy, sur les terres du duc de Lorraine, elle était à l'abri. Elle pouvait, dès lors, continuer son voyage plus calmement.

Tout alla bien jusqu'à la traversée de la Franche-Comté où Hortense, en folâtrant dans le jardin d'une auberge avec Nanon, tomba malencontreusement et se meurtrit le genou. Un épanchement de synovie se déclara et c'est sur un brancard que la folle duchesse de Mazarin fit son entrée en Suisse. Elle séjourna d'abord à Neuchâtel, puis à Altdorf où, avant de s'engager dans la rude grimpée du Saint-Gothard, elle demeura plusieurs semaines, étendue sur une chaise longue. Le village suisse qui avait vu naître Guillaume Tell était sévère et se massait autour d'une tour carrée, sur les bords du lac des Quatre-Cantons. Toutefois cette sévérité échappa complètement à la patiente parce que, décidément, le jeune Courbeville avait de plus en plus de charme. Il savait, à merveille, masser le genou malade et des soins de cette nature établirent bientôt entre la duchesse et l'écuyer une familiarité… qui ne tarda pas à déplaire au valet Narcisse lequel n'était là, tout bien pesé, que pour surveiller Hortense au profit de son maître le chevalier de Rohan.

On pense bien qu'il ne perdit pas une minute pour informer le chevalier de son infortune. Celui-ci emplit Paris d'un désespoir bruyant qui fit le bonheur des chansonniers. Bientôt, nul n'ignora plus que la belle duchesse passait de fort agréables heures dans les bras du bel écuyer.

Du chevalier
Aimable duchesse
Du chevalier
Prendre l'écuyer
Ce n'est pas d'une beauté fière
Si votre cœur va toujours en arrière
Hélas, hélas !
À quoi bon tant d'appas ?

Ce genre de couplet était bien fait pour porter à son paroxysme la fureur d'Armand de Mazarin, mais le malheureux était aussi impuissant à les faire cesser qu'à ramener au bercail l'épouse vagabonde. Il se contenta de lui intenter un procès. La procédure était l'une des plus chères manies de l'ancien marquis de La Meilleraye.

Pendant ce temps, Hortense était arrivée en Italie.

Le prince Colonna, connétable du royaume de Naples, prince romain fabuleusement riche et époux de Marie Mancini, était patient et courtois, mais jusqu'à un certain point. Il n'aima pas beaucoup la façon dont Hortense accueillit sa sœur quand, sur la route de Milan, elle vint à sa rencontre. Marie, tout heureuse d'accueillir Hortense se jeta dans ses bras d'un élan. Hortense, bien sûr, lui rendit son baiser avec une chaleur tout italienne mais, ce premier baiser échangé, elle se recula pour examiner sa sœur. Et, brusquement, elle éclata de rire, un rire méchant et sans indulgence.

– Par ma foi, dit-elle, je n'aurais jamais cru que l'Italie fût si loin de Paris ! Il y a des siècles que l'on ne porte plus des corps de jupe aussi longs ni des rubans de cette couleur. Une provinciale, du fond de l'Auvergne, en sait plus que toi sur la mode, ma pauvre Marie.

La princesse Colonna devint rouge comme une belle cerise. Elle regarda avec douleur sa robe de soie rouge sombre puis prit une contenance gênée. De cette minute, le connétable détesta sa belle-sœur.

C'était un homme rigide, aux idées étroites et qui avait, sur la vie d'une femme, des convictions bien arrêtées.

– Marie s'habille, répliqua-t-il, comme les femmes de qualité s'habillent chez nous. Et si nous ne suivons pas la mode de Paris, nous n'en sommes pas plus malheureux.

Tout en parlant, il examinait sans indulgence le jeune Courbeville dont le costume un peu trop élégant et couvert de rubans avait attiré son attention.

– Qui est ce jeune homme ? fit-il en pointant vers l'élégant écuyer un doigt accusateur.

– Mon écuyer, répliqua Hortense avec impertinence. M. de Courbeville qu'a bien voulu me prêter mon cher ami le chevalier de Rohan.

Les deux hommes se saluèrent et l'on reprit le chemin de Milan où le duc de Sesto, frère du connétable et gouverneur, avait mis un palais à leur disposition. L'été était là et la chaleur étouffante qui régnait à Rome était pénible à supporter pour des femmes, surtout inhabituées comme Hortense. De plus, c'était la saison dangereuse où les marais, qui entouraient la ville papale, baissaient de niveau et dispensaient les miasmes dangereux de la malaria quand ce n'était pas le virus, mortel et terrifiant, de la peste.

Or, une fois installée dans sa demeure milanaise, Hortense de Mazarin s'y enferma, refusant de sortir ou même de recevoir. Elle voulait rester seule avec son écuyer.

Le duc de Nevers n'était pas plus patient que le connétable, il l'était même plutôt moins. Quand il arriva à Milan et apprit que sa sœur vivait à peu près recluse… avec Courbeville, il entra dans une colère épouvantable.

– Madame, si j'eusse pu penser que vous descendriez assez bas pour vous laisser aller dans les bras d'un simple écuyer, je ne me serais pas mêlé de vous faire quitter Paris. Qui a jamais entendu parler d'une chose pareille ?

– Je ne vous croyais pas d'esprit aussi étroit, mon frère. Je suis libre, il me semble.

– Libre, libre, c'est vite dit. Tout Paris parle de votre inqualifiable conduite. Si vous pensez, en agissant de la sorte, tourner vers vous le Roi et ceux dont vous avez le plus grand besoin, vous vous trompez.

Hortense n'était patiente que lorsque les intérêts de ses amours n'étaient pas en jeu. Elle se fâcha.

– Je me moque éperdument de ce que l'on peut penser de moi. Si j'ai quitté Paris, ma position, ma maison, et si je me suis lancée sur les grands chemins, c'est justement pour avoir le droit de vivre à ma guise, ne dépendre de personne. Ma liberté m'a coûté assez cher, laissez-la-moi !

– Si je vous comprends bien, lança Philippe méprisant, être libre, pour vous, c'est vous jeter, quand il vous plaît, dans les bras du premier venu ?

Commencée de la sorte, la conversation ne pouvait que s'envenimer rapidement. Le frère et la sœur se disputèrent avec une violence qui n'appartenait qu'à eux et se quittèrent brouillés. Hortense s'en alla pleurer dans les bras de Courbeville. Puis, comme décidément le séjour de Milan lui semblait bien maussade, que Marie lui vantait les charmes et les plaisirs de Venise, les deux sœurs allèrent faire un petit séjour dans la cité des Doges. De là, on passa à Sienne, puis à Rome où la chaleur était toujours extrême. On gagna donc Marina di Massa, au bord de la mer où, bientôt, Philippe qui avait fini de bouder vint rejoindre ses sœurs.

Comme Courbeville était toujours l'amant en titre, les disputes recommencèrent. Philippe avait prévenu explicitement Rohan de la conduite de son écuyer et le chevalier qui ne s'embarrassait pas de scrupules avait envoyé des hommes de main avec mission de le supprimer purement et simplement.

Voyant les proportions que prenaient les choses, Marie Colonna chercha à faire entendre raison à l'amoureux et l'engagea à s'éloigner de la belle Hortense. Elle réussit tout juste à se faire insulter.

– Je ne respecte personne, hurla Courbeville déchaîné, hors Madame la Duchesse ! Je ne sortirai d'ici que si elle me l'ordonne !

– Vous allez sortir de ma maison et dans l'instant ! répliqua Marie, furieuse, sinon j'appelle mes gens. Vous êtes ici chez moi !

Il fallut que Courbeville s'exécutât bien qu'Hortense ait prit naturellement sa défense.

– S'il part, je pars aussi, dit-elle à sa sœur.

– Je n'y vois aucun empêchement, répondit la connétable excédée.

Et les deux sœurs se quittèrent en froid. Hortense alla s'installer chez sa tante Martinozzi tandis qu'elle confiait le précieux Courbeville à son oncle, le cardinal Mancini. Celui-ci accepta de garder l'encombrant garçon à condition que sa nièce entrât pour quelque temps dans un couvent. Ce qu'elle fit et, durant quelques semaines, prit pension au couvent de Campo di Marzo… tandis que le cardinal Mancini, huit jours plus tard, installait l'encombrant écuyer au château de Civita Vecchia… et sous bonne garde.

Bientôt les soucis sordides de la vie quotidienne vinrent faire oublier à la duchesse ses amours avec le chevalier. Elle n'avait plus d'argent et, bien entendu, le duc de Mazarin refusait de lui en envoyer. Si elle voulait des subsides, qu'elle commençât par rentrer en France !

La perspective de rentrer à Paris où l'attendait l'interminable procès qui, leur vie durant, allait l'opposer à son époux, ne séduisait guère Hortense, mais un événement familial surgit qui allait peut-être l'aider à regagner les bonnes grâces royales : Philippe Mancini allait se marier.

Le Roi en effet avait fait choix d'une épouse pour le duc de Nevers. Il s'agissait de Mlle de Thianges, nièce de Mme de Montespan. Le frère et la sœur, réconciliés puisque Courbeville croupissait toujours à Civita Vecchia, reprirent ensemble le chemin de la France où Hortense, pour faire preuve de bonne volonté, accepta de s'installer là où son époux voulait qu'elle résidât : à l'abbaye du Lys près de Melun où elle eut une conduite exemplaire. Pendant ce temps, Philippe de Nevers s'en allait charger sa future tante de plaider la cause de la trop légère Hortense. Mme de Montespan pouvait comprendre ce genre de folie : elle accepta.

La belle maîtresse du Roi dut plaider un certain temps avant que Louis XIV se laissât fléchir. Il était très prévenu contre l'incorrigible Hortense mais, quand Mme de Montespan lui eut démontré combien Hortense avait, à l'abbaye du Lys, une attitude exemplaire, qu'elle lui eut, ensuite, prouvé que la duchesse de Mazarin, bien qu'ayant apporté en se mariant une fortune énorme restée tout entière aux mains du mari, se trouvait sans ressources, il accepta de la recevoir. D'ailleurs, Mazarin avait encore fait des siennes. Depuis quelque temps sa bigoterie atteignait un paroxysme inquiétant. Ne s'était-il pas avisé de s'en prendre aux superbes collections laissées par le cardinal au palais Mazarin : il lacérait les toiles dont les sujets lui semblaient trop dénudés et faisait subir certaines mutilations aux statues grecques qui avaient le tort de lui sembler immodestes.

– C'est un fou dangereux ! dit Louis XIV à Colbert. Il faut faire quelque chose pour protéger un tel trésor artistique.

– Il suffit de faire mettre les collections sous scellés jusqu'à nouvel ordre.

Ce qui fut fait. Et, quand Hortense s'inclina devant lui, le Roi l'accueillit avec beaucoup de bonne grâce.

– Si je n'en ai pas mieux usé pour vous par le passé, c'est que votre conduite m'en a ôté les moyens, lui dit-il. Dites-moi franchement ce que vous voulez. Si vous êtes absolument résolue à retourner en Italie, je vous ferai donner une pension de vingt-quatre mille livres, mais, pour ma part, je vous conseille de rester ici.

– Sire, répondit-elle, mon époux a voulu me perdre d'honneur, je ne puis me résoudre à retourner avec lui, quelques précautions que l'on puisse prendre. De l'humeur où il est, il m'arrivera tous les jours vingt petites choses cruelles. J'accepte avec reconnaissance la pension qu'il plaît à Votre Majesté de me donner mais je préfère m'éloigner.

– Alors, tâchez d'en faire bon usage et de mener une vie paisible auprès de votre sœur. De notre côté, nous veillerons à essayer de raisonner votre époux. Il nous semble… un peu nerveux.

Sur cet aimable euphémisme, le Roi congédia Hortense qui, heureuse et délivrée, se prépara à regagner Rome où elle espérait bien mener la plus joyeuse vie qui fût. La société était agréable et, maintenant qu'elle avait fait sa paix avec le Roi, plus aucun désagrément ne pouvait l'y atteindre.

C'était peut-être faire preuve d'un peu trop d'optimisme mais elle quitta d'un cœur léger une ville et un mari qu'elle ne devait plus jamais revoir. Elle quittait hélas, du même cœur léger, ses quatre enfants. La fibre maternelle ne vibrait guère chez la duchesse de Mazarin qui n'aimait vraiment qu'elle-même.

À Rome, on menait effectivement très joyeuse vie, mais chez les Colonna les choses allaient plutôt mal. Le ménage n'avait jamais marché très fort, les goûts de Marie et de son époux étant diamétralement opposés. En outre, depuis quelque temps, la jeune femme s'était éprise du chevalier de Lorraine qui séjournait à Rome. Leurs amours défrayaient la chronique de la ville et le connétable Colonna commençait à se montrer agressif.

Un soir de la fin avril 1672, alors que la douceur du crépuscule portait aux confidences, Maria ouvrit son cœur à sa sœur.

– Je ne suis plus en sûreté à Rome, lui dit-elle. Mon mari me surveille et se montre de plus en plus sombre. Il est terriblement jaloux.

– Alors, arrange-toi pour le calmer. Abandonne le chevalier.

– C'est facile à dire. Je l'aime… et puis ce n'est pas le seul problème. Le chevalier disparu, le connétable trouvera un autre sujet de querelle. Le vrai c'est qu'il ne supporte pas de me voir me distraire, être heureuse, entourée. Il songe à m'exiler, à m'enfermer dans son lugubre château de Paliano, à la limite du royaume de Naples, pour être bien sûr que j'y vivrai seule. Et moi je sais que je périrai d'ennui, là-bas.

Et Marie éclata en sanglots si violents qu'Hortense sentit tous les démons de l'aventure se réveiller dans son sang.

– Tu n'as qu'à faire comme moi. Puisque ton mari abuse de son pouvoir, il faut t'enfuir.

– Et où irai-je ?

– Où ? En France, en Savoie, aux Pays-Bas, partout où Colonna ne pourra pas t'attraper ! Une femme a le droit de vivre libre.

Elle le pensait et commençait à s'inquiéter de son propre sort. La vie chez les Colonna devenait de moins en moins drôle car le connétable semblait prendre à tâche de surveiller sa belle-sœur presque autant que sa femme. Décidément, à Rome, il y avait trop de couvents, trop de prêtres… et Colonna était beaucoup trop puissant. Sans atteindre à la forteresse comme le château de Paliano, le palais Colonna, au Monte Citorio, avait d'énormes murs, des grilles épaisses et rien n'était plus facile pour un homme aussi puissant que le prince qu'y séquestrer deux faibles femmes.

Les deux Mancini décidèrent donc de s'enfuir ensemble. En effet, le chevalier de Lorraine, peu désireux de se mettre dans un mauvais cas, avait disparu prudemment de l'horizon au seul mot de « fuite ».

– C'est moi qui t'accompagnerai, promit Hortense à Marie. Au surplus, j'en ai assez de l'Italie. Toi, tu pourras vivre en France où le Roi, qui t'a tant aimée, aura sûrement pour toi toutes les indulgences.

– Mais toi, où iras-tu ?

Hortense sourit avec malice. Depuis quelque temps, un projet se formait dans son esprit fertile, né surtout du fait qu'elle avait découvert que les vingt-quatre mille livres allouées annuellement par Louis XIV ne constituaient pas un pactole suffisant pour ses nombreux caprices et sa coquetterie. Il fallait suppléer à cette déficience financière et, pour cela, un seul moyen : se trouver un protecteur à la fois puissant, indépendant, très riche et, si possible, agréable à fréquenter.

Or, de ses souvenirs de jeune fille, Hortense avait exhumé une figure d'homme pleine d'intérêt. Celle du duc de Savoie, Charles-Emmanuel, qui, jadis, lui avait fait une cour pressante et avait même parlé de l'épouser. Peut-être serait-il aisé de réveiller un amour endormi qu'elle se refusait, dans sa vanité féminine, à croire tout à fait éteint. Et puis, l'aventure la tentait : faire une conquête, quoi de plus passionnant pour une femme jeune et jolie ? Hortense se savait plus belle que jamais.

Les deux sœurs décidèrent de profiter d'une absence du connétable pour s'enfuir de Rome. Le 29 mai 1672, elles firent leurs bagages. Marie emporta ses bijoux dans une cassette et sept cents pistoles, toute sa fortune personnelle, tandis qu'Hortense réunissait ce qu'elle avait de plus précieux. Puis, habillées en homme sous leurs vêtements féminins, elles montèrent en carrosse en compagnie de l'indispensable Nanon et d'une autre femme de chambre. Officiellement, on s'en allait prendre le frais à Frascati, mais, en cours de route, Marie ordonna au cocher de filer sur Civita Vecchia où une felouque retenue d'avance devait les attendre à quelques milles du port. On arriva vers deux heures du matin et, tandis que le cocher s'en allait à la recherche du bateau, les quatre femmes se cachèrent dans un petit bois pour ne pas risquer d'éveiller l'attention en descendant à l'auberge.

L'attente fut longue ; le valet ne trouvait pas le bateau et l'angoisse commençait à étreindre le petit groupe, écrasé de fatigue, et affamé. Mais enfin on put embarquer et la felouque mit à la voile vers la France.

Le voyage fut sans histoire. Au large de Monaco, la mer devint mauvaise. Hortense, malade à mourir, crut bien sa dernière heure arrivée. Mais, même les pires voyages ont une fin et l'on débarqua à La Ciotat, quelques jours plus tard, à la nuit close, parce que nos fugitives n'avaient pas de passeport.

Marie et Hortense étaient en piteux état quand elles arrivèrent à Aix où elles trouvèrent asile chez le comte de Grignan, ami de Philippe de Nevers. La comtesse de Grignan, l'aimable fille de la marquise de Sévigné, les reçut avec bonne humeur et ne put s'empêcher de rire en constatant qu'elles n'avaient rien à se mettre.

– Vous voyagez, leur dit-elle, en vraies héroïnes de roman, avec des pierreries et point de linge blanc !

Elle s'empressa de remédier à cet état de choses puis courut à sa plume pour informer sa mère de l'extraordinaire visite qui lui était arrivée. Bien entendu, la nouvelle se répandit dans Paris comme une traînée de poudre. Armand de Mazarin pensa en mourir de fureur. Il se croyait tranquille et définitivement débarrassé d'une épouse agitée et voilà qu'elle revenait, qu'elle revenait encore pour le ridiculiser et lui causer du tracas.

– Il faut en finir ! décréta-t-il.

Et, sans perdre une minute, il dépêcha son capitaine des gardes, M. de Polastron, avec mission d'arrêter Hortense. Il avait conservé l'arrêt du Parlement qui l'autorisait à faire appréhender sa femme là où bon lui semblerait.

D'Aix, Marie et Hortense avaient gagné Mirabeau, puis Montfrin. C'est là qu'Hortense apprit que Polastron était en chemin pour l'arrêter.

– Je crois, dit-elle à Marie, qu'il est temps de nous séparer. Toi, tu peux maintenant te débrouiller aisément toute seule et tu n'as rien à craindre de personne. Le

Roi ne te fera pas renvoyer en Italie et tu trouveras cent personnes pour te recevoir. Mais moi c'est autre chose. Si je reste ici, tôt ou tard, Polastron mettra la main sur moi.

– Mais tu as, toi aussi, la sauvegarde du Roi ?

– Mon époux, lui, a l'arrêt du Parlement. Une fois en prison, Dieu sait si le Roi prendra la peine de m'en tirer. Et, de toute façon, je n'ai aucun goût pour ce genre de résidence. Je préfère veiller moi-même à ma sûreté.

– Où vas-tu ?

– À Turin ! Chez le duc de Savoie. Quelque chose me dit qu'une vie fort agréable m'y attend. Porte-toi bien et adieu !

Ayant embrassé Marie, tout de même un peu éberluée, Hortense s'en alla revêtir son habit de cavalier puis, sautant à cheval comme un vrai garçon, reprit le chemin de la mer. Aux Saintes-Maries, elle trouva une tartane qui, moyennant finances, accepta de l'embarquer pour Nice où elle débarqua quelques jours après. Elle était en sûreté sur les terres du duc de Savoie et s'accorda quelques jours pour dresser ses batteries. Il ne fallait surtout pas manquer son entrée à Turin. Il fallait que le duc tombât sous son charme du premier regard.

« Ce doit être relativement facile, se dit la duchesse après un réconfortant tête-à-tête avec son miroir. Encore un peu de courage et fini les soucis ! »

III

La fin tragique d'une coquette

Le château des ducs de Savoie, à Chambéry, dressait au-dessus de la ville ses quatre tours couronnées de la bannière à croix blanche, luttant d'orgueil avec le cercle de montagnes des environs. C'était une fort belle et fort imposante demeure et, tandis que son carrosse en gravissait la rampe d'accès, le 20 août 1672, Hortense de Mazarin, penchée à la portière, se sentait transportée de joie. La ville, à vrai dire, était assez terne et triste, mais ce château princier qui allait être sa demeure flattait sa vanité et son sens du décor.

– Je crois que je vais me plaire ici, dit-elle à sa suivante Nanon en se rejetant au fond de la voiture. Ce château est beau.

– Pas très gai sans doute quand le soleil ne brille pas, comme aujourd'hui, Madame la duchesse.

– Bah ! fit Hortense avec insouciance. Je saurai bien m'arranger pour ne pas m'y ennuyer. Mais nous arrivons… J'entends les trompettes qui nous annoncent.

En effet, l'approche du carrosse était signalée et des soldats sortaient vivement de la haute porte, se rangeaient sur le pont-levis tandis que, sur les chemins de ronde, des sonneries de trompettes et des roulements de tambours se faisaient entendre. Le château de Chambéry s'apprêtait à recevoir dignement l'illustre invitée de son maître.

Le carrosse s'engouffra sous la voûte, décrivit une courbe dans la cour d'honneur et s'arrêta devant la porte au seuil de laquelle trois hommes en habits de cour, le chapeau empanaché à la main, s'inclinaient déjà. Hortense, le marchepieds à peine baissé, sauta à bas de la voiture et s'avança gracieusement vers les trois hommes dont le plus grand s'approchait.

– Vous êtes M. d'Orlier, n'est-ce pas ? Le gouverneur de la ville ? Son Altesse m'a beaucoup parlé de vous, Monsieur.

– Heureux de présenter mes hommages à votre Seigneurie ; je suis, en effet, le comte d'Orlier, tout entier au service de Madame la Duchesse. Ce m'est une joie, Madame, de vous accueillir en cette ville où, j'espère, vous vous trouverez bien. Les ordres de Monseigneur sont que nous agissions de telle manière que vous ayez toujours lieu de connaître l'estime singulière qu'il fait de votre personne.

– Le duc est la bonté même, répondit Hortense.

Elle accueillit gracieusement les hommages des deux autres personnages qui étaient le président du Sénat de Savoie, Bertrand de la Pérouse, et un Piémontais détaché spécialement de la cour de Turin, le comte Victor Cagnel.

L'éternelle fugitive se sentait d'excellente humeur et à mesure qu'elle découvrait les splendeurs de sa nouvelle demeure, son sourire s'accentuait.

Elle vit les salles immenses éclairées par de hautes fenêtres aux vitraux précieux, les meubles somptueux et richement sculptés, les tentures de soie épaisse ou de tapisserie, les chandeliers d'or et d'argent, les bibelots de prix, les statues et tous ces mille riens qui attestent les grandes fortunes.

– Tout ceci, fit M. d'Orlier, est à votre service comme nous le sommes nous-mêmes.

Il n'ajouta pas que, si Charles-Emmanuel lui avait recommandé d'agir toujours de manière à satisfaire entièrement sa belle invitée, il désirait aussi être tenu au courant, rigoureusement, de tous ses faits et gestes. De là à ce que d'Orlier conclût qu'il avait affaire à la maîtresse du duc, il n'y avait qu'un pas que le gouverneur franchit d'un pied allègre. Sans d'ailleurs se tromper.

Lorsque, deux mois plus tôt, Hortense de Mazarin avait fait son entrée à Turin, elle y avait soulevé une vive curiosité : cette grande dame qui fuyait son mari, son foyer et que la police du Parlement de Paris pourchassait faisait figure d'héroïne de roman. Elle n'était pas demeurée longtemps dans l'hostellerie où elle avait installé son quartier général et, très vite, un ordre ducal l'avait fait venir au château.

Là, le duc Charles-Emmanuel s'était montré ravi de revoir, encore plus belle que dans son souvenir, celle qu'il avait jadis souhaité si vivement épouser. De son côté, Hortense mit en batterie tout le redoutable arsenal de ses coquetteries pour séduire ce prince de trente-huit ans, de physique agréable et qui tenait de son grand-père Henri IV[1] un goût très vif pour les femmes. Il fut bientôt évident pour toute la Cour de Turin que la flamme de jadis se rallumait vigoureusement dans le

1. Sa mère, Christine de Bourbon, était la fille d'Henri IV.

cœur du duc et que la belle Hortense s'y montrait fort sensible.

Malheureusement, cet état de choses ne fut pas seulement évident pour la foule des courtisans de Charles-Emmanuel. Il le fut également pour la duchesse de Savoie. Or celle-ci, née Jeanne-Baptiste de Savoie-Nemours, n'était pas de la catégorie des épouses patientes. Elle fermait tant bien que mal les yeux sur les menus coups de canif de son inflammable époux, sur ses innocentes fredaines, mais l'installation auprès d'elle de cette éblouissante et fort peu discrète duchesse de Mazarin qui, si elle n'y mettait bon ordre, se poserait aisément en favorite en titre, lui parut intolérable. Charles-Emmanuel s'entendit signifier un ultimatum : ou bien il éloignerait la sémillante duchesse ou bien sa propre épouse abandonnerait le champ de bataille et s'en irait résider ailleurs.

– Il n'y a pas de place pour elle et pour moi dans votre palais, lui dit-elle froidement. Ou bien cette… coureuse ira résider loin de nous, ou bien c'est moi qui quitterai Turin et vous laisserai à vos amours.

– Comment pouvez-vous imaginer que je vous laisserais partir, ma chère ? La duchesse nous fait une simple visite et il n'est jamais entré dans mes intentions de l'installer définitivement ici. Toutefois, comme il est difficile de lui refuser l'asile qu'elle réclame, je songe à lui assigner une quelconque résidence dans l'une de nos villes… Chambéry peut-être ?

Le ton amène et gracieux de son époux calma Jeanne-Baptiste, mais ses soupçons demeurèrent entiers.

– Chambéry si vous voulez, encore que je craigne qu'elle y fasse scandale comme partout où elle va. Mais qu'elle parte vite !

C'est ainsi que la duchesse de Mazarin s'était vu offrir par celui qui, entre-temps, avait tout de même trouvé moyen de devenir son amant, la princière résidence.

– Je viendrai vous y visiter aussi souvent que je pourrai, lui chuchota le duc en baisant sa main au moment des adieux.

Elle l'avait remercié d'un sourire. Au fond, elle était ravie de cet arrangement qui la faisait bénéficier de la large hospitalité de Charles-Emmanuel tout en la soustrayant aux regards sans tendresse de Jeanne-Baptiste et en sauvegardant sa propre liberté. Le duc était charmant, certes, mais elle ne brûlait pas pour lui d'une passion dévorante et il n'était pas de ceux pour lesquels une jolie femme se consume dans les rigueurs de la fidélité.

Durant trois années, notre duchesse allait séjourner à Chambéry. Elle y menait la vie la plus agréable, passant ses hivers en bals, concerts et festins avec tous les membres de la bonne société savoyarde, en chasses aussi pour lesquelles elle conservait un goût prononcé. Chez elle, on jouait beaucoup et très gros jeu et les plaisirs étaient souvent assez… épicés. L'été les parties de campagne étaient nombreuses et parmi tous les jeunes seigneurs qui gravitaient autour d'elle, la belle duchesse n'avait que l'embarras du choix pour élire un compagnon de nuits agréable. C'est ainsi qu'elle distingua l'abbé de Saint-Réal qui, bien vite, devint son amant en titre.

C'était un homme fin, cultivé et doué d'une imagination à toute épreuve. Il suggéra à Hortense d'écrire ses Mémoires pour « lutter contre les calomnies répandues par le duc de Mazarin ». Le jeu parut nouveau à la folle duchesse et elle se mit à la tâche avec ardeur.

Cela se bornait d'ailleurs à raconter les différentes phases de son existence au galant abbé dont la plume habile les transformait et les tournait d'assez élégante manière pour être jetées sur le papier.

Pendant ce temps, à Paris, le procès entre les époux se poursuivait sans grand espoir d'aboutir jamais. Néanmoins Mazarin gagnait des points. La conduite d'Hortense avait dressé toute sa famille contre elle, même ses sœurs, Olympe et Marie-Anne, qui commençaient à la juger un peu encombrante. Le comble fut quand Marie, qui s'était retirée à l'abbaye du Lys, voulut rejoindre sa sœur à Chambéry. Hortense n'ayant aucune envie de partager, avec la princesse Colonna en fuite, les avantages multiples qui étaient siens, fit une chose assez laide quand on lui annonça l'arrivée de sa sœur : elle se cacha, fit dire qu'elle n'était pas là. La pauvre Marie, ulcérée, dut repartir comme elle était venue et ce trait d'égoïsme féroce acheva de tourner contre Hortense les autres membres de la famille, même le cher Philippe de Nevers.

Avec le duc de Savoie, les relations étaient toujours aussi agréables, sans doute parce que fort espacées. De temps en temps, Charles-Emmanuel venait passer une nuit à Chambéry, sous prétexte des affaires de son duché ou de chasse, mais ne demeurait jamais longtemps. Par contre, il couvrait sa belle de présents dont le plus apprécié fut un jeune More au teint sombre qui s'appelait Mustapha et qui fut promu au rang de page et de jouet favori.

Pourtant, à mesure que passait le temps, l'engouement dont la société chambéroise avait fait preuve envers la duchesse commençait à s'estomper. On lui reprochait bien des choses et, tout d'abord, son arrogance, l'orgueil dont elle faisait preuve un peu trop souvent, exigeant les égards dus à une duchesse régnante, sans pour cela en observer les strictes règles de vie.

Outre le jeu infernal du château, outre ses amants, le manque de pudeur d'Hortense lui aliéna bien des gens, surtout des femmes bien entendu : l'été on pouvait la voir se baigner dans le lac du Bourget, sans le moindre voile et en compagnie du jeune Mustapha. La mesure fut comble quand, au bal du mariage du baron de Châteauneuf, la duchesse parut vêtue d'une robe dont la jupe, faite de dentelle de Venise portée sans aucun fond, laissait voir ses jambes bien plus haut que le genou. Le scandale fit un bruit affreux mais Hortense, amoureuse de sa propre beauté, ne le comprit pas.

– Tous ces gens ne sont que des provinciaux, confia-t-elle à Saint-Réal. À quoi sert d'être belle, si on ne le montre pas !

– Il est certain qu'aucune femme ne vous pardonnera d'avoir ainsi dévoilé des charmes que vous êtes seule à posséder. Et que plus d'un homme, à cette heure, doit rêver en pensant à vous...

Cette réponse l'enchanta et, loin de mettre un frein à ses caprices, elle les amplifia, allant même jusqu'à exiger que deux des plus grands seigneurs qui avaient légèrement parlé d'elle vinssent lui faire, à genoux, leurs excuses. Alors, peu à peu, les visites se firent plus rares, on prit de moins en moins le chemin du château. Incapable de comprendre qu'elle était la seule responsable de cet état de fait, Hortense réagit comme l'enfant gâtée qu'elle était.

– Le duc a ordonné que l'on fît tout pour m'être agréable, dit-elle un soir à Nanon. Puisque ces gens n'en tiennent pas compte, c'est moi qui vais leur rafraîchir la mémoire. Je vais écrire à Charles-Emmanuel et lui apprendre comment ses sujets me traitent. Nous verrons bien comment il réagira.

Et, sans rien vouloir écouter, elle s'installa à son écritoire, griffonna une lettre furieuse qu'elle remit à un coureur avec mission de gagner Turin par le plus court chemin. Après quoi, un peu calmée, elle attendit…

Hélas, la réponse de Turin ne fut aucunement celle qu'attendait la folle duchesse. Quelques jours plus tard, le 14 juin 1675, un messager vêtu de noir arrivait à bride abattue au château. Il portait bien une lettre, mais cette lettre était signée par la duchesse. Le duc Charles-Emmanuel venait de mourir subitement, deux jours plus tôt, et Jeanne-Baptiste, duchesse régente, faisait savoir à Mme de Mazarin qu'elle avait dix jours pleins pour quitter la Savoie sans espoir de retour.

La nouvelle abattit Hortense. Une fois encore il fallait partir, une fois encore reprendre la route.

– On nous chasse, Nanon, dit-elle à sa fidèle suivante après avoir d'un geste de colère lancé dans la cheminée la lettre ducale. On me chasse alors que, sans mon idiot d'oncle, c'est moi qui devrais être duchesse de Savoie. Et où aller maintenant ?

Nanon ne s'émut pas. Elle alla verser dans un verre une bonne rasade de vin d'Espagne et vint tendre le tout à sa maîtresse. Dans les cas de grandes émotions, la duchesse recourait volontiers à un verre de vin ou même d'alcool. Elle avala celui-là d'un trait, se sentit mieux et regarda sa camériste.

– Cela ne semble guère t'émouvoir. As-tu quelque chose à me conseiller ?

– Il me semble, répondit calmement Nanon, que feu le duc n'est pas le seul des petits-fils du roi Henri IV que Madame a failli épouser. Elle devrait être duchesse de Savoie… peut-être, mais, surtout, ne devrait-elle pas être reine d'Angleterre ? Pourquoi ne pas chercher refuge auprès du roi Charles II ? Je suis sûre qu'en revoyant Madame la Duchesse, il retrouverait tout de suite tout son ancien amour.

À mesure que Nanon parlait, le gros pli soucieux creusé sur le front charmant d'Hortense s'effaçait peu à peu. Finalement, après un temps de réflexion, elle dit :

– Tu pourrais bien avoir raison. L'autre soir, lord Montagu, l'ambassadeur d'Angleterre qui était de passage, m'a fort conseillé de gagner Londres, d'y tenter ma chance. Il prétendait qu'en deux mois j'aurais toute la ville à mes pieds... y compris le Roi. C'est là, bien certainement, la solution. Prépare les bagages, fais avertir le gouverneur d'Orlier et partons...

Le 22 du même mois, le comte d'Orlier accompagnait Hortense jusqu'à moitié de la route qui va de Chambéry à Annecy. De là, elle devait gagner Genève puis la Bavière et enfin l'Angleterre par un long détour. Mais, si son départ de Chambéry avait été quelque peu clandestin et pris l'apparence d'une fuite, cela ne dura pas. À Genève, Hortense devait faire une entrée très remarquée ainsi que le raconte son ancienne amie Sidonia de Courcelles qui passa à Genève quelques jours après elle et récolta les échos de son séjour.

« C'est être bien malheureux, écrivait Sidonia à une de ses amies, de se voir chassée de tous les lieux du monde mais ce qu'il y a de rare, c'est que cette femme triomphe de toutes les disgrâces par un excès de folie qui n'eut jamais d'exemple et qu'après avoir eu ce dégoût, elle ne pense qu'à se réjouir. En passant par ici, elle était à cheval, en plumes et en perruque avec vingt hommes à sa suite, ne parlant que de violons et de parties de chasse, enfin de tout ce qui donne du plaisir. » Il n'y avait pas de quoi s'étonner. Dès son arrivée à Annecy, sa première étape, Hortense avait fait prévenir lord Montagu, et l'Anglais, galamment, s'était chargé d'organiser la totalité de son voyage jusqu'en Angleterre.

– Je tiens à être celui à qui mon pays devra la présence d'une femme aussi belle et aussi pleine de grâces…

À dire vrai, l'ambassadeur songeait à tout autre chose qu'à procurer une beauté de plus au troupeau des jolies femmes de Londres. Il souhaitait surtout mettre dans le lit du roi Charles II une nouvelle favorite capable de supplanter l'actuelle maîtresse dont l'influence lui déplaisait. Quand, le 2 janvier 1676, après un épouvantable voyage en mer depuis la Hollande, Hortense débarqua à Londres bottée, éperonnée, couverte d'un grand manteau et encore plus couverte de boue, ce fut lui qui la reçut et, cette fois, clairement, expliqua ses intentions.

« Nous autres Anglais, dit l'ambassadeur en s'installant commodément dans un grand fauteuil auprès de la cheminée où Hortense se chauffait, éprouvons quelque peine à voir notre Roi entièrement aux mains de la duchesse de Portsmouth. Elle n'est que trop française à notre gré !

– Je le suis aussi, répliqua Hortense.

– Pas autant, je pense… Vous n'êtes pas née française, Madame, et, en tout cas, vous n'avez, il me semble, aucune raison d'aimer le roi Louis XIV qui ne vous a guère rendu justice. La pension qu'il vous fait est une misère et vous valez cent fois plus.

– Je reconnais, que je n'aime pas beaucoup le Roi… et que j'ai grand besoin d'argent.

– Alors, débarrassez-nous de la duchesse de Portsmouth, prenez sa place, devenez la Reine… de Londres et tous vos désirs seront comblés, et bien au-delà…

Cette fameuse duchesse de Portsmouth, qui tourmentait si fort lord Montagu, était en effet française. Elle se nommait Louise de Kéroualle devenue duchesse de Portsmouth par l'amour du Roi.

– Il n'y a, dans votre programme, rien qui ne me paraisse impossible ou même seulement désagréable, sir Ralph, dit Hortense, mais j'y vois tout de même un petit obstacle : est-ce vous-même qui me présenterez à Sa Majesté ? J'ai ouï dire que la reine Catherine[1] n'aimait pas recevoir, qu'elle se complaisait aux exercices de piété et n'était pas d'abord facile. Dois-je, sans être appelée, me présenter d'autorité au Roi ?

– Il n'en est pas question. Mais ne m'aviez-vous pas dit que la duchesse d'York vous est un peu cousine ?

– En effet, mais il y a longtemps que nous ne nous sommes vues… et nous n'avons jamais beaucoup sympathisé. Elle est… mortellement ennuyeuse.

– C'est possible, mais le Roi va souvent chez elle. La duchesse est enceinte et ne sort guère. Par contre, Sa Majesté, qui l'a en amitié, se rend souvent à son chevet. Je vais veiller à ce que l'on vous offre l'hospitalité à York House. De votre côté, il serait bon que vous veilliez à y garder… comment m'exprimer sans risquer de vous froisser, Madame ? Comprenez que je ne veux nullement vous critiquer mais seulement donner un conseil d'ami. Aussi dirai-je : un comportement réservé. Votre beauté dans son éclat est plus que suffisante pour attirer le Roi. Cela le changera de ses tapageuses maî-

1. Catherine de Bragance, portugaise et de santé débile.

tresses, la duchesse de Cleveland ou l'actrice Nell Gwynne. Mais ne donnez pas non plus dans trop de douceur : il ne s'agit pas qu'il voie en vous une copie conforme de la duchesse de Portsmouth. Donnez au Roi un nouvel amour… et croyez-moi il deviendra votre esclave bien dévoué…

Trois jours plus tard, la duchesse de Mazarin était reçue avec tous les honneurs dus à son rang par le duc et la duchesse d'York et s'installait chez eux pour y jouer le rôle d'une femme malheureuse, chassée par un époux qui l'avait dépouillée de son immense fortune au profit d'une clique immonde de « papistes » et persécutée par l'orgueilleux Louis XIV qu'aucun Anglais digne de ce nom, à part le roi Charles II, n'avait de sérieuse raison d'aimer. Hortense fut accueillie à bras ouverts par la société londonienne.

Marie de Modène, duchesse d'York, n'était pas une compagnie passionnante pour une femme comme Hortense. Elle était beaucoup trop gémissante et accablée par ses futures couches pour cela. Mais elle avait dix-huit ans, elle était jolie et c'était suffisant pour que le roi Charles II trouvât plaisir à venir très souvent contempler son charmant visage alangui parmi les dentelles du lit qu'elle ne quittait pas. Quand, auprès de ce joli visage, il découvrit les beaux yeux noirs d'Hortense, l'inflammablc souverain visita sa belle-sœur presque quotidiennement… et la pauvre Louise de Kéroualle commença à trembler.

Hortense, de son côté, trouvait plaisir à voir le Roi s'éprendre d'elle peu à peu. Charles II, grand, mince, très brun, le teint basané, tenait de son aïeul Henri IV de beaux yeux bleus et une ardeur amoureuse extrême. Cette ardeur, l'astucieuse duchesse décida de la pousser à son paroxysme et, pour cela, joua la piété, la vertu et l'effarouchement. Quand le Roi parlait d'amour, elle détournait vertueusement un regard qui l'instant précédent promettait tout.

– Madame, disait le Roi, vous me rendrez fou. Que faut-il donc faire pour que vous compreniez combien je suis épris de vous ?

– Justement, Sire... me le dire mais ne pas me le faire sentir.

En attendant, les présents royaux affluaient dans la cassette de la belle Hortense à laquelle Charles fit même une pension de mille jacobus d'or et offrit d'habiter le petit palais Saint-James, dépendance du grand. Hortense devenait peu à peu la reine de Londres ainsi que l'avait prévu Montagu et l'on s'écrasait chez elle, dans son élégante demeure où elle avait su introduire l'inimitable goût français.

Enfin, un an environ après son arrivée à Londres, la duchesse consentit à sauter le pas et à couronner la flamme de Charles II. Le 27 décembre 1676, elle devenait sa maîtresse et Louise de Kéroualle se retirait dans une de ses terres pour y pleurer à l'aise.

Elle avait tort. D'abord, si Hortense avait attiré à elle le désir du Roi, il n'éprouvait pas pour elle d'amour réel alors qu'il gardait à Louise une profonde tendresse. Pourtant, ce désir eût peut-être pu se transformer en un sentiment plus sérieux car la duchesse de Mazarin lui plaisait réellement si l'incorrigible Hortense n'avait commis la pire des sottises celle de s'offrir une brusque toquade pour un autre homme. Il s'appelait Louis Ier, il était prince de Monaco, jeune, beau, séduisant, assez mauvais sujet et joueur acharné. Il avait l'allure et la souriante insolence qui subjuguent les femmes. Hortense en devint folle et, oubliant totalement son royal amant, tomba dans les bras de Louis sans plus s'occuper des conséquences.

« Vous avez fait une sottise, ma chère, lui reprocha doucement son ami Saint-Évremond. Le scandale est complet et j'irai même jusqu'à dire que l'on rit de vous.

– On rit ?

Il fallait que l'orgueilleuse Hortense eût beaucoup d'affection pour le vieil écrivain pour lui permettre de tels mots. Mais, depuis qu'il lui avait été présenté, Saint-Évremond avait pris auprès d'elle la seule place à prendre : celle du vieil ami de bon conseil dont, peu à peu, on ne sait plus se passer. Cet homme de soixante ans, fin et spirituel, savait comment parler à Hortense sans la faire bondir. En cette occasion, elle montra seulement une stupeur attristée.

– On rit… de moi ? répéta-t-elle.

– Comment en serait-il autrement ? Savez-vous ce que le Roi disait hier au jeu ? Que votre service était trop difficile, qu'il y fallait des crocheteurs et qu'après avoir… tué votre mari, vous tuez aussi tous vos amants de qualité.

Hortense devint rouge. De colère, cette fois. En effet, le Roi avait fait allusion à un malaise qui avait saisi le prince de Monaco en pleine Cour quelques jours plus tôt. Elle se leva et se mit à marcher de long en large comme une furie.

– Comme c'est galant ! Comme c'est fin ! J'admire en vérité le tact du Roi. Ne se rend-il pas compte de sa grossièreté ? N'est-ce pas lui qui, dans cette affaire, a tous les torts ? Est-ce ma faute, en vérité, si ce n'est pas lui que j'aime ?

– Certes pas ! Mais il conviendrait au moins de faire semblant. Ma chère amie, un Roi, tout compte fait, n'est qu'un homme devant l'amour. Il n'a pas admis que vous lui préfériez le prince.

– Cet imbécile, ce crétin, s'écria Hortense avec fureur…, cette pâte molle qui va s'évanouir juste sous son nez ! De quoi ai-je l'air ?

– D'une femme en colère, fit Saint-Évremond en riant. Mais cela vous va tellement bien !

Hortense, comprenant tout de même qu'elle était allée trop loin, fit néanmoins sa paix avec Charles II et, du même coup, rompit avec Louis de Monaco. Malheureusement, si le Roi passa l'éponge et même la garda au nombre de ses maîtresses, elle n'en avait pas moins perdu la partie. Charles revint à la duchesse de Portsmouth avec plus de tendresse que jamais. Pourtant, Hortense conserva tous les avantages qu'il lui avait donnés, sa maison et son train de vie. Elle se consola de n'être plus maîtresse en titre en menant la vie la plus joyeuse qu'il fût et… en se réconciliant définitivement avec la douce Louise de Kéroualle dont elle devint l'une des meilleures et des plus fidèles amies. Au fond, elle était riche, libre, maîtresse d'elle-même et de son cœur et toujours l'une des femmes les plus recherchées de tout le royaume.

Les années qui suivirent furent sans doute les plus heureuses de toute la vie d'Hortense. Elle vivait à Londres sans souci et sans se préoccuper des efforts que faisait toujours son mari pour obtenir qu'elle fût renvoyée en France. Sa maison de Saint-James était devenue le rendez-vous de tous les beaux esprits de Londres et, sous la direction de son vieil ami Saint-Évremond, il s'y tenait des réunions littéraires et des concerts où l'on se pressait. Hortense et son poète avaient créé un véritable centre de l'esprit français et du goût français. On ne trouvait la parfaite élégance, la meilleure cuisine, la plus fine poésie que chez elle. Bien sûr, elle demeurait une fidèle servante de Vénus mais ses passions n'étaient plus que passagères et elle ne s'y brûlait pas.

La mort de Charles II, survenue le 16 février 1685, n'interrompit pas le cours de cette agréable existence. Le nouveau roi, Jacques II, n'était autre que l'ancien duc d'York et son épouse, Marie de Modène, devenue reine, continua à sa cousine sa haute protection.

Pourtant, les heures noires approchaient. Quatre ans plus tard, le débarquement de Guillaume d'Orange chassait Jacques II du trône et le nouveau Roi n'avait hélas aucune raison d'avoir des égards pour la duchesse de Mazarin. C'était un homme austère alors qu'elle était une pécheresse même pas repentie. Sa pension fut supprimée, elle dut quitter le petit palais de Saint-James et, couverte de dettes, tombée brusquement des douceurs d'une vie sans soucis, Hortense vit approcher le spectre de la misère.

À Paris, son époux continuait à exiger son renvoi, mais, cette fois, la loi anglaise la protégeait : un débiteur ne pouvait quitter le sol anglais sans avoir soldé toutes les dettes qu'il y avait contractées. Cette loi gardait Hortense de l'atteinte de Mazarin mais lui tenait lieu de prison car elle l'empêchait de se rendre à Rome où elle eût aimé retourner.

Elle dut s'installer dans une modeste maison de Chelsea, Paradis Row, avec un train de maison des plus réduits : seuls, Nanon et le jeune Mustapha lui restaient fidèles et aussi son ami Saint-Évremond qui ne laissait jamais passer un jour sans venir la voir.

L'âge venait et, avec lui, la beauté, peu à peu, se fanait sans pourtant que le cœur d'Hortense battît moins ardemment. Les jeunes hommes se détournaient d'elle.

Elle demanda l'oubli à la boisson malgré les remontrances de Saint-Évremond.

Beauté, des mortels chérie,
De moi bien plus que ma vie,
Moins d'eaux fortes, de vins blancs
Vous irez jusqu'à cent ans…
Les poumons ne tiendront pas
Et votre cœur doux et tendre
Qu'ont fait les Dieux pour se rendre
Au service des Amants
Périra par vos vins blancs.

Mais rien n'y fit, Hortense buvait de plus en plus. C'est alors qu'elle connut ce qu'encore elle n'avait même jamais soupçonné : un chagrin d'amour.

Elle s'éprit du jeune et très beau duc d'Albemarle qui, à vrai dire, lui avait rendu quelques soins. Elle gardait de la grâce et ses yeux toujours fort beaux savaient encore charmer. Peut-être eût-elle réussi à en faire un amant si une rivale ne s'était présentée… et quelle rivale ! Sa propre fille !

Marie-Olympe de Mazarin, devenue marquise de Richelieu après un enlèvement spectaculaire, avait hérité le tempérament volcanique de sa mère et dû, après un autre scandale, se séparer aussi de son mari. Passée en Angleterre, elle commençait à y exercer les ravages d'une beauté éclatante. Elle ressemblait beaucoup à cette mère qu'elle n'avait, à vrai dire, que très peu connue, qui l'avait abandonnée quand elle était toute petite et pour laquelle elle n'avait pas de véritable affection.

À peine eut-il vu Mme de Richelieu que le beau duc s'en éprit follement. Hortense, folle de douleur et de jalousie, alla aux genoux du roi Guillaume demander que sa fille fût chassée d'Angleterre.

– Il suffit, Sire, des scandales que j'ai causés sans que s'y ajoutent ceux de ma fille ! Éloignez-la, je vous en supplie !

Ignorant dans quel but on le suppliait, le Roi accorda le renvoi de la marquise et Hortense se crut délivrée. Hélas, Albemarle, fou d'amour, suivit sa bien-aimée en Hollande. Alors, Hortense comprit que tout était fini, qu'elle ne survivrait pas à cette intolérable douleur d'amour que, ne l'ayant jamais connue, elle ne savait pas supporter.

Un matin des derniers jours de juin 1699, elle s'enferma dans sa chambre de Chelsea avec deux bonbonnes remplies d'eau-de-vie dans laquelle certaines herbes avaient macéré. Quand, inquiets, ses serviteurs enfoncèrent la porte de sa chambre, Hortense, duchesse de Mazarin avait bu le contenu des deux bonbonnes et gisait sur le parquet, inconsciente.

On l'emporta, on la coucha et Saint-Évremond accourut son chevet. Elle agonisa pendant dix jours, refusant farouchement le prêtre que l'on voulait mener à son chevet.

– Non ! J'ai vécu sans Dieu… Je mourrai bien sans lui !

Le 2 juillet 1699, mourait, impénitente, celle qui avait été l'une des plus belles femmes de son siècle, l'une des plus folles grandes dames de tous les temps : Hortense Mancini, duchesse de Mazarin. Elle avait cinquante-trois ans. Seul, Saint-Évremond la pleura sincèrement.

Vous vous deviez au monde et ce fut une injure
Un outrage, un affront à toute la nature

De préférer l'honneur de l'éternelle nuit
À l'aimable clarté du soleil qui nous luit.

Sitôt Hortense disparue, ses créanciers se saisirent du peu qui lui restait. Ils allèrent jusqu'à saisir son corps et il fallut que l'incurable plaideur qu'était le duc de Mazarin intentât un nouveau procès pour la récupérer. Quand il put entrer en possession de la dépouille mortelle, il la ramena en France... et pendant toute une année promena à sa suite, de province en province, le cercueil de celle qui l'avait fui si obstinément et que, peut-être dans le secret de son cœur obscurci par la folie, il n'avait pas cessé d'aimer. Il fallut un ordre du Roi pour qu'il consentit à la laisser inhumer dans la chapelle du collège des Quatre-Nations à Paris. Après quoi il se retira sur sa terre de La Meilleraye où il mourut le 25 novembre 1713, âgé de quatre-vingt-deux ans, victime enfin apaisée d'une folie mystique et d'un amour inguérissable.

DOCTE ÉMILIE !

Ces dames de Lunéville

I

Les belles amies du roi Stanislas

En cette aimable année 1748, il était peu d'endroits en Europe où la vie fût aussi agréable qu'à la petite Cour de Lunéville. Ex-roi de Pologne, Stanislas Leczinski, beau-père du roi Louis XV, y régnait débonnairement sur le double duché de Lorraine et de Bar offert par son gendre pour le consoler d'avoir dû quitter un peu rapidement sa chère Pologne. Et Stanislas, qui était un souverain de mœurs fort douces et fort aimables, sinon tout à fait patriarcales, avait créé dans son domaine un art de vivre entièrement voué a la beauté, à l'esprit et à l'amour. Un art copié quelque peu sur celui de Versailles pour l'élégance et le bon goût, mais qui en différait tout de même sensiblement en ce qu'à Versailles on s'ennuyait ferme le plus souvent, tandis qu'à Lunéville on ne s'ennuyait jamais.

Bon, sociable et de cœur généreux, Stanislas possédait cet instinct du bonheur que l'on trouve si rarement chez les rois. Il était donc heureux et, de ce fait, s'entendait à faire le bonheur des autres.

À Lunéville, chacun vivait selon sa fantaisie sans se soucier d'interdits ou de contraintes auxquels nul ne songeait et le bon gros Stanislas moins encore que quiconque. À soixante ans, il avait bon pied, bon œil, bon appétit, à table aussi bien qu'au lit encore que, sur ce plan, les excès de l'une fussent parfois néfastes aux accomplissements harmonieux de l'autre.

Sur le cœur de Stanislas, et sur sa petite cour, régnait une fort jolie veuve, la charmante marquise de Boufflers, née Catherine de Beauvau-Craon, âgée seulement de trente-quatre ans, mais qui trouvait encore le moyen d'en paraître dix de moins tant elle avait de fraîcheur et de charme. Son tempérament allait de pair, car certaines mauvaises langues lui avaient décerné le titre poétique mais acide de « Dame de Volupté ».

Quoi qu'il en soit, Catherine de Boufflers aimait la gaieté, le monde, les jeux étincelants de l'esprit et elle s'entendait comme personne à rassembler, autour d'elle et du cher Stanislas, la fine fleur des cerveaux bien ornés. Ainsi, Helvétius était des familiers de la Cour conjointement avec Maupertuis et le président Hénault et tous trois effectuaient de fréquents séjours en Lorraine. Il y avait aussi l'aimable Devau, Receveur des Finances de Lunéville qui répondait, pour ses amis, au sobriquet inattendu de Panpan, sobriquet dont aucune république bourgeoise n'aurait consenti, sans avaler son bonnet phrygien, à décerner à l'un de ses percepteurs. Il est vrai que Panpan s'occupait davantage de sonnets galants et de bouts rimés que de poursuivre les contribuables lorrains ce dont les gens de Lunéville lui étaient très reconnaissants.

Naturellement, avec un maître aussi débonnaire, la Lorraine était devenue le séjour favori de tous ceux qui, en France ou dans les autres pays limitrophes, pouvaient avoir maille à partir avec les pouvoirs constitués ou avec l'Église.

Il y avait bien, auprès de Stanislas, un chancelier, La Galaizière, chargé, en fait, de diriger le duché selon les vues du roi Louis XV, mais ledit La Galaizière n'avait pas tardé à succomber au charme de Mme de Boufflers et lui mangeait littéralement dans la main. Aussi le Roi, qui y trouvait son compte, fermait-il paisiblement les yeux sur les incartades de la belle Catherine.

C'est ainsi qu'un soir, alors qu'il présentait ses tendres hommages à sa maîtresse, les forces étant venues à lui faire défaut, Stanislas enfila sa robe de chambre et quitta les lieux en déclarant superbement :

– Bonne nuit, Madame ! Mon chancelier vous dira le reste…

Outre les nouveaux amants, Catherine de Boufflers aimait aussi les nouveaux visages, surtout quand ils servaient de façade à des intelligences. Et, puisque Lunéville était, en quelque sorte, une terre de refuge, elle eut un beau jour l'idée de faire venir en Lorraine l'homme qui représentait, à lui tout seul, la bête noire du gouvernement français et des Jésuites mais que l'Europe proclamait d'une seule voix comme le plus grand écrivain de l'époque : l'aimable, féroce, spirituel, redoutable… et perpétuellement agonisant Voltaire.

– Ce serait une excellente recrue, déclara Stanislas enthousiaste. Mais pourra-t-il venir ? On le dit malade en ce moment.

– Il est éternellement malade, approuva la marquise avec un sourire, mais grâce au ciel il en réchappe toujours ! Naturellement, Votre Majesté n'ignore pas qu'il ne saurait être question d'inviter M. de Voltaire tout seul ? Si Mme du Châtelet n'était pas conviée elle aussi…

– Il refuserait, je sais. Eh bien invitez, ma chère, invitez ! Voltaire à Lunéville nous fera le plus joli printemps du monde et je pourrai parler astronomie avec la savante Émilie.

L'invitation royale atteignit Voltaire au château de Cirey, près de Chaumont, où il vivait quasi maritalement en compagnie de Mme du Châtelet, avec d'ailleurs l'approbation tacite du mari qui avait le bon esprit, en tant qu'officier du Roi, de passer le plus clair de son temps aux armées.

L'aventure avait commencé en 1733, dans le salon de Mme Du Deffand à Paris qui était sans doute le lieu où l'esprit soufflait le plus. Non que la maîtresse de maison fût bien riche et donnât des fêtes fastueuses. Depuis que son mari, excédé d'une conduite un peu légère, l'avait chassée, la marquise Du Deffand, qui avait été la maîtresse du Régent, de quelques hommes en vue et demeurait celle du président Hénault, avait souvent des difficultés de fin de mois. Mais elle possédait tant de charme, tant d'esprit et de culture que ses amis préféraient s'asseoir par terre dans son salon qu'occuper des fauteuils dorés dans une autre maison.

Parmi ces amis, le plus fameux et le plus pittoresque était très certainement Voltaire.

Démoniaquement spirituel, acerbe, mordant, pas très beau mais mieux que cela, méchant comme la teigne et séduisant comme un page, coureur comme il n'est pas permis, M. de Voltaire avec son long nez, ses yeux vifs et ses grandes perruques était certainement l'idole des salons parisiens de l'époque.

Les belles, et les moins belles d'ailleurs, se pâmaient à lire ses écrits et à se répéter ses mots d'esprit, l'engouement en était même venu au point qu'il était de bon ton, lorsqu'il entrait dans quelque demeure, de faire silence. Un silence vite perturbé par de lourds gémissements car, à la seule vue du grand homme, les plus sensibles de ces dames avaient pris l'habitude de s'évanouir avec ensemble. Une manière comme une autre de lui rendre hommage en quelque sorte !

Mme Du Deffand, qui connaissait bien cette espèce de cérémonial à rebours, avait grand soin, lorsqu'une belle devait être mise pour la première fois en présence du génie, de faire disposer, aux bons endroits, quelques coussins, ou une chaise longue toute prête à recueillir la trop tendre créature.

C'est ce qui s'était produit le jour où la maîtresse de maison attendait à la fois Voltaire et la jeune marquise du Châtelet, née Émilie de Breteuil et fille du baron de Breteuil, introducteur des ambassadeurs à Versailles, laquelle avait supplié qu'on voulût bien la présenter à un homme dont elle rêvait.

Voltaire arriva le premier, fit sa cour à la maîtresse de maison, s'installa, commença à causer. On annonça alors la marquise et chacun retint son souffle tandis que quelques hommes particulièrement charitables… ou particulièrement habiles se dirigeaient vers la porte du salon tout prêts à tendre les bras pour récupérer la victime d'une trop forte émotion.

Mais ils en furent pour leurs frais. Mme du Châtelet, qui avait alors vingt-sept ans, n'était pas de ces femmes qui s'évanouissent facilement, même devant Dieu en personne. Quand elle parut au seuil, grande, brune, éclatante de jeunesse et de beauté, elle parcourut l'assemblée de ses vastes yeux noirs.

Puis, repérant Voltaire, assis près de la bergère de son hôtesse, elle traversa le salon d'un pas rapide… s'assit sur les genoux du grand homme et lui passant les bras autour du cou l'embrassa à pleine bouche devant toute l'assemblée pétrifiée.

– Il y a si longtemps que je voulais vous dire cela ! roucoula-t-elle en desserrant enfin son étreinte. Vous n'imaginez pas comme je vous aime !…

On peut être philosophe, revenu de tout, cynique à souhait et se retrouver tout bête en face d'une jolie femme amoureuse. Ce fut ce qui arriva au futur père de Candide. Il avait près de quarante ans, il souffrait d'une foule d'incommodités physiques mais la jeune femme qui l'avait assailli de si tendre façon était véritablement bien belle : il en tomba, sur-le-champ, amoureux comme un collégien.

À vrai dire, ce n'était pas absolument la toute première fois que Mme du Châtelet voyait Voltaire. Avant son mariage (qui avait eu lieu huit ans plus tôt) elle l'avait entrevu deux ou trois fois chez son père. Mais elle n'était alors qu'une gamine et lui n'était pas tout à fait l'homme à la mode qu'il allait être. Disons que ce fut chez Mme Du Deffand qu'ils se regardèrent pour la première fois.

En quittant son salon, Mme du Châtelet était déjà virtuellement la maîtresse de Voltaire et Voltaire l'amant de Mme du Châtelet. Ils ne perdirent guère de temps pour que ce virtuel devînt réel et bientôt il ne fut bruit, dans tout Paris, que de la grande passion née sous les lambris de la célèbre potineuse. Une passion où la nature des participants allait s'engager tout entière : cœur, corps et esprit !

Car si Voltaire était un grand homme, Émilie n'était pas une femme comme les autres. Outre les goûts normaux d'une fille d'Ève, noble et cultivée, pour la musique, la danse, la toilette et les plaisirs en tout genre, elle était une manière de puits de science.

Aucune des neuf muses qu'elle n'eût plus ou moins coudoyée ! Elle était à la fois lettrée, parlant latin comme Cicéron et savante. Elle avait analysé Leibnitz et folâtré dans les dédales du calcul différentiel de Newton. Elle faisait autorité en matière de géométrie et en physique, tutoyait l'astronomie et fréquentait les sciences naturelles en habituée.

Un tempérament nettement au-dessus de la moyenne achevait d'en faire une femme singulièrement attirante et désirable. Et tout naturellement, elle avait attiré plus d'un homme de goût, sans d'ailleurs que le mari s'en montrât le moins du monde offensé.

Lieutenant général des armées du roi, M. du Châtelet était, comme tous les militaires, assez souvent absent. En outre, c'était un galant homme et un homme bien élevé qui, pour rien au monde, ne se fût donné le ridicule d'être jaloux. La belle marquise lui avait donné deux enfants, un fils et une fille, et il considérait qu'elle avait, de ce fait, parfaitement rempli sa part du contrat de mariage.

Il ne vit même pas d'inconvénient à ce que sa femme se séparât de lui pour aller « vivre sa vie » auprès de Voltaire.

– Mon cœur ni ma personne ne sont de ceux qui se partagent, lui dit-elle avec beaucoup de calme. Le lien qui m'attache à M. de Voltaire étant fort impérieux, je ne saurais être qu'à lui seul !

– Mais comment donc ! répondit M. du Châtelet, qui baisa galamment la main de sa femme avant de la mettre en voiture en lui souhaitant bon voyage.

Les deux amants s'en allèrent cacher les premiers feux de leur passion au château de Montjeu, près d'Autun, prêté par un ami.

Mais, à Paris, les choses se gâtaient. Le libraire Jore venait de faire imprimer les *Lettres philosophiques* et les publiait, classant définitivement Voltaire parmi les auteurs subversifs et déchaînant un affreux scandale. Le cardinal de Fleury, Premier ministre, lança la police aux trousses du coupable. Il fallut décamper.

C'est alors que M. du Châtelet fit montre d'une vraie grandeur d'âme : il offrit au couple traqué (car naturellement Émilie ne voulait rien savoir pour abandonner son grand homme), l'asile d'un sien château, celui de Cirey-sur-Blaise, en Bourgogne, qui présentait l'avantage d'être fort campagnard, c'est-à-dire fort retiré, fort discret et fort éloigné de tout. Là-bas, rien à craindre des visites intempestives… ni même des visites tout court !

À vrai dire, cette thébaïde n'était enchanteresse qu'à première vue : c'était une grande bâtisse fort délabrée dont les toits pleuraient les jours de pluie et dont les jardins, bienheureusement retournés à la nature, avaient tout le charme de ceux de *la Belle au bois dormant*.

– Nous allons arranger cela ! décréta Voltaire. Bientôt cette maison sera un paradis digne de vous, ma chère Émilie.

Et, comme c'était un homme généreux, que les droits d'auteur, malgré la prescription, marchaient assez bien, il avança une somme de 40 000 livres pour les réparations et l'embellissement, que M. du Châtelet accepta avec la même grâce qu'elle était offerte.

Bientôt, les deux reclus eurent une demeure conforme à leurs goûts et, peu à peu, quelques amis sûrs se lancèrent sur les mauvais chemins, au risque de se rompre les os, pour venir contempler un bonheur aussi édifiant.

Ils constatèrent avec quelque étonnement que le château de l'amour était surtout le château de l'étude. Dans la galerie était entassée une quantité d'instruments de physique, de chimie, et d'astronomie, où tandis que « l'un faisait des vers, l'autre faisait des triangles » !

Voltaire écrivait des tragédies et des poèmes tandis qu'Émilie se lançait dans la philosophie transcendantale, ergotant pendant des jours entiers sur une question dans le genre de celle-ci :

« Pourquoi Dieu, puisqu'il est éternel, a-t-il attendu si longtemps avant de créer l'homme ? »

Pensant peut-être que sa maîtresse présentait encore quelques lacunes, Voltaire lui apprit l'anglais et l'italien à seule fin de pouvoir traduire avec elle Shakespeare et le Tasse. Bref, le couple avait tant à faire que c'était tout juste s'il lui restait du temps pour l'amour.

Cela dura jusqu'au 8 mai 1739 où ces deux parfaits amants durent quitter leur thébaïde pour les grandes routes. On alla d'abord à Bruxelles où l'on avait un procès à plaider. Ensuite, on ne quitta guère la chaise de poste car les dix années qui suivirent les virent passer sans arrêt de Belgique à Paris, de Paris à Cirey, de Cirey à Bruxelles, de Bruxelles à Cirey puis à Lunéville et à Nancy.

Pourtant Voltaire, peu à peu, cessait d'être suspect. Ses affaires s'arrangeaient avec Versailles. Il connut même la grande faveur, après l'entrée de son ancien condisciple, le marquis d'Argenson, au ministère, de devenir un moment le protégé de Mme de Pompadour. En même temps, il poursuivait avec le roi de Prusse, Frédéric II, cette longue correspondance qui devait être l'un des événements de sa vie.

Émilie était toujours auprès de lui, mais Voltaire s'était pris d'une « fantaisie » pour sa jolie nièce Mme Denis. Quand Émilie le sut, ce fut le drame : des larmes, des cris, des menaces. Il fallut que quelqu'un se chargeât d'apaiser la belle furie. Et ce quelqu'un ce fut… M. du Châtelet.

Il voyait évidemment les choses d'un sentiment plus indulgent.

– M. de Voltaire nous trompe ? Ce n'est pas la première fois ! Il ne faut pas tourner en drames les fantaisies sans lendemain de notre ami !

Enfin, il fit tant et si bien qu'Émilie, reconnaissante et vaguement cynique, devait écrire plus tard : « Je serais la dernière des femmes si je ne reconnaissais pas que M. du Châtelet est le meilleur des maris !... »

Mais Voltaire était Voltaire, Mme du Châtelet était Mme du Châtelet c'est-à-dire un être de qualité et leur char pseudo-conjugal roulait en dépit des cahots même s'il lui arrivait parfois de grincer très fort.

L'invitation du roi Stanislas tomba comme marée en Carême. Voltaire était à la fois mal en cour et mal dans sa peau. Bien qu'il eût été élu à l'Académie française deux ans plus tôt, il était mal vu de la marquise de Pompadour, la toute-puissante favorite qui lui préférait ostensiblement le vieux Crébillon. Quant à la Reine, fort pieuse et fort dévote, elle ne cachait pas l'horreur que lui inspiraient les sarcasmes et les ricanements dont l'écrivain couvrait la religion. C'était agaçant pour un génie conscient de sa valeur et les préférences de la favorite, aussi bien que les froncements de sourcils de Marie Leczinska, causaient à Voltaire un souci certain, même s'il se refusait à l'avouer. L'invitation du père de la souveraine était donc pour lui une aubaine inespérée : on ne pourrait plus dire qu'il était mal avec la Reine quand il régnerait sur Stanislas !

On fit les bagages dans l'enthousiasme et quelques jours plus tard Voltaire, descendant péniblement de carrosse, tombait tout droit dans les bras de Stanislas qui le serra sur son cœur, l'embrassa comme un frère et le conduisit lui-même au premier étage, dans le plus bel appartement du château qui avait vue sur le parc et un escalier privé permettant de rejoindre, à l'étage au-dessous, les pièces réservées à Mme du Châtelet.

En fait il était grand temps que l'on arrivât à destination : le pauvre grand homme était exténué par une route qu'il avait déclarée « fort incommode ». Aussi, à peine eut-il aperçu son lit qu'il supplia le Roi de lui permettre de se coucher car il se sentait tout à coup très mal…

– Faites, mon cher ami, faites ! Reposez-vous et soyez certain que l'on vous soignera ici du mieux que l'on pourra et, pour commencer, je vais vous envoyer mon propre médecin qui est un homme fort habile.

– Vraiment, on ne peut être meilleur homme que ce roi-là ! soupira Voltaire tandis qu'Émilie s'activait à l'éplucher de tous les châles, petites laines et fourrures dont il était emmailloté. Mais j'ai peur de ne pouvoir en profiter longtemps : je suis vraiment bien bas…

Il se coucha, prit l'attitude d'un gisant de cathédrale et ferma les yeux en déclarant qu'il attendait la mort. Mais il les rouvrit assez vite pour découvrir avec satisfaction les multiples attentions de Stanislas qui se montrait en vérité l'hôte le meilleur et le plus prévenant. Et, vingt-quatre heures plus tard, l'ex-agonisant frais comme une laitue, sanglé, rasé, poudré s'en allait prendre allégrement sa part des plaisirs de Lunéville et faire connaissance à la fois avec la Cour et avec la ville. Il conquit le tout sans le moindre effort et en un rien de temps à la grande joie de Stanislas et bientôt on ne vit plus le Roi sans Voltaire ni Voltaire sans le Roi. C'était l'Olympe !

Du côté des femmes, les relations baignaient dans la suavité. Mme de Boufflers, qui était au demeurant la meilleure créature de la terre sinon la plus vertueuse, montra tant de gentillesse à Mme du Châtelet, de quelques années seulement son aînée, que la docte Uranie se laissa séduire. Bientôt, on s'appela Catherine et Émilie, on ne se quitta plus que juste le temps de s'écrire des lettres charmantes, en vers encore plus charmants que le cher Voltaire, imperturbable et discret, écrivait pour chacune des deux dames à tour de rôle.

Bref, Lunéville était en passe de se noyer dans les délices de Capoue quand le plus malin des dieux décida qu'il était temps de s'occuper un peu des habitants de cet heureux duché. Et l'Amour, sans prévenir personne, fit son entrée...

À vrai dire, il ne s'éloignait jamais beaucoup, l'écart de vingt-huit années entre le Roi et sa charmante maîtresse ayant déjà incité Catherine à se chercher des divertissements extérieurs. Elle avait bien quelque part un mari mais, aussi bien élevé que le marquis du Châtelet, le marquis de Boufflers se gardait bien de quitter l'armée royale. Et puis, les tilleuls de Lunéville sentaient si bon par les belles nuits d'été !...

Il y avait beau temps déjà, avant même le règne éphémère de La Galaizière, que Catherine était allée en respirer le grisant arôme avec le cher et dévoué Panpan. Ensuite, elle avait découvert le charme discret du jeune et beau Jean-François de Saint-Lambert, un brillant officier qui se doublait d'un poète mâtiné d'un philosophe.

Avec lui la passade était devenue amour et amour si exigeant que Catherine s'était fait aménager secrètement une pièce abandonnée qui avait l'avantage d'être assez proche de ses appartements pour qu'avec l'aide d'une fidèle camériste il fût possible d'y recevoir nuitamment son jeune amoureux.

Lorsque Voltaire et Mme du Châtelet arrivèrent à Lunéville, l'amour de Saint-Lambert pour Mme de Boufflers était toujours aussi grand, mais celui de la belle marquise tiédissait au bénéfice du séduisant Adhémar de Marsannes qui lui faisait une cour assidue. Furieux, Saint-Lambert se jura de reconquérir le cœur de sa belle amie, et choisit la jalousie comme étant le meilleur et le plus sûr des moyens, encore que le plus antique.

Mais quelle femme pourrait inspirer assez de jalousie à Mme de Boufflers ? Saint-Lambert ne chercha pas longtemps : Mme du Châtelet bien sûr ! Que l'altière Uranie soit sensible à ses avances et Catherine, en vertu de cette vieille habitude qui pousse les humains à retenir ce qui cherche à leur échapper, ne manquerait pas de s'en émouvoir ! Mais parviendrait-il à assiéger cette forteresse sans risquer une rebuffade ? Assez timidement, il risqua quelques avances.

Or, à sa grande surprise, car il n'était point fat, Mme du Châtelet, non seulement s'y montra sensible, mais répondit avec une rapidité tout à fait inattendue. Trop modeste peut-être, Saint-Lambert dont les trente-deux ans n'avaient pas songé aux quarante-deux de la fière Uranie, pas plus qu'à tout cet amour inemployé qui bouillonnait en elle depuis que le « divin » Voltaire l'accablait sous le flot de ses tisanes, le poids de ses pilules et la bourrasque de ses soupirs d'agonie. Qu'un garçon jeune, beau, spirituel et fort aimé des dames lui fît la cour était une aubaine trop succulente pour qu'Uranie la dédaignât.

Oubliant d'un seul coup toute sa philosophie, sa science et ses cornues, Mme du Châtelet se laissa emporter par cet amour tout neuf qui fleurissait en elle, ravivait son teint, faisait briller ses yeux et chanter son cœur tout en repoussant bien loin les froides et sèches mathématiques.

Ah ! qu'il fut doux le printemps de Lunéville ! Que de soirées charmantes passées à se parler des yeux sous l'abri léger de l'éventail, à échanger des billets, des soupirs et des frôlements de mains. Bientôt, la plume diligente d'Uranie ne travailla plus que pour le cher Jean-François auquel elle griffonnait de doux billets sur un attendrissant papier bordé de dentelle.

« Il n'y a point de bonheur sans vous. Je ne puis jouir de rien sans vous. Je vous attends pour aller donner du pain à mes cygnes et me promener… »

Ou encore :

« Vos vers sont délicieux. Je les ai relus trois fois. Je crois qu'on peut tout exiger de votre esprit comme de votre cœur… »

C'était peut-être s'avancer beaucoup car Saint-Lambert ne perdait pas de vue le but réel de ses galanteries : retrouver l'amour égaré de Mme de Boufflers. Aussi, une fois en possession de quelques billets de Mme du Châtelet s'en alla-t-il jouer, aux pieds de Catherine, une émouvante scène de repentir.

– Je suis un misérable, Madame ! Je ne suis pas digne de l'amour que vous m'avez donné car, cet amour, je l'ai trahi…

– Ah bah ? Et comment cela…

– En me tournant vers l'une de vos chères amies ! Ah ! j'ai honte de moi ! Mais je dois dire, à ma décharge, que j'ai été séduit, envoûté, enveloppé d'un charme dont j'ai été obsédé si continûment que je n'ai pas su m'en défendre. C'est chose bien puissante, voyez-vous, qu'une grande passion et celle qu'on a daigné m'offrir…

– Ah, ah ! Et qui donc vous a fait ce royal cadeau ?

– Ne le devinez-vous pas ? C'est Mme du Châtelet, voyons.

– Mme du Châtelet ! Tiens donc ! Continuez, mon ami, continuez. Vous n'imaginez pas comme votre histoire m'intéresse, fit Catherine avec un sourire si épanoui que Saint-Lambert pensa défaillir.

– Ma parole ! On dirait que cela vous amuse ! s'écria-t-il vexé. Je m'attendais à des reproches, à des larmes, à de l'indignation. Il s'agit d'une trahison dont le remords me hante !... Et c'est tout juste si vous ne m'avez pas éclaté de rire au nez !

– Que vous êtes jeune, mon ami, et que vous me connaissez mal ! Vous en vouloir, vous accabler de reproches ? Pour quoi faire ? D'abord péché avoué est à moitié pardonné et puis qui peut se vanter d'être maître de son cœur ? Mme du Châtelet, quand elle le veut, a infiniment de charme. En outre, c'est un grand esprit, de beaucoup supérieur au mien. Je reconnais volontiers sa supériorité et j'admets qu'elle puisse exercer sur vous un attrait puissant. Non, je ne vous en veux pas. Je vous comprends, je vous pardonne même bien volontiers...

Elle continua ainsi un moment, déversant sur le pauvre Saint-Lambert, amèrement déçu, les flots lénifiants de la bonne volonté et de l'amitié, une amitié qu'elle réclama, pour l'avenir, sincère, solide... Une vraie amitié d'homme !

Et, tandis que le malheureux, abasourdi, regagnait son logis pour tenter d'y retrouver un équilibre en compagnie de quelques bons amis et d'un pichet de vin vieux, Mme de Boufflers s'en alla visiter la chère Émilie, tomba dans ses bras, la traita de cachottière, la félicita chaudement et, pour la mettre tout à fait à son aise, lui proposa aimablement de lui prêter le discret appartement où elle-même abritait ses amours clandestines. « Uranie » en pleura de joie… et Saint-Lambert dut, bon gré, mal gré, demeurer prisonnier de son stratagème et, par la même occasion, d'une femme qui allait réussir à se faire aimer de lui très réellement.

Quant à Mme de Boufflers, soulagée d'un grand poids, elle put se consacrer tout entière à son amour pour le séduisant Adhémar, cependant que Voltaire et le Roi, ignorant tout de ces chassés-croisés amoureux, continuaient à philosopher en chœur comme si de rien n'était.

II

Voltaire et la tragédie burlesque de Commercy

Les choses auraient pu continuer fort agréablement pour tout le monde sous les lambris majestueux de Lunéville si les exigences de la vie de cour n'avaient momentanément dissous l'aimable groupe composé par le roi Stanislas, Voltaire, leurs maîtresses, les marquises de Boufflers et du Châtelet… et les amants de ces dames, Adhémar de Marsannes et Jean-François de Saint-Lambert. En effet, Stanislas quittait provisoirement son duché de Lorraine pour se rendre à Versailles auprès du roi Louis XV, son gendre, qui l'appelait.

Il fit ses bagages avec plaisir, heureux de revoir sa fille et ses petits-enfants, bien que la Cour de France fût beaucoup moins amusante que la sienne.

– Nous nous retrouverons à l'automne, au château de Commercy, pour les chasses, dit-il à ses amis en les embrassant tous à tour de rôle.

Sur cette agréable perspective, on se quitta avec des larmes. Voltaire, qui se trouvait bien en Lorraine et n'avait rien soupçonné des amours de sa belle amie, reprit avec elle le chemin de Cirey en soupirant mais pour des raisons bien différentes. L'été en Bourgogne allait leur paraître affreusement long et ils se mirent, chacun de leur côté, à compter les jours qui les séparaient du bienheureux automne.

Dans le secret de son boudoir, Mme du Châtelet trempa sa plume dans son encre la plus brûlante pour couvrir Saint-Lambert d'épîtres si enflammées qu'elles finirent par inquiéter ce jeune homme, trop ami de la philosophie pour se plaire longtemps aux excès des grandes passions. L'amour qu'il éprouvait pour Uranie était sincère mais peut-être pas aussi ardent, et de loin, que celui de la marquise et il commençait à craindre un peu les conséquences d'une passion trop brûlante.

Quand on se retrouva à Commercy, il fut tout à fait affolé car les choses s'y présentaient de façon très différente de ce qu'elles étaient à Lunéville. D'abord, le château était nettement plus petit. Mme de Boufflers n'avait pas pu y faire aménager le petit appartement discret où elle abritait ses amours et qu'elle prêtait si obligeamment au couple Saint-Lambert du Châtelet.

Il ne comportait même pas tellement d'appartements à donner. Ainsi le pauvre Saint-Lambert ne put y trouver place et dut s'installer, pour la durée des chasses, chez le curé de Commercy.

Tout bien pesé, ce séjour au presbytère ne fut pas pour lui déplaire car avec l'éloignement, son amour avait baissé d'intensité et il pensait se trouver ainsi à l'abri des flammes d'une maîtresse ne rêvant que de reprendre le cours interrompu des doux entretiens du printemps.

Elle se contenait même si peu que l'amant forcé se mit à vivre dans les transes, craignant sans cesse que Voltaire n'apprît son infortune et ne s'en montrât à bon droit offensé. Or, Saint-Lambert professait une sainte horreur du scandale et, en outre, il portait au génial écrivain une telle admiration qu'il redoutait par-dessus tout de lui déplaire. Un langage qu'Émilie était bien incapable d'entendre...

Car, s'il se trouvait bien chez son curé, Mme du Châtelet supportait de plus en plus mal une séparation qu'elle jugeait ridicule. Et comme elle était loin d'être sotte, elle chercha (et finit par trouver) le moyen d'attirer son jeune amant chez elle. C'était d'ailleurs assez simple : le presbytère était, en effet, situé près de l'orangerie du château, laquelle touchait aux communs d'où l'on pouvait passer aisément à la chambre de la marquise grâce à un petit escalier qu'il suffisait de monter. Elle expliqua soigneusement la chose à Saint-Lambert qui, ne trouvant plus d'excuse valable, finit par se faire une raison et se rendre à merci.

La saison des chasses semblait donc devoir se passer aussi agréablement que le printemps de Lunéville quand, justement, éclata la catastrophe que Saint-Lambert aurait tant voulu éviter.

Cet après-midi-là Émilie du Châtelet, croyant Voltaire sorti avec le Roi, avait donné rendez-vous chez elle à son amant. Un rendez-vous qui, bien entendu, ne tarda pas à prendre une tournure aussi tendre qu'expressive.

Et l'aimable dialogue en était justement au plus passionné... quand la porte de la chambre s'ouvrit. Voltaire parut !

Décrire la stupeur générale, la gêne des uns et la fureur de l'autre relève de l'impossible. On sait peu de choses des propos qui s'échangèrent sinon qu'oubliant toute philosophie Voltaire éclata en une colère olympienne, couvrit d'injures les deux imprudents, refusa d'écouter le malheureux Saint-Lambert qui lui proposait, affolé, une réparation par les armes, le traita de triple sot et finalement sortit en courant et en claquant la porte non sans avoir jeté à la fière Uranie passablement désorientée :

– Quant à vous, Madame, sachez que vous ne me reverrez jamais !

Et, là-dessus, il regagna son appartement au pas de charge, appela son valet Longchamp et lui ordonna d'aller quérir sur l'heure une chaise de poste pour s'éloigner d'une cité dont les turpitudes ne trouvaient d'égales que dans la Bible.

Pendant ce temps, les pleurs de Mme du Châtelet emplissaient le château, tandis qu'elle s'efforçait d'écrire au philosophe outragé une lettre qu'elle voulait lénifiante et réparatrice.

« Je vous aime toujours mais depuis longtemps vous vous plaignez que vous êtes malade, que les forces vous abandonnent, que vous n'en pouvez plus. J'en suis affligée car je suis bien loin de vouloir votre mort. Votre santé m'est très chère, personne au monde n'y prend plus part que moi. De votre côté, vous avez toujours montré beaucoup d'intérêt à la mienne, vous avez connu et approuvé le régime qui lui convient, vous l'avez même favorisé et partagé aussi longtemps qu'il a été en vous de le faire. Puisque vous convenez que vous ne pourriez continuer à en prendre soin qu'à votre grand dommage, devez-vous être fâché que ce soit un de vos amis qui vous supplée ?... »

La défense était pour le moins spécieuse, mais Émilie l'avait écrite telle qu'elle la pensait. Sans cesser un instant de pleurer elle la fit porter incontinent à Voltaire.

Pendant ce temps, le valet Longchamp, en bon valet de comédie sachant bien son rôle... et son maître, avait jugé plus prudent d'aller d'abord avertir Mme de Boufflers de ce qui venait de se passer car, occupée ailleurs, l'aimable marquise n'en avait rien appris. Il craignait, en effet, que le départ fracassant de son maître n'indisposât le roi Stanislas et que Voltaire n'en vint plus tard à le regretter.

– Vous avez bien fait de me prévenir, dit Mme de Boufflers. Retournez vers votre maître et dites-lui que vous n'avez pas pu trouver de chaise de poste : je me charge du reste.

Après un laps de temps convenable, Longchamp revint chez Voltaire qu'il trouva au lit tandis qu'une boule de papier froissé, la lettre d'Émilie, occupait le beau milieu de la chambre. La violence des émotions que venait d'éprouver le grand homme avait secoué trop cruellement ses nerfs fragiles et, se sentant mourir une fois de plus, il avait préféré se coucher. Aussi accueillit-il sans trop de contrariété la nouvelle que lui rapportait son valet, se bornant à déclarer d'une voix mourante :

– C'est bon ! Restons en là pour ce soir, mais demain tu iras à Nancy et tu me ramèneras une chaise de poste !

Après quoi, il se tourna vers le mur pour attendre la mort.

Cependant, Mme de Boufflers courait chez son amie qu'elle trouva dans un état affreux, toujours en larmes et totalement désespérée.

– Quinze ans ! gémissait-elle, quinze ans de tendresse et d'amour… d'une si grande amitié ! Tout cela réduit en poussière par un moment d'égarement !

La marquise se garda bien de faire remarquer à la désespérée que ledit moment durait déjà depuis pas mal de temps et se borna à tenter de la conseiller.

– Je connais bien notre ami, lui dit-elle. À cette heure-ci, il est certainement dans un état affreux et, si vous voulez mon sentiment, il doit être même si fort malade qu'il se désespère de devoir attendre le trépas dans la solitude et l'abandon… privé de la chère présence qui savait si bien éloigner de lui les démons du mal et les ailes noires de l'Ange fatal.

– Vous croyez ? fit Mme du Châtelet impressionnée par la tirade.

– J'en suis certaine. À votre place j'irais à son chevet, toute désolée et repentante, telle que je vous vois. Ou je me trompe fort, ou il ne résistera pas au spectacle de votre douleur. C'est un si noble sentiment que le pardon ! Si digne de Voltaire ! Et puis, après tout, il a de si mauvais yeux qu'il n'a peut-être pas très bien vu…

– Ce qui se passait dans ma chambre ? J'en doute fort.

En effet, il aurait fallu que le philosophe fût plus que myope pour se tromper sur la nature réelle de la « conversation » entre Émilie et Saint-Lambert. Néanmoins la coupable suivit à la lettre les conseils de son amie.

Un moment plus tard, vêtue de couleurs tendres, elle venait se poser gracieusement aussi légère qu'un fantôme dans un grand fauteuil disposé au chevet du génie mourant… ce qui eut pour effet premier de lui rendre instantanément toutes ses forces.

– Sortez, Madame ! hurla-t-il. Sortez si vous ne voulez pas que je vous fasse jeter dehors par mes gens ! Je suis en train de mourir et ma mort n'appartient qu'à moi seul !

– Allons, mon grand ami, allons ! Calmons-nous ! La colère où j'ai la douleur de vous voir vous fait un mal affreux. Vous êtes pâle à faire frémir. Il faut vous ménager. Pourquoi n'essayerions-nous pas, ensemble, comme les vieux amis que nous sommes, de voir un peu clair dans tout cela ?

– Vous avez de ces mots ! Je n'ai que trop vu, Madame !

– Vous n'avez rien vu du tout… ou si peu ! Et comme votre imagination est à la mesure de votre génie, vous avez complété, enjolivé…

– Est-ce que par hasard vous vous moqueriez de moi ? Enjoliver ? Vraiment ?

– Mais oui, je ne vous ai pas réellement trompé… je veux dire, mon cœur ne vous a pas trompé, se hâta-t-elle d'ajouter.

Si fort en argumentation que fût Voltaire, il ne pouvait entrer en lutte avec une femme intelligente, astucieuse et fermement décidée à lui faire prendre des vessies pour des lanternes. Au terme d'un magnifique discours qui n'avait pour objet que de présenter ses jeux avec Saint-Lambert comme fort innocents, Émilie déclara tendrement, tout en louchant sur la lettre froissée :

– Si vous aviez accepté de lire ma lettre, vous auriez compris ce que je veux dire car je vous aime toujours et même plus que jamais. Seulement, vous me délaissez… à cause de votre santé, bien sûr, mais vous me délaissez. Il était donc normal que je cherche quelque consolation auprès d'un ami fidèle, dévoué et qui, de plus, a pour vous tant de dévotion que sa tendresse pour moi n'est rien d'autre, en vérité, que l'émanation de son culte pour vous.

Voltaire fut-il dupe de cette belle plaidoirie dont il put, en tout cas, apprécier l'ingéniosité en connaisseur ? Il est probable qu'il fut plutôt sensible à la perspective de la longue solitude à laquelle le condamnerait une séparation d'avec son amie. Quoi qu'il en soit, après avoir beaucoup gémi, beaucoup récriminé, il finit par soupirer :

– Fort bien ! Je vois que vous avez toujours raison, Madame, et que rien ne sert de lutter contre vous. Mais, au moins, faites qu'à l'avenir vos... consolations n'aient pas lieu sous mes yeux.

– Mais je me tue à vous dire que le chevalier me donnait des caresses tout amicales ! D'ailleurs il va vous le dire lui-même car je vais le chercher.

Et elle disparut comme un météore sans laisser seulement à son malade le temps de se retourner. Seulement ramener Saint-Lambert avec elle fut une tout autre affaire.

Le jeune homme s'était ressaisi et, à présent, il se cramponnait fermement à son idée de duel. Émilie dut dépenser des trésors de diplomatie pour le convaincre, mais elle était dans son jour de victoire et, finalement, Saint-Lambert fit son apparition dans la chambre de Voltaire qui l'attendait, drapé dans une impressionnante robe de chambre à grands ramages... et qui lui tendit les bras.

– Tout est oublié, mon enfant ! s'écria-t-il. Vous êtes à l'âge heureux où l'on aime tandis que les vieillards comme moi ne sont plus faits pour les plaisirs.

Et pour que rien ne soit perdu, le grand homme décida d'écrire sur le sujet une courte comédie galante...

L'orage passé, la vie reprit son cours agréable. Plus aucun nuage n'en vint obscurcir l'azur radieux jusqu'au mois de septembre où, une fois de plus, chacun rentra chez soi. Hélas, à peine revenue à Cirey, Mme du Châtelet se mit à éprouver de vives inquiétudes qui se changèrent rapidement en certitude : elle allait avoir un enfant !

Sanglotante, elle alla avouer la chose à Voltaire qui, avec beaucoup de galanterie, décida de prendre les choses en main.

– C'est ennuyeux, dit-il à la désolée, mais ce n'est pas catastrophique. Le premier bien à procurer à cet enfant c'est un père et, dans ce rôle, je ne vois personne de mieux adapté que le marquis votre époux.

Or, M. du Châtelet ne venait pas souvent à Cirey. Il était en garnison à Dijon où il oubliait pratiquement son épouse. Voltaire le fit revenir sous prétexte d'une affaire à régler, l'étourdit de paroles, lui fit raconter ses campagnes, le fit boire en abondance et, finalement l'installa, royalement ivre, dans le lit de sa femme. Et, le lendemain, le pauvre marquis, tout éberlué, se réveilla aux côtés d'une épouse à la fois souriante et confuse.

Un mois plus tard, encore mal remis de son émotion il apprenait qu'il allait avoir un enfant… après tant d'années.

L'heure du retour à Lunéville sonna enfin. Émilie en fut heureuse car elle voulait mettre au monde l'enfant de l'amour dans les lieux mêmes où l'amour était né. Naturellement, la bonne Mme de Boufflers ouvrit tout grands ses bras et le château à son amie qui, dans la nuit du 3 au 4 septembre 1749, donna le jour à une petite fille. L'enfant malheureusement ne devait pas vivre plus de quelques jours à la grande déception de Voltaire qui, tout joyeux, s'était brusquement senti la fibre paternelle en éveil.

Il allait connaître bientôt un chagrin plus cruel car le Destin s'entend trop bien à terminer tragiquement les comédies les plus légères. Celle-ci, en forme de marivaudage, devait connaître une fin dramatique : quatre jours après la naissance de l'enfant, Émilie fut prise d'une « fièvre de lait ». Altérée, elle voulut boire un verre d'orgeat glacé et, en quelques heures, malgré les soins attentifs des médecins, elle fut au plus mal. Ce fut l'affaire d'un moment : le lendemain, vers deux heures, la pauvre Uranie s'éteignait entre Saint-Lambert désolé et Voltaire à moitié fou de chagrin.

Ce fut, pour lui, la fin de Lunéville, de Commercy, de la joyeuse vie insouciante à la Cour du bon roi Stanislas qu'il ne pouvait plus supporter sans sa chère Uranie. Il lui fallait le mouvement, le grand chemin, un autre décor, d'autres visages. Il était temps pour lui d'aller visiter la Cour d'un nouvel et auguste ami : le grand Frédéric de Prusse l'attendait… et aussi une plus grande gloire !

INSUPPORTABLE GERMAINE !...

I

Les angoisses d'un baron suédois

Faute d'informations éclairées, un vain peuple aurait pu s'imaginer que la situation d'attaché d'ambassade, dans le dernier quart du XVIIIe siècle, était une sinécure de tout repos, essentiellement dorée sur tranche ! Ce n'était, malheureusement, pas toujours le cas et, en cette année 1778, le jeune baron Eric Magnus Staël von Holstein en faisait la triste expérience. Littéralement, il ne savait plus où donner de la tête…

Ses dettes de jeu s'entassaient sur ses factures et il avait déjà tellement demandé d'avances à son ambassadeur, le comte von Creutz, qu'il n'osait plus guère mettre les pieds rue du Bac où l'ambassade de Sa Très Gracieuse Majesté le roi Gustave III de Suède tenait ses assises.

Ce n'était pas qu'il fût mal noté, ou qu'il manquât d'amis, bien au contraire. Le comte von Creutz l'estimait, son collègue, le séduisant Axel de Fersen, l'avait en amitié, une foule de jolies femmes raffolait de lui et l'on assurait que la jeune reine Marie-Antoinette lui voulait du bien. Il n'avait pas eu grand mal d'ailleurs à se concilier cette royale faveur, la souveraine voyant depuis quelque temps d'un œil plus que favorable tout ce qui était suédois.

Hélas, si Eric Magnus avait ses entrées à Versailles et à Trianon, s'il s'efforçait de suivre, en tout, son ami Fersen, il se heurtait à un obstacle qui n'embarrassait pas le bel Axel : il était fort pauvre.

Né vingt-neuf ans plus tôt, huitième enfant d'un capitaine de cavalerie, dans un château assez délabré de l'Ostergotland, Eric Magnus n'avait guère pour lui que sa belle mine, sa silhouette élégante et les traits fins de son visage blond. Il possédait aussi la faveur de son souverain auquel il avait rendu l'inappréciable service de l'acclamer frénétiquement lorsqu'il avait renversé la Constitution de son pays pour devenir monarque absolu en 1772. La solidité de ses cordes vocales avait valu au jeune Staël, alors enseigne, de se retrouver lieutenant du jour au lendemain puis, après un petit voyage d'études destiné à lui ôter toute trace de sa sauvagerie primitive, chambellan de la Reine.

Mais les possibilités de fortune étaient minces en Suède et Staël pour remédier à sa dramatique pauvreté exprima le désir d'aller tenter sa chance ailleurs. On l'avait envoyé tout d'abord en Angleterre, mais comme il avait ensuite demandé Paris Gustave III accéda à son désir en l'attachant à l'ambassade du comte de Creutz.

Lorsqu'il était arrivé en France, deux ans plus tôt, le jeune Eric Magnus s'était senti l'âme de Rastignac. N'ayant pas, personnellement, de titre de noblesse, il commença par s'en fabriquer un en empruntant à un sien cousin son tortil de baron. Après quoi devenu le « baron de Staël » il se lança à la conquête de Paris.

Du côté féminin, il n'eut aucune peine, encore que dame Fortune ne parût pas décidée à se laisser apprivoiser. Côté masculin, il eut au moins le mérite de s'attacher son ambassadeur qui, après lui avoir donné d'assez mauvais conseils touchant à la désinvolture avec laquelle il convenait de traiter les dettes en pays étranger, changea bientôt de façon de voir et lui prêcha la sagesse. Hélas, il était déjà trop tard et même en retournant le fond de ses poches, le pauvre Staël était incapable d'y découvrir de quoi alimenter, si peu que ce fût, sa matérielle…

« Il est à bout de toute ressource et sans un sou vaillant… », écrivit alors Creutz à Gustave III, en manière de plaidoyer. Celui-ci se laissa toucher, envoya quelque argent à son jeune ami, mais en spécifiant bien que ce n'était pas une habitude à prendre et qu'en tout état de cause il ne voyait à la situation présente qu'une seule issue : un riche mariage !

Ce fut aussi l'avis de la comtesse de Boufflers, la « Minerve française », grande protectrice des arts et les lettres et qui avait voué au jeune Staël une affection toute maternelle.

– Il faut obéir au roi et vous marier, mon jeune ami ! lui dit-elle avec ce ton décidé qui était l'un de ses charmes.

– Je ne demanderais pas mieux, ma chère comtesse, mais, pour se marier, il faut être deux et je ne vois vraiment pas…

– Moi, je vois ! Celle qu'il vous faudrait, c'est la petite Necker. Elle n'a que douze ans, elle n'est pas belle, mais elle est follement intelligente et, surtout, elle est fort riche !

C'était là chose très agréable à entendre et, ainsi renseigné, Eric Magnus se mit à faire des rêves mirifiques dans lesquels le visage de la fiancée putative était remplacé par un gros sac d'or.

Malheureusement, il y a loin de la coupe aux lèvres et les prétendants ne manquaient pas à la main et à la dot de la fille du financier suisse.

Ancien Contrôleur général des Finances, Jacques Necker avait rassemblé une très grosse fortune dans les négociations de paix de la guerre de Sept Ans, dans la disette des blés de 1764 et dans la liquidation des possessions françaises au Canada. Grâce à son habileté en matière d'argent, il s'était fait une réputation de financier miracle qui, d'ailleurs, ne devait pas tellement résister à l'examen de l'Histoire. S'il eut la place de Turgot, injustement décrié et en butte à l'animosité de Marie-Antoinette, il le dut surtout à l'extrême considération qu'il avait de lui-même et de ses talents ainsi qu'à son art de faire partager à autrui cette agréable manière de voir.

M. Necker affichait immense auto-satisfaction que l'on retrouvait d'ailleurs aussi bien chez sa femme, née Suzanne Curchod, que chez sa fille, la jeune Germaine. En outre ces dames vouaient à leur chef de famille une profonde admiration… qu'il leur rendait effusionnément et qui, plus tard, devait faire dire à Napoléon, traçant le portrait caustique de la famille Necker :

« Le père, la mère et la fille, tous trois à genoux, en adoration les uns des autres, s'enfumant d'un encens réciproque pour la meilleure édification et mystification du public !… »

Le jugement impérial était peut-être un peu sévère, mais il n'en était pas moins basé sur un fond de vérité. Le pauvre Staël n'allait pas tarder à en faire la triste expérience.

À la comtesse de Boufflers qui lui vantait les nombreuses qualités de son protégé, l'importante Mme Necker répondit brutalement :

– M. de Staël est un rien du tout ! Et Melle Necker n'a aucune raison qui l'obligeât à épouser un rien du tout !

Choquée au-delà de tout ce qu'il était possible, la Minerve française regarda son hôtesse avec indignation.

– Un rien du tout ? Comme vous y allez, ma chère ? Le roi Gustave III lui veut du bien. Il est déjà attaché d'ambassade…

– C'est bien ce que je disais : c'est un rien du tout ! Ah ! s'il était ambassadeur, les choses changeraient de visage et je ne dis pas qu'alors il ne serait pas possible de considérer sa demande avec intérêt !

Devenir ambassadeur ? Comme elle y allait, cette femme de financier ! Très démoralisée, la comtesse s'en vint conter à son jeune ami le peu de succès de son ambassade à elle. Mais, loin de se décourager, Eric Magnus explosa littéralement :

– On m'épousera si je deviens ambassadeur ? Alors, il faut que je le devienne !

Mme de Boufflers s'en alla prendre un repos bien gagné en pensant que, décidément, la jeunesse ne doutait de rien cependant que le jeune Staël, de son côté, s'en allait rêver aux moyens de s'assurer le poste désiré et, par la même occasion, la fabuleuse dot !

Hélas, trois fois, hélas ! Ses beaux rêves se changèrent bientôt en affreuse angoisse. Il avait déjà gagné à sa cause le bon Creutz qui, tout justement, songeait à prendre sa retraite quand l'horrible nouvelle lui parvint. Mme Necker s'était trouvé le gendre idéal ! Et ce gendre idéal n'était autre que le très jeune chancelier de l'Échiquier anglais, William Pitt qui, à vingt-trois ans, avait presque rattrapé la gloire de son auguste père, le grand lord Chatham.

Justement, la France et l'Angleterre venaient de se décider à la paix et l'imagination dévergondée de Mme Necker voyait, dans ce mariage, une sorte de symbole et de consolidation du traité qui allait se signer prochainement. Sa Germaine personnifierait la France tendant la main à l'Angleterre en la personne de William Pitt ! Et, sans perdre de temps, elle fit savoir à Londres qu'elle et son mari accueilleraient avec faveur une demande en mariage.

L'idée plut, outre-Manche. La fortune des Necker était de celles qui se laissent considérer avec attention, même de l'autre côté du pas de Calais. Et Pitt répondit qu'il serait heureux d'être admis à faire sa cour puisque aucune entrave politique ne viendrait plus interrompre son éventuelle romance.

Ravie, Mme Necker informa sa fille de la haute destinée qu'elle lui avait préparée… et faillit tomber de son haut : poliment mais fermement la jeune Germaine déclara à sa mère qu'elle refusait formellement d'épouser le jeune Pitt !

Et, avec ce beau langage et cette grande clarté de jugement qui faisaient déjà l'admiration de ses contemporains, elle exposa ses raisons qui, d'ailleurs, tenaient en une seule : ni pour or, ni pour argent, ni même pour une couronne royale elle n'accepterait de vivre en Angleterre !

Cela signifierait pour elle la séparation d'avec son père, ce « citoyen du Ciel » en qui elle voyait le plus clair de sa religion. Et, en outre, Germaine ne pouvait envisager sans frémir de respirer ailleurs qu'à Paris, seule ville au monde où l'on sût pratiquer avec grâce l'art de vivre !

Malgré la clarté des exposés de sa fille, Mme Necker ne se tint pas pour battue. Elle entraîna son époux à sa suite et, Germaine étant toujours fermement cramponnée à ses positions, cela donna lieu à des « scènes hystériques » dont l'écho devait percer les murs, cependant épais, de la maison du financier.

Mme Necker pria, pleura, tempêta, menaça... puis, finalement s'inclina. La mort dans l'âme, on écrivit à Londres que le cœur de Melle Necker était déjà pris et qu'il fallait renoncer à un projet si cher au cœur de ses parents. Pitt, élégamment, s'inclina, assura les Necker de ses regrets et ne sut jamais que, sa vie durant, Mme Necker allait garder rancune à sa fille d'avoir refusé de l'épouser.

Dans son ambassade, Eric Magnus à l'annonce de la nouvelle reprit quelque espoir... Mais il n'était pas au bout de ses peines !

Il avait entamé une série de négociations avec son roi dans le but de se faire octroyer la fameuse ambassade. Hélas, lesdites négociations tournaient à l'histoire de fous. Gustave III, en effet, n'avait rien trouvé de mieux qu'annoncer à son jeune ami qu'il deviendrait ambassadeur... s'il épousait Mlle Necker ! Comme, d'autre part, les Necker ne voulaient du mariage que si Staël devenait ambassadeur, les choses risquaient de traîner en longueur et, surtout, de tourner en rond indéfiniment.

Peu après l'affaire Pitt, les inquiétudes d'Eric Magnus devinrent de l'affolement : le cher comte von Creutz venait d'être nommé Ministre des Relations extérieures mais son remplaçant n'était pas le jeune Staël : c'était le baron Taube !

Hors de lui, Eric Magnus prit sa plus belle plume et écrivit à son souverain.

« L'état où je me trouve est affreux et je ne puis être sauvé du précipice si Votre Majesté ne daigne révoquer l'édit qui fait mon malheur... »

Saisi de pitié, Creutz s'en mêla et, à son tour, écrivit à Gustave III pour lui vanter l'habileté et les hautes relations du jeune Staël…

« Il a, de l'aveu du Roi, des audiences particulières de la Reine, ce que moi, comme ambassadeur, je ne puis obtenir !… »

La chose cependant allait de soi. Staël était jeune et charmant, Creutz n'était plus jeune, beaucoup moins charmant et Marie-Antoinette tenait beaucoup à la jeunesse dans son petit cercle intime.

Un peu rasséréné par cette belle preuve d'amitié de son ambassadeur, Eric Magnus attendit avec plus de confiance la réponse royale quand une nouvelle catastrophe lui tomba sur la tête sous la forme d'un nouveau prétendant à la main de Germaine Necker. Et quel prétendant ! Fersen ! Axel de Fersen ! Le beau Fersen, l'amoureux de la Reine que tout le monde croyait réfractaire au mariage, venait de faire savoir qu'il épouserait volontiers la richissime enfant !

Et cela pour une fort bonne raison : beaucoup moins riche qu'on ne pensait, Fersen rêvait de s'offrir un régiment.

Désespéré, car il redoutait singulièrement le charme trop efficace de son ami, Eric Magnus alla le trouver pour lui ouvrir son cœur et tenter d'apitoyer le sien. Quoi ? Il voulait épouser la fille du financier ? Avait-il donc oublié qu'il avait laissé, en Suède, une tendre fiancée, la charmante Ingrid Leijel ?

– Oh ! C'est une vieille histoire, répondit Fersen désinvolte. Je crois qu'elle est mariée depuis longtemps.

– Mais ne courtisais-tu pas ici même Melle de Soyécourt ?

– Melle de Soyécourt préfère Dieu ! Je ne peux pas lutter contre lui ! Et puis, si j'ai songé à cette jeune fille, c'est parce que l'on m'a laissé entendre que j'aurais toutes les chances d'être agréé… Je dirais même que j'ai été quelque peu pressenti !

Persuadé que Mme Necker s'était de nouveau mise en campagne, désolé des dispositions où il avait trouvé son ami, Eric Magnus songea qu'il ne lui restait plus qu'un recours, bien puissant il est vrai : la Reine ! Il courut à Trianon…

Marie-Antoinette ne désirait nullement voir l'ami de son cœur prendre femme (pas plus d'ailleurs que Fersen lui-même ne le souhaitait vraiment. Certains ont pensé que les différents projets de mariage qu'on lui a attribués étaient surtout destinés à masquer la réalité de ses affections, trop haut placées pour être avouables au grand jour !). Elle écouta Staël d'une oreille plus que favorable et, faveur insigne, prit elle-même la plume pour faire connaître en Suède son sentiment. Avec beaucoup de diplomatie et de grâce, la jeune souveraine laissa entendre au cousin Gustave que « rien n'encouragerait davantage l'entente des cours de Suède et de France que la nomination de M. de Staël au poste d'ambassadeur… ».

Ainsi renseigné sur les désirs royaux, Gustave III réfléchit et en vint à cette conclusion qu'il serait bien sot de ne pas profiter des bonnes dispositions françaises mais qu'en tout état de cause si la Reine voulait un ambassadeur de son choix, il fallait qu'elle y mit aussi le prix.

Se bornant donc à décerner à Eric Magnus le titre de Chargé d'Affaires, histoire de montrer sa bonne volonté, il lui adressa par la même occasion la lettre suivante :

« C'est à vous de justifier la bonté de la Cour de France et de vous rendre digne des miennes… Profitez des bontés de la Reine de France et rendez-les utiles à votre patrie. C'est le moyen le plus beau, le plus noble de mériter l'ambassade que vous souhaitez... La première négociation que je vous confie, c'est l'acquisition d'une île en Amérique, acquisition qui me tient infiniment à cœur. C'est celle de Tobago que je veux !... »

Au reçu de cette royale épître, le pauvre Eric Magnus faillit pleurer. Son roi était-il devenu fou ? Quelle chance pouvait-il avoir d'obtenir l'une des Antilles pour la Suède qui n'avait vraiment aucun titre pour appuyer ses prétentions ? On allait lui rire au nez au ministère des Relations extérieures français où le comte de Vergennes n'entendait pourtant la plaisanterie que jusqu'à un certain point...

Évidemment, il n'ignorait pas (et Gustave non plus !) que, tout justement à cette époque, on négociait à Paris l'ensemble des îles d'Amérique. Mais il était bien difficile au Chargé d'Affaires suédois de venir réclamer Tobago sous l'unique prétexte qu'il voulait épouser Melle Necker et qu'il brûlait d'envie d'être ambassadeur.

Néanmoins, fidèle à la ligne de conduite qui lui avait si bien réussi jusqu'à présent, il s'en alla voir la Reine. Mais, cette fois, Marie-Antoinette lui fit entendre que la distribution des Antilles n'était pas du tout de son ressort. Elle le renvoya à Vergennes.

Le ministre était un homme d'une grande intelligence et d'une grande bonté. En outre, il connaissait depuis longtemps « le petit Staël ». Il avait, en effet, été pendant un temps ambassadeur de France à Stockholm et même il avait aidé Gustave III durant ce coup d'État qui lui avait si bien réussi et au cours duquel Eric Magnus s'était fait remarquer grâce à sa belle voix.

Il écouta donc le jeune homme avec amitié et compréhension, mais ne lui en fit pas moins comprendre que les prétentions de son souverain étaient exorbitantes. Tobago, il ne pouvait en être question ! C'était trop important et le mariage Staël-Necker ne méritait pas une concession de cette taille.

Il promit néanmoins de réfléchir et il tint sa promesse. Examinant le pour et le contre sur toutes les facettes de cette curieuse affaire, il en vint à la conclusion qu'une toute petite île ne priverait pas beaucoup la France et qu'en revanche, s'attacher le futur ambassadeur de Suède pouvait se révéler fort utile dans la suite. D'autant plus que Staël était jeune et risquait de rester longtemps à Paris.

Après en avoir référé au Roi, qui était sans doute le plus fort géographe de son royaume, Vergennes reconvoqua Eric Magnus et lui tint à peu près ce langage :

– Nous ne pouvons vous donner Tobago où nous sommes déjà implantés, mais nous sommes prêts à vous céder l'île de Saint-Barthélemy qui est voisine. Voyez si le Roi veut l'accepter.

Saint-Barthélemy était une île minuscule en comparaison de Tobago, mais Gustave III qui, au fond, n'en espérait pas tant, se hâta d'accepter. Et, en 1784, Eric Magnus devenait enfin ambassadeur[1].

« Vous serez le plus riche seigneur de notre patrie », lui écrivit le roi avec une pointe d'envie. Et il ajouta que, devant se rendre en Italie, il passerait par la France pour signer lui-même le contrat de mariage de son ambassadeur.

1. C'est ainsi que « Saint-Barth » échappa à la France. À quoi tient le sort des lieux « branchés » !

Mais, quand Gustave arriva il n'y avait toujours rien de fait. Les Necker n'avaient pas encore accepté la demande… et la visite de son roi assécha complètement les finances du jeune ambassadeur. Aussi dépêcha-t-il Mme de Boufflers chez les futurs beaux-parents afin de savoir si, oui ou non, ils avaient l'intention de tenir leur promesse.

Ceux-ci, qui avaient dû bon gré mal gré renoncer à Fersen qui s'était retiré, se firent encore tirer l'oreille et avancèrent de nouvelles exigences, jouant les marchands de tapis avec une candide impudence. Elles se montaient au nombre de six. 1° le poste d'ambassadeur serait garanti à vie à M. de Staël. 2° Si des circonstances imprévues mettaient fin à sa mission, il devrait recevoir une pension de 20 000 livres par an. 3° Il recevrait le titre de comte. 4° Il promettrait solennellement de ne jamais obliger sa femme à résider en Suède. 5° Le Roi lui conférerait l'ordre de l'Étoile Polaire et 6°, le contrat de mariage serait approuvé et signé par la Reine elle-même !…

Résultat : les négociations traînèrent encore une année. Gustave se fit bien entendu tirer l'oreille. Il accepta toutes les conditions néanmoins, sauf le titre de comte. Staël s'était fait baron, il devrait se contenter de voir ce titre confirmé par le collège héraldique suédois. Les Necker voulurent bien s'en contenter et, enfin, en juillet 1785, Eric Magnus fut présenté à Germaine.

Le premier contact fut sans chaleur : il épousait un sac d'or et si elle le jugea assez bien de sa personne elle le déclara en outre entièrement dépourvu d'intérêt. Elle devait d'ailleurs, par la suite, lui prouver surabondamment le peu d'intérêt qu'il lui inspirait puisque, seul de ses enfants, l'aîné devait être le fils du jeune Suédois.

Le 14 janvier 1786, le mariage eut lieu dans la chapelle luthérienne de l'ambassade de Suède. Axel de Fersen se trouvait parmi les témoins et le contrat avait été signé la veille par le Roi, la Reine et tous les princes du sang.

Les premiers jours du mariage se passèrent dans la maison Necker puis Germaine prit congé des siens par une belle lettre sur le mode tragique (« Dans ce moment comme en celui de la mort... ») et alla s'installer rue du Bac.

Le plus étrange est qu'une fois uni à son rêvé doré, le pauvre Eric Magnus s'avisa d'en tomber amoureux. Malheureusement, celle qui devenait Mme de Staël avait bien autre chose à faire que s'occuper d'un mari. Peu de temps après, le ménage se séparait pour ne plus jamais se ressouder... Libre enfin de toute tutelle paternelle, Germaine allait s'adonner joyeusement à son sport préféré : la chasse à l'homme !

II

Les tribulations de Benjamin Constant

Tout commença par un beau jour de septembre 1794 particulièrement doux et ensoleillé comme il en fleurit si souvent sur les bords bénis du lac Léman.

Ce jour-là, le jeune Benjamin Constant de Rebecque, gentilhomme français tout juste arrivé la veille à Lausanne, sa ville natale, venant de la petite cour de Brunswick où il occupait un rôle discret de chambellan, apprit une nouvelle bouleversante : la fameuse, la célèbre Germaine de Staël était enfin revenue de son voyage en Angleterre et venait d'arriver, elle aussi, au bord du Léman. Elle avait réintégré le château paternel de Coppet, à quelques lieues de Lausanne, et, très probablement, tous les beaux esprits errant aux environs allaient se ruer vers cette Mecque des Lettres et de l'Esprit que représentait son domaine.

Le jeune Constant se jura d'être parmi les premiers à y pénétrer. Il voulait se faire une amie de cette femme illustre car, pour un homme d'esprit, elle représentait une espèce de consécration.

En foi de quoi, montant à cheval dès l'aurore, Benjamin galopa ventre à terre jusqu'à ce qu'il aperçût les hauts toits de Coppet sans même prendre garde à ce qu'il rencontrait sur le chemin tant il avait l'œil fixé sur ses rêves.

Mais, quand il mit pied à terre devant le perron, ce fut pour y essuyer une cruelle déception : Madame la Baronne n'était pas au logis.

– Pas au logis ? gémit-il. Est-elle donc déjà repartie pour l'Angleterre ?

Le majordome qui l'avait accueilli se permit un sourire.

– Madame la Baronne ne passe pas sa vie en Angleterre, Monsieur. Plus simplement, elle s'est rendue à Nyon… à une lieue d'ici. Et je m'étonne que Monsieur ne l'ait pas rencontrée si, comme il a bien voulu me le dire, il vient de Lausanne. Monsieur n'a pas pu ne pas croiser Madame la Baronne ! D'où vient qu'il ne l'ait pas reconnue ?

– Cela vient de ce que je ne l'ai jamais vue, mon ami ! Voilà mon malheur. Mais si vous vouliez bien me décrire son équipage…

Le majordome voulait d'autant mieux que ce jeune gentilhomme bien vêtu jouait négligemment avec sa bourse tout en parlant et, l'instant suivant, Benjamin, dûment renseigné, enfourchait de nouveau son cheval et repartait à bride abattue par où il était venu.

Il rejoignit la voiture à une demi-lieue de Nyon et se rua dessus comme s'il s'agissait de la prendre d'assaut.

– Madame, cria-t-il dans la poussière quand une tête féminine empanachée d'autruche parut à la portière, je me nomme Benjamin de Constant de Rebecque et je brûle d'envie de vous offrir mes hommages et mes devoirs.

Mme de Staël regarda avec intérêt ce joli garçon blond, un peu mou, un peu efféminé, mais plein de charme et d'élégance qui la considérait avec une espèce d'adoration.

– Je vous connais, dit-elle gracieusement. N'avez-vous pas entrepris un grand ouvrage sur le polythéisme ?

Benjamin qui était déjà rouge de chaleur devint violet d'orgueil. En effet, il était lancé, depuis quelques années, dans une assez redoutable « Histoire du Polythéisme » qui n'avait guère de chance de passionner les foules, que l'élite attendait, très patiemment mais peut-être avec quelque faveur. Et voilà que la grande Germaine lui parlait de son ouvrage !

– Montez donc, ajouta cette déesse. Mes gens prendront soin de votre cheval et vous souperez avec moi !

La glace, en admettant qu'il y en eut, était rompue. Non seulement Benjamin monta dans la voiture de Germaine, mais encore il revint avec elle à Coppet… et n'en bougea plus ! Car de cette rencontre sur une route poudreuse était née une immédiate sympathie qui n'allait d'ailleurs pas tarder à changer de nom.

De nature excessive, volcanique et passionnée en toutes choses, Benjamin Constant s'éprit de son hôtesse avec la soudaineté d'une tuile tombant d'un toit. En dépit de leur faible différence d'âge (il avait vingt-sept ans, elle en avait vingt-huit, elle incarnait pour lui l'idéal de femme forte et maternelle qui comblait un perpétuel besoin de tendresse chez un garçon qui avait été privé de sa mère très tôt. En outre, bien qu'elle fût loin d'être belle, Germaine de Staël étincelait d'esprit, d'intelligence, de personnalité et de talent. Enfin Benjamin avait toujours admiré, de loin, les idées philosophiques et libérales de la fille de Necker. De près, il en devint fou et, tout de suite, déborda de passion.

De son côté, Germaine de Staël, durant les quatre mois qui suivirent leur rencontre, ne mesura pas clairement le chemin que son jeune hôte faisait dans son cœur. Il lui plaisait, elle aimait l'écouter parler et, surtout, il l'amusait, car tout de suite il se montra follement jaloux sans d'ailleurs en avoir le moindre droit.

Les nombreux amants qu'à tort ou à raison la rumeur publique prêtait à son idole le bouleversaient en permanence. Il vivait, à l'état latent, dans une « douleur inexprimable »... que d'ailleurs il exprimait en intarissables flots d'éloquence.

Certes, la baronne goûtait cette éloquence, et aussi le style dans lequel Benjamin lui expliquait quotidiennement sa passion. Mais, en bonne Suissesse, elle tenait la santé pour une grande vertu. Or, comme pour bien se porter il faut bien dormir, elle avait imposé, une fois pour toutes, un terme aux causeries du soir (qui étaient en général un long monologue de Benjamin) en déclarant qu'elles s'arrêteraient, quoi qu'il pût arriver, au sixième coup de minuit sonné à la pendule du salon.

Or, ce soir-là, qui se situe en janvier 1795, Benjamin lancé dans des considérations philosophiques extrêmement brillantes, eu égard à une assistance particulièrement choisie, trouva fort mauvais d'être interrompu par la malencontreuse pendule.

– Elle avance ! s'écria-t-il en regardant la perturbatrice avec aversion.

Et pour bien prouver ce qu'il avançait lui, il tira sa propre montre, chef-d'œuvre de l'horlogerie helvétique. Hélas, la montre marquait exactement la même heure que la pendule !

– Vous voyez, mon ami, fit gracieusement la maîtresse de maison. Ma pendule ne se trompe jamais ! Allons dormir. Nous reprendrons cette intéressante causerie demain.

Or Benjamin n'entendait pas se laisser calmer. Furieux et humilié, n'osant tout de même pas casser la pendule de son hôtesse, il se contenta d'écraser sa montre sous son talon avant de s'enfuir en courant et de s'aller coucher tout fumant…

Une heure plus tard, les habitants du château étaient réveillés par d'affreux hurlements qui ne s'éteignaient que pour laisser entendre de non moins affreux gémissements.

Des portes s'ouvrirent aussitôt, livrant passage à deux des invités, Mathieu de Montmorency et le baron de Châteauvieux en chemise et bonnet de nuit, qui se regardèrent avec angoisse.

– Cela vient de la chambre de ce pauvre Constant, dit le premier. Il doit être malade.

– Malade ? fit l'autre en s'élançant. On jurerait qu'on l'assassine ! Venez !

Tous deux s'élancèrent dans la chambre. Ils y trouvèrent Benjamin aux prises avec les affres de l'agonie… ou tout au moins avec une assez bonne imitation. Blême, la sueur au front, la bouche ouverte pour livrer passage à ces plaintes déchirantes, le jeune homme se tordait sur son lit en hoquetant.

– Malheureux ! s'écria Châteauvieux. Qu'avez-vous fait ?

D'une main tremblante, le mourant désigna une fiole vide sur sa table de chevet.

– Je meurs !… Prévenez… la Baronne !… Lui dire… adieu !…

Épouvantés, les deux hommes se ruèrent à la recherche de secours. Les serviteurs, d'ailleurs, accouraient. On s'empressa autour du malheureux tandis que Montmorency s'en allait avertir, avec tous les ménagements possibles, une maîtresse de maison qui, apparemment, avait le sommeil plus dur que les autres.

Elle se précipita aussitôt, toute échevelée, déjà noyée dans ses larmes. Et, dans un grand mouvement tragique, elle se jeta sur le corps de celui qu'elle croyait mourant.

– Le malheureux ! gémit-elle ! Se tuer pour une pendule !

En fait, Benjamin ne s'était pas tué du tout. Ce qu'il avait avalé, et qui n'était rien d'autre que de l'opium, ne justifiait ni ce drame ni ces cris affreux. La dose était tout juste assez forte pour rendre Benjamin malade et pour attirer à son chevet, en pleine nuit, une Germaine à la fois affolée et attendrie. Quelle femme, même supérieure, ne se sent flattée qu'un homme veuille mourir pour elle ? Au plus fort de son angoisse, Mme de Staël s'aperçut qu'elle aimait Benjamin Constant et entreprit de l'arracher à la mort.

On lui fit ingurgiter du lait, on le couvrit de briques chaudes, on le massa, on lui fit respirer des sels. Naturellement, on le sauva et Germaine s'établit à son chevet pour être bien certaine « qu'il n'essayerait pas de recommencer ». Puis, dès qu'il fut sur pied, elle entreprit de lui rendre définitivement goût à l'existence en devenant sans plus tarder sa maîtresse ! Le plus ostensiblement du monde d'ailleurs, au grand dam de l'actuel tenant du titre, Mathieu de Montmorency.

Évidemment l'inflammable baronne était toujours en puissance de mari. Il y avait, à présent, neuf années qu'elle avait épousé Staël mais il y en avait presque autant qu'il s'était résigné à jouer les utilités. C'était un homme tranquille, à présent, qui n'aimait guère l'agitation si chère à sa brillante épouse. Il avait donc choisi l'effacement : on savait qu'il existait, mais on ne le voyait jamais et on en parlait encore moins !

Évidemment, il ne mettait jamais les pieds à Coppet. Aussi son souvenir n'empêcha-t-il nullement les nouveaux amants de s'adorer avec emportement... pendant quatre mois et de se faire mutuellement une vie proprement infernale durant quatorze ans !

Car, après cette lune de miel de quatre mois, on décida de quitter le printemps trop paisible du Léman pour se jeter au cœur d'une vie plus ardente et plus digne d'un couple habité à ce point par le génie. Benjamin, pour sa part, brûlait à présent de jouer un rôle dans la nouvelle politique française. Il se sentait l'âme d'un chef d'État et Germaine, éblouie, était déterminée à user de toute son influence en faveur du bien-aimé car elle pensait bien avoir acquis, et pour jamais, des droits imprescriptibles sur le cœur et la fidélité de son amant.

Or, justement, la fidélité n'était pas le fort de Benjamin. Il était de ces hommes qui sont tout feu, tout flamme, soupirs, larmes, fureurs et emportement jusqu'à la chute de la place qu'ils assiègent. Mais la ville conquise, ils s'en désintéressent graduellement pour tourner leurs batteries vers un nouvel objectif.

Certes, l'historien du polythéisme aimait toujours sa grande amie, mais, une fois arrivé à Paris, il se remit à regarder les autres femmes. Et Dieu sait si durant l'agonie de la Révolution, les tentations étaient nombreuses !

Les disputes entre les deux amants furent en proportion et elles eurent cette particularité d'être presque toujours publiques, les deux combattants se révélant toujours plus brillants quand ils pouvaient s'exprimer devant un auditoire choisi. C'est ainsi que la belle Mme Récamier fut le témoin amusé de quelques homériques bagarres qui pouvaient durer plusieurs heures tant les deux belligérants y mettaient de souffle. Il est vrai qu'ensuite ils se réconciliaient avec non moins d'ardeur et tombaient dans les bras l'un de l'autre tandis que l'auditoire, beaucoup plus fatigué qu'eux, s'en allait prendre un repos bien gagné.

Orageuses ou pas, ces amours volcaniques eurent un résultat tangible et vivace sous l'aspect d'une petite fille qui naquit à Coppet en juin 1796 sans d'ailleurs que sa venue causât le moindre scandale. Qu'elle ressemblât furieusement à Benjamin n'empêcha nullement le baron de Staël, toujours aussi compréhensif, d'en assumer galamment la paternité.

L'arrivée de cette enfant se traduisit chez Germaine par une recrudescence d'autoritarisme. Le père de sa fille était sa chose et il ne pouvait être question qu'il échappât à son pouvoir. D'ailleurs, grâce à elle, Benjamin avait été nommé membre du Tribunat et sa carrière venait de débuter très convenablement.

Malheureusement, elle ne fit jamais que débuter car aux avances très nettes que lui fit le Premier Consul, notre orateur répondit en se drapant dans une dignité toute romaine fort blessante pour Bonaparte qui, bien entendu, ne revint jamais à la charge. Et d'autant moins que Germaine s'était instituée le chantre du libéralisme et, à force de proclamer ses idées, s'était vite rendue insupportable au maître de l'heure qui la fit surveiller.

Elle s'en soucia assez peu, tout occupée qu'elle était de son côté à surveiller son Benjamin qui galopait comme il n'est pas permis.

L'ex-suicidé de Coppet avait, en effet, noué deux intrigues sentimentales coup sur coup. L'une avec la charmante Julie Talma, la belle épouse du célèbre tragédien, l'autre avec Anna Lindsay, une impétueuse Irlandaise. Les scènes atteignirent alors des sommets difficilement égalables car si Julie Talma, d'un caractère aimable ne voyait aucun inconvénient à partager son amant avec Germaine, en vertu de ce grand principe moliéresque qui veut qu'un partage avec Jupiter n'a rien du tout qui déshonore, Germaine, elle, y voyait de nombreux inconvénients. En outre, la belle Anna, de son côté, refusait tout partage avec qui que ce soit, fût-ce une femme de génie ! Elle entendait régner seule !

Ainsi tiré à hue et à dia, le malheureux mit un peu d'ordre dans sa vie en cessant toutes relations avec l'impétueuse Irlandaise jugeant qu'une femme énergique était suffisante dans la vie d'un homme. Germaine, ravie, se crut victorieuse alors que Benjamin était simplement excédé.

Il n'était pas le seul. Bonaparte en avait plus qu'assez des cris perpétuels de cette femme « admirable » et encombrante dont le roman *Delphine* paru en 1802 avait fait à la fois sensation et scandale. En outre, cette même année 1802 avait vu la disparition du si commode baron de Staël qui était mort aussi discrètement qu'il avait vécu. En 1803, Bonaparte décidé à avoir la paix à tout prix, exila purement et simplement Mme de Staël. Elle entreprit de voyager… mais naturellement pas seule. Benjamin dut faire ses valises.

On les vit en Prusse, en Italie où Germaine tomba amoureuse du pays tout entier, en Espagne où Benjamin faillit se faire tuer à cause d'une belle indigène, enfin dans quelques autres pays d'Europe. Partout, Germaine se chargeait de faire, à son ennemi intime et futur empereur, la plus détestable publicité, traînant après son char triomphal le pauvre Benjamin, captif grognon et de plus en plus rétif.

Heureusement pour lui, le fameux Necker, père de Germaine, se disposant, en 1804, à quitter ce monde, il fallut rentrer à Coppet.

Cette fois, Germaine s'installa définitivement dans le château paternel qui, maintenant, lui appartenait en propre. Elle en profita pour y tenir une cour encore plus brillante que l'ancienne : on y vit Schlegel et Prosper de Barante, l'indispensable Montmorency, Mme Récamier qui y noua une romance avec le prince Auguste de Prusse… et, naturellement, Benjamin Constant qui n'avait guère le droit de s'en écarter, sauf durant quelques semaines en hiver. Mais le pauvre garçon n'en pouvait plus. Il rêvait de liberté autant et plus qu'un esclave noir du Mississippi dans son champ de coton.

– Je n'ai plus d'amour pour Germaine depuis longtemps ! confiait-il à Montmorency quand sa « grande amie » n'était pas à portée de voix.

Seulement il n'avait ni la force ni le courage de rompre sa chaîne et il y avait gros à parier qu'il y demeurerait rivé toute sa vie.

Pourtant, en 1808, il apprit une nouvelle qui le galvanisa : la jolie Charlotte de Hardenberg, qu'il avait aimée jadis, mais qui s'était mariée avec un émigré français, le comte Dutertre, venait de divorcer. Benjamin en conçut un immense espoir.

– Je vais me marier, décida-t-il. Une fois mise devant le fait accompli, il faudra bien que Germaine renonce à ses prétentions sur moi !… Un homme a droit à une vie de famille.

C'était bien mal la connaître ! Néanmoins, Benjamin, pour amener les choses graduellement, commença par devenir l'amant de Charlotte. Un amant de plus en plus épris d'ailleurs et tellement même que, prêt à tout pour l'objet aimé, il s'en alla, dans un bel élan de sincérité, avouer la vérité à Germaine et lui réclamer sa liberté.

Pauvre Benjamin !… Durant tout un jour et toute une nuit, les échos lacustres de Coppet retentirent des cris de l'amante outragée. On dut l'entendre jusqu'à Genève !

– Tu ne sais pas à quelles extrémités pourrait me pousser ton abandon, rugissait la tigresse blessée. Sans toi je ne vis plus, je ne respire plus, je meurs !... Tu ne veux tout de même pas que je meure ? Tu ne peux pas être à ce point dépourvu d'entrailles ?... Moi, la mère de ta fille !... Moi, ton Égérie !...

Et tout sur ce ton-là ! Tant et si bien qu'à l'aube naissante, le pauvre Benjamin, complètement abruti, vidé de toute substance, finit par jurer qu'il n'épouserait jamais Charlotte. Après quoi il s'enfuit de toute la vitesse de ses jambes.

Elles le portèrent tout droit auprès de sa bien-aimée. Charlotte, cœur bien né, lui offrit quelques consolations, mais ne lui cacha pas qu'elle le trouvait tout de même un peu faible dans l'adversité.

– Après tout, lui dit-elle. Cette femme n'est ni votre épouse ni votre mère !

– Mais elle se croit les deux tout à la fois ! Quant à ma faiblesse... je voudrais bien vous y voir !

Pour tenter d'amener son bourreau à composition, il retourna courageusement à Coppet : il ne pouvait d'ailleurs être question qu'il ne tint pas sa place au salon chaque été, comme le voulait les traditions staeliennes. Cela aurait aggravé les choses. Mais il dut essuyer tant de scènes, tant de cris, tant de drames et tant de nuits sans sommeil que, les forces humaines ayant des limites, il prit enfin la ferme résolution... non pas de rompre ouvertement, mais d'épouser Charlotte... secrètement ! Il était devenu d'une nervosité excessive dès qu'il entendait la voix de Germaine.

L'hiver qu'il réussit à passer auprès de sa jeune épouse lui parut le comble des délices. Mais le printemps revint et, avec lui, la terrible perspective de retrouver Coppet. Voyant son époux diminuer à vue d'œil à cette idée, Charlotte décida de prendre les choses en main.

– Il faut en finir ! lui dit-elle. Laisse-moi faire une bonne fois et je saurai te rendre libre !

Et en effet, tandis que son époux, à deux doigts de la dépression nerveuse, n'allait pas plus loin que Ferney-Voltaire, Charlotte s'installa dans une auberge du village de Sècheron, près de Genève. Et là, prenant une plume et du papier, elle écrivit à la redoutable Germaine un petit billet qu'elle signa tranquillement « Charlotte Constant » et qu'elle confia à un courrier à cheval.

Puis n'attendant pas de réponse avant le lendemain, elle se retira dans sa chambre et se mit à sa toilette de nuit dans l'intention de se coucher…

Elle en était à prendre un bain de pieds et trempait voluptueusement dans de l'eau additionnée de camomille quand la porte de sa chambre s'envola littéralement sous la poussée d'une main furieuse.

Alors parut Germaine. Rouge de colère, les yeux pleins de flammes, le turban en bataille, soufflant le feu par les naseaux et les vêtements en désordre, elle se dressa en face de la jeune femme et, telle la déesse de la Vengeance, glapit :

– Ainsi, vous avez réussi ! Vous me l'avez pris ! Il m'a trahi pour vous !

Allez donc répondre à une apostrophe aussi tragique avec les pieds dans la camomille ! Charlotte commença par sortir de son baquet, s'essuya les pieds et se sentit plus ferme sur ses positions. La bataille alors s'engagea…

Elle dura, paraît-il, six grandes heures. Performance très ordinaire pour une Germaine de Staël, mais qui faisait grand honneur au souffle de son adversaire.

Malheureusement, l'engagement fut sans résultat car à la fin de leur duel oratoire, les deux femmes étaient toujours aussi fermement accrochées à leurs positions.

Alors, devant ce fiasco, Benjamin se souvint enfin de ce qu'il était un homme et, dès le lendemain, il se rendait à Coppet, seul.

Ce fut pour y essuyer, naturellement, une bordée d'injures, un flot d'invectives et de reproches car ses six heures de « tribune » n'avaient entamé que fort peu les moyens de la baronne. Et Benjamin fut battu une fois de plus !

Ahuri, accablé, nettement dépassé par les événements, il sortit de là ayant souscrit le plus étrange traité qui soit : son mariage resterait secret et il viendrait s'installer à Coppet comme d'habitude. Quant à sa femme, Germaine, magnanime, ne voyait pas d'inconvénient à ce qu'elle continuât d'habiter son auberge de Sècheron.

– Elle y sera très bien, conclut-elle. On y prend des bains de pieds délicieux ! Quant à toi, sache que Coppet ne saurait se passer de ta présence. J'attends des hôtes illustres : Talma, Mme Récamier, le prince Auguste, des aristocrates prussiens…

La rusée savait bien qu'en prenant Benjamin par son snobisme et son goût de la représentation, elle avait une chance de gagner : à côté de cet éclat, l'auberge et les bains de pieds faisaient triste figure.

Benjamin accepta donc et s'en alla convaincre Charlotte qui, d'abord, accablée de fatigue elle aussi, commença par accepter.

Mais, quelques jours plus tard, ayant appris que son mari et la baronne avaient gagné Lyon avec toute leur joyeuse bande, elle les suivit poussée à la fois par la colère et par la jalousie. Et là, prise d'un coup de cafard, seule dans sa chambre d'hôtel, la jeune femme tenta de se suicider !

Cette fois c'était le drame. Attirés par ses plaintes les gens de l'hôtel accoururent. On alla prévenir le mari qui se précipita, éperdu, en larmes, défiguré de chagrin... mais flanqué de son tyran domestique.

Une scène mi-touchante mi-grotesque eut lieu au chevet de la malade (là aussi la dose de poison était un peu faible !) car Germaine découvrant les joies de la grandeur d'âme s'y roula avec délices.

– Je ne veux pas votre mort, mon enfant ! dit-elle à la jeune femme. Je vais me retirer. Mais je vous demande seulement de me laisser votre mari jusqu'à la fin de l'été car il est l'un des ornements indispensables à l'éclat de mon salon. Ensuite, je le jure, je vous le rends !

En fermant les yeux pour un sommeil réparateur, Charlotte dut pousser un soupir de soulagement. Elle avait enfin gagné ! Son Benjamin allait être à elle seule car Mme de Staël n'était pas femme à renier sa parole. Il était à elle enfin, et pour toujours !...

Pour toujours ? Quelle illusion ! L'orage passé, l'aimable Benjamin Constant, désormais sûr de l'amour de son épouse et certain d'être à peu près débarrassé de l'insatiable Germaine, n'eut rien de plus pressé que de tomber amoureux... de Mme Récamier !

DIVINE EMMA !

La divine Lady

I

La déesse de la santé…

Le docteur Graham était un véritable charlatan, mais son « Temple d'Esculape », dans Adelphi Terrace, n'en faisait pas moins courir le Tout-Londres en cette année 1782. L'enseigne, à dire vrai, était alléchante : « La jeunesse perdue, la vigueur enfuie, vous les retrouverez ici… » Et la foule se pressait à la porte de l'établissement, avide de se plonger dans les baignoires, pleines d'une boue chaude, nauséabonde, dans laquelle jeunesse et vigueur étaient censées résider.

Quelques femmes de la bonne société, de très grandes dames parfois, s'y risquaient, masquées, avides de connaître des sensations égales à celles que les Parisiennes goûtaient, à la même époque, autour du fameux baquet du magnétiseur Mesmer. Mais les hommes étaient de beaucoup les plus nombreux et cela moins pour les prétendus bienfaits de ladite boue, que pour pouvoir contempler la déesse de la Santé qui présidait aux cérémonies.

Celle-ci était une éblouissante créature de dix-sept ans dont le corps était digne du ciseau des plus grands sculpteurs, ainsi que tout un chacun pouvait s'en persuader aisément car la Déesse n'était vêtue que d'une coupe antique tenue d'une main et d'un serpent empaillé tenu de l'autre. Elle se nommait Emily Lyon et son visage était au moins digne du corps ravissant qui le supportait : joli teint clair, petite bouche charnue, dont le sourire, éclatant, était celui d'une enfant, immenses yeux d'un bleu intense que mettaient en valeur d'admirables cheveux de soie couleur d'acajou.

Évidemment, le sourire juvénile était un charme mais aucunement une profession de foi. Servante chez un épicier à quatorze ans puis fille de salle dans une auberge, la jolie Emily avait déjà eu deux amants. Le premier était un officier de marine, le capitaine Willet Payne qui l'avait quittée enceinte pour reprendre la mer, le second un hobereau fortuné et d'un âge certain, Sir Harry Featherstonehaugh, qui l'avait recueillie à ce moment critique de sa vie et chez qui elle avait mis au monde une petite fille.

L'enfant avait bien vite été confiée à la mère d'Emily, une ancienne cuisinière habitant le hameau d'Hawarden, tandis que sa jolie maman s'employait doucement à ruiner son protecteur. Tant et si bien qu'au bout de quelques mois, Sir Harry, dégrisé, avait mis à la porte l'onéreuse jeune femme qui, faute de mieux et revenue à Londres sans ressources, avait accepté la proposition du docteur Graham. Emily aimait l'argent, le luxe et Graham payait bien.

– Quand tu auras gagné assez d'argent, lui disait-il, tu changeras de nom et tu pourras devenir une grande dame. C'est bien le diable si un vieux duc riche à millions ne s'entiche pas de toi.

Ce programme n'avait rien qui pût choquer Emily. Intelligente, spirituelle et habile, elle s'était juré, une bonne fois pour toutes, de ne jamais retomber dans la misère qu'elle avait connue chez l'épicier ou à l'auberge. Sa beauté, elle en savait le pouvoir sur les hommes et, pour se donner plus de valeur, elle avait employé son temps chez Sir Harry à apprendre à lire, à écrire et à compter.

– Je serai quelqu'un ! se répétait-elle le soir dans la modeste chambre qu'elle occupait chez Graham. Et toutes ces femmes qui me regardent avec ironie, je les ferai mourir de jalousie.

À vrai dire, l'épisode Esculape ne dura pas longtemps, tout juste quelques semaines, le temps pour la police de s'apercevoir des rendez-vous qui se donnaient sous le manteau du dieu de la Médecine, et de l'effet un peu trop électrique produit sur les foules masculines par la déesse de la Santé. Graham, accusé d'une foule de choses désagréables, eut tout juste le temps de fuir après avoir eu la galanterie de renvoyer Emily avant l'arrivée de la police.

Se retrouvant tout à coup dans cette rue dont elle ne voulait plus à aucun prix, la jeune femme commença par retourner à Hawarden, chez sa mère. Elle avait besoin de réfléchir et le calme de la campagne lui semblait propice à la méditation. L'argent gagné chez Graham lui permettait ce bref répit. Et puis, à Hawarden, personne n'avait entendu parler de la déesse de la Santé. Ce qu'il fallait, c'était trouver un moyen de regagner Londres de façon honorable.

Dans sa détresse, Emily avait d'abord songé à Sir Harry Featherstonehaugh et lui avait écrit plusieurs fois sans obtenir de réponse. C'est alors qu'elle se souvint d'un garçon qui fréquentait, naguère, chez Sir Harry et qui lui avait fait une cour pressante, tentant même de l'entraîner avec lui… ce qu'elle regrettait bien, à présent, de n'avoir point fait. Ce garçon, cadet de famille, sans grande fortune mais séduisant, se nommait Sir Charles Francis Greville et il était fils du comte de Warwick. Emily lui écrivit, un peu à tout hasard.

« Croyez-moi, je suis en ce moment sens dessus dessous. Je n'ai jamais reçu de nouvelles de Sir H… Que vais-je faire, mon Dieu, que vais-je faire ? J'ai écrit sept lettres et pas de réponse. Je ne puis revenir à Londres, je n'ai plus d'argent… »

Cela continuait sur ce ton pendant quatre bonnes pages. Et, miracle, Greville répondit, envoyant même un peu d'argent pour qu'elle pût le rejoindre.

– Il vous faudra prendre un autre nom, lui écrivit-il. Peu à peu, je vous ferai un nouveau cercle d'amis et, en gardant jalousement votre secret, sans que quiconque puisse le trahir, je puis compter vous voir respectée et admirée.

Au reçu de cette lettre, le cœur d'Emily battit plus vite. Elle gardait de Greville le souvenir agréable d'un grand garçon blond, fort élégant, avec un visage mince, mobile, des yeux pleins de douceur et une grâce extrême dans les manières. Elle ne doutait pas qu'il ne lui vouât un sentiment fort tendre. Ne gardait-elle pas dans les oreilles, l'écho des déclarations enflammées qu'il lui adressait chez Sir Harry ? Certes, c'était vers le bonheur qu'elle allait s'envoler. Sinon, Greville n'aurait pas répondu avec tant d'empressement.

La réalité allait être différente…

– Comprenez-moi bien, ma chère, dit Greville, je ne vous ai pas fait venir pour… profiter de votre malheur. J'ai toujours déploré qu'une femme telle que vous ne fût pas à sa vraie place. Voyez-vous, je suis un artiste, un collectionneur d'œuvres d'art… qui me ruinent peu à peu, mais j'entends que, de ma collection, vous deveniez la perle, la merveille, l'objet sans prix…

Un peu éberluée, Emily écoutait bouche bée le petit discours de Charles Greville. Quand elle était arrivée, tout à l'heure, dans la petite maison d'Edgware Road, près d'Hyde Park, où il habitait, elle avait fait le geste de se jeter dans ses bras, pressée qu'elle était de vivre la grande scène d'attendrissement qu'elle avait longuement méditée durant le voyage. Mais Greville s'était contenté de lui baiser la main et, depuis, il parlait, parlait…

– Nous allons conclure une sorte de traité. J'accepte de m'occuper de vous, de vous prendre entièrement à ma charge, mais sous certaines conditions.

– Lesquelles ?

– Vous devrez mener le genre de vie que je vous indiquerai. Par exemple, vous ne sortirez qu'avec moi… et encore pas souvent. Il n'est pas question, pour vous, de revoir les gens qui ont pu être vos amis au temps où vous habitiez chez Sir Harry ou quand… vous me comprenez.

L'ex-déesse de la Santé devint très rouge mais, constatant qu'elle était encore plus belle dans sa confusion, Greville lui sourit d'un air si encourageant qu'elle se rasséréna.

– Vous changerez à la fois de nom et de personnalité.

– De nom ?

– Mais oui, Emily Lyon ne convient pas. Et puis, certains pourraient se souvenir. Vous devenez à partir d'aujourd'hui Emma Hart, nous sommes vaguement cousins et, veuve, vous êtes sous ma protection. Bien entendu, vous devrez mener une existence austère, prudente. Je vous donnerai des maîtres pour faire votre éducation.

– Mon éducation ? Mais pourquoi ?

– N'est-ce pas une pitié de voir une femme intelligente comme vous l'êtes, demeurer étrangère à toute préoccupation artistique ou littéraire ? Vous devez devenir une femme du monde, vous m'entendez ? Quand j'en aurai fini avec vous, on ne doit pas pouvoir faire de différence entre vous et la plus noble de nos ladies !

– C'est très gentil à vous, Charles… mais je ne comprends toujours pas pourquoi vous voulez vous donner tout ce mal ?

– Vous ne comprenez pas maintenant… mais vous comprendrez plus tard. Je vous l'ai dit, je veux que vous deveniez une parfaite œuvre d'art. Venez, je vais vous conduire à votre chambre.

En suivant Greville dans l'escalier, Emma, puisque c'était désormais son nom, sentit brusquement son cœur serré s'alléger. Elle croyait avoir deviné la raison profonde de l'étrange comportement de son ami. Mais bien sûr ! Comment avait-elle pu être assez sotte pour ne pas comprendre dès le premier mot ? Si Charles voulait qu'elle fût parfaite, s'il voulait lui recréer une personnalité nouvelle, est-ce que le but n'était pas absolument limpide ? Est-ce que cela ne voulait pas dire qu'il l'aimait assez pour souhaiter un jour l'épouser ?

– Charles, s'écria-t-elle en lui prenant la main, à l'instant où il allait se retirer, je veux que vous sachiez combien je vous suis reconnaissante. Je vous jure de faire tout au monde pour que vous soyez fier de moi !

Il sourit et, doucement, lui tapota la joue.

– Je n'en attendais pas moins de vous, ma chère Emma ! Nous ferons de grandes choses ensemble. Reposez-vous, maintenant.

Et il sortit, la laissant seule. Emma, clouée derrière la porte, l'entendit redescendre en sifflotant.

Ce fut un véritable apprentissage auquel l'ex-Emily fut astreinte dès le lendemain. Vêtue en jeune femme austère, elle fut pourvue d'un nombre respectable de professeurs qui lui enseignèrent l'histoire, la géographie, le maintien, la danse, la musique, le chant, la peinture, et une foule d'autres choses destinées à en faire une véritable lady. De temps en temps, Charles lui faisait faire une promenade en voiture ou bien l'emmenait chez son ami, le peintre George Romney, qui devait faire vingt-quatre portraits de la jeune femme dans les mois suivants tant il était ébloui par la beauté de son modèle.

Mrs Lyon, mère d'Emma, rebaptisée elle aussi en Mrs Cadogan, était venue rejoindre sa fille chez Greville en qualité de « housekeeper », de gouvernante, et s'instituait un gardien aussi sévère que pouvait le souhaiter Greville. Elle aussi espérait bien, comme sa fille, que toute cette mise en scène n'avait d'autre but que le mariage. Et, certes, il fallait l'amour sincère que Greville avait éveillé en Emma, bouleversée de reconnaissance, pour lui faire supporter sa vie actuelle. Mais elle serait passée dans le feu pour lui et faisait de rapides progrès.

Elle pensa même que l'heure tant attendue n'allait pas tarder à sonner quand Charles lui annonça l'arrivée de son oncle, Lord Hamilton, ambassadeur à Naples, qui venait s'installer quelque temps chez lui pour se reposer et voir ses collections.

– Il vous connaît, ma chère Emma, et brûle du désir de voir celle qu'il appelle déjà sa « jolie nièce ».

Comment Emma aurait-elle pu imaginer autre chose qu'une longue vie d'amour partagé ? Comment aurait-elle pu imaginer que la première idée de Greville avait été de la rendre digne de devenir la maîtresse du prince de Galles… et d'en tirer ainsi un très substantiel profit ?

L'arrivée de Sir William Hamilton allait changer quelque peu les idées de Greville. L'oncle, dont il espérait bien être l'héritier, avait la cinquantaine et certaines de ses lettres avaient inquiété Charles. Est-ce que Sir William n'émettait pas l'idée de se marier ? Son ambassade de Naples, sans femme, était vraiment morose… Rien qu'à cette pensée Charles avait eu des sueurs froides. Que l'oncle se remarie, qu'il ait un enfant et adieu l'héritage !… Il fallait faire quelque chose.

Ce quelque chose fut tout de suite trouvé quand Greville entendit son cher oncle s'exclamer, parlant d'Emma :

– De ma vie de collectionneur, je n'ai rencontré d'objet d'art plus précieux.

Emma ! C'était Emma qu'il fallait donner à Sir William. Donner n'était d'ailleurs pas le terme exact. Si Greville prenait le risque de voir surgir un héritier, il fallait du moins qu'il retirât, auparavant, un bénéfice substantiel. Il laissa donc Hamilton s'imprégner du charme de la jeune femme qui, sans méfiance, se prodiguait sans compter à son « bon oncle ». Puis, quand Sir William lui parut « à point » quelque temps avant la date fixée pour son retour à Naples, il envoya Emma à Hawarden.

Son absence exaspéra, chez Sir William, le sentiment naissant. Il partit sans revoir la jeune femme qui, pendant ce temps, n'arrivait pas à comprendre pourquoi Greville l'avait éloignée. Quand, enfin, elle eut permission de regagner Londres, Sir William Hamilton était parti. Mais, par le bateau suivant, l'un des beaux portraits de Romney était parti pour Naples, dans le seul but de réveiller les regrets du vieux seigneur. Une lettre de Greville suivit.

Dans cette lettre le neveu expliquait à son oncle qu'il souhaitait épouser la fille de Lord Middleton, qu'il lui fallait pour cela de l'argent, beaucoup d'argent. Aussi, il le priait de vouloir bien se charger un temps d'Emma, dont il « craignait la jalousie et les réactions imprévisibles ».

Le jeu perfide était habile. Hamilton mordit à l'hameçon et ne rêva plus qu'au moment où, dans Naples inondée de soleil, il promènerait avec orgueil l'éblouissante beauté d'Emma. L'argent partit…

Restait à Greville à convaincre Emma, Emma follement amoureuse, Emma qui se croyait à la veille d'un mariage, d'aller rejoindre Hamilton à Naples.

Alors, Greville employa tous les moyens. Il fallait qu'elle allât se perfectionner dans l'art du chant. Il fallait qu'elle achevât de séduire Lord Hamilton qui pouvait tant pour l'avenir et le bonheur de son neveu.

– Ce n'est pas une longue absence que je vous propose, dit-il à la jeune femme. Vous passerez six mois merveilleux au palais Sessa. Vous y serez traitée en reine et vous recevrez le meilleur enseignement que votre voix puisse obtenir.

– Mais vous n'y serez pas ! Oh ! Greville, vous savez bien que je ne peux plus vivre sans vous.

– Je sais, mon cœur, et vous me manquerez aussi affreusement. Mais Sir William sera si heureux de vous avoir un peu. Et puis, Mrs Cadogan vous accompagnera. Enfin… j'irai moi-même vous rechercher, dans six mois.

Ce fut le dernier argument. Greville n'en était plus à un mensonge près. Il souhaitait maintenant être débarrassé d'une femme dont il était las et n'avait plus que faire, mais, jusqu'au bout, il jouait la comédie de la tendresse. Avec beaucoup de larmes et de soupirs, Emma Hart partit enfin pour Naples.

II

Un amiral borgne

Le palais Sessa, à Naples, était une demeure en tous points magnifique, pleine d'œuvres d'art et meublée avec un luxe digne d'un ambassadeur anglais. Mais, en s'y installant avec Mrs Cadogan, Emma jugea qu'il n'avait pas moitié autant de charme que la petite maison d'Edgware Road où elle avait laissé le cher Greville.

Néanmoins, Naples lui plut. La mer bleue, l'éclatant soleil, les fleurs et surtout l'admiration bruyante que les Napolitains lui témoignèrent, séduisirent la jeune femme qui fut bientôt la coqueluche de la ville. On parlait beaucoup de cette jeune Anglaise de vingt ans que Sir William Hamilton avait ramenée et qui passait pour une cousine. Les curieux se pressaient à l'ambassade pour admirer la merveille dont, à vrai dire, la beauté s'épanouissait d'éblouissante manière. Sir William, pour sa part, en était absolument fou. Il la couvrait de toilettes coûteuses, de bijoux et de ces mille riens dont raffolent les jolies femmes. Il soupirait à ses pieds avec autant de conviction qu'un troubadour, à la grande surprise d'Emma qui n'avait encore jamais envisagé son « bon oncle » sous cet angle-là.

D'ailleurs, elle s'ennuyait de Greville, lui écrivait des lettres pleines de passion : « Vivre sans vous m'est impossible. Je suis à vous, Greville, à vous seul je veux appartenir… » Malheureusement, à ces billets pleins d'amour, Greville, trop heureux d'être débarrassé et d'avoir touché une belle somme d'argent, ne répondait pas. Il pensait que tant qu'Hamilton serait épris d'Emma, il serait, lui, à l'abri d'un éventuel mariage de son cher oncle à héritage. On n'épouse pas une ex-déesse de la Santé !

Quand Emma, épouvantée d'avoir découvert l'amour de Sir William, lui en fit, dans une lettre, la confidence affolée, il se décida à répondre… en conseillant cyniquement à la jeune femme de répondre à la flamme de l'ambassadeur. Foin de l'amour illusoire, désormais ! Mieux valait jeter le masque et c'est ce que fit Greville en poussant Emma à se donner à son oncle. « Il est riche, puissant, il vous donnera tout ce que vous pouvez désirer et plus encore. »

Au reçu de cette affreuse lettre, Emma pleura, enfermée dans sa chambre, durant des heures entières, sans vouloir accepter la moindre consolation. C'est qu'aussi la chute était douloureuse depuis les hauteurs de son bel amour ! Elle découvrait l'homme qu'elle avait paré de toutes les vertus, de tous les charmes, sous les traits d'un cynique entremetteur et, un instant, elle pensa mourir. À Naples, les suicides par amour se faisaient beaucoup.

Ce fut la terne, la paisible mais logique Mrs Cadogan qui lui apporta le secours qu'elle n'attendait plus.

– Tu es bien sotte de pleurer ce garçon, dit-elle à sa fille. Il t'a vendue à son oncle parce qu'il craint, plus que tout, de le voir se remarier. Fais-toi épouser… et tu seras vengée !

C'était l'évidence même ! Et Emma, ivre à la fois de douleur et de colère, écrivit à Greville une lettre qui se terminait par ce post-scriptum :

« Je vous assure qu'il n'est pas de votre intérêt de me désobliger : vous ne connaissez pas ma puissance ici. Seulement, je ne serai jamais sa maîtresse. Si vous me poussez à bout, je me ferai épouser par lui ! »

On devine l'affolement de Greville en recevant cette menaçante épître. Malheureusement, au lieu d'essayer de calmer Emma, au besoin en jouant à nouveau la tendresse et le repentir, c'est à Sir William qu'il écrivit pour le mettre en garde contre les « bruits » qui couraient sur lui et sur son « ancienne amie ». Il poussa même l'inconscience jusqu'à envoyer à Naples un émissaire chargé de faire à Sir William une peinture bien sombre du scandale qui risquait d'éclater. Sûr moyen d'exaspérer la passion de cet homme vieillissant ! Quelques jours plus tard, Sir William demandait solennellement à Emma de devenir Lady Hamilton.

Et Greville, fou de rage, recevait enfin une dernière lettre. Emma écrivait à son futur « neveu » pour lui annoncer la bonne nouvelle.

« Nous rentrerons prochainement à Londres, ajoutait perfidement la jeune femme, où nous souhaitons nous marier pour que vous puissiez assister à la cérémonie. »

Le 6 septembre 1791, dans l'église de Marylebone, Charles Greville, impuissant, dut assister au mariage de l'ex-Emily Lyon avec son oncle.

– Je serai pour vous la meilleure des tantes ! s'écria, en l'embrassant, une Emma radieuse qu'il ne reconnaissait pas. Avec une stupeur qu'il ne parvenait pas à dissimuler, Greville découvrait que, nouveau Pygmalion, il avait fait de cette belle fille un véritable chef-d'œuvre et que, malgré la peu charitable campagne de médisance dont il avait empli Londres avant le mariage, la difficile « gentry » avait adopté Emma d'enthousiasme. Il lui fallait bien, bon gré mal gré, s'incliner, lui aussi, devant celle que l'on avait surnommée « la divine Lady ». Le triomphe d'Emma était complet.

Elle le renforça encore lorsque, revenue à Naples, cette fois avec le titre d'ambassadrice, et présentée à la reine Marie-Caroline, sœur de Marie-Antoinette et particulièrement difficile, elle séduisit d'emblée la souveraine au point d'être bientôt admise dans l'intimité du couple royal.

Deux années passèrent ainsi, brillantes, insouciantes pour Emma qui s'abandonnait au simple bonheur d'être belle, admirée et de régner pratiquement sur la Cour de Naples. Mais, un soir de septembre 1793, Sir William rentra dans une agitation dont il n'était pas coutumier. Depuis la veille, une escadre anglaise était mouillée devant Naples et l'ambassadeur avait dû se rendre à bord de l'« Agamemnon », le vaisseau amiral. C'est de là qu'il revenait, si ému.

– Ma chère, dit-il à Emma, je vous présenterai ce soir un petit homme qui aurait, certes, grand-peine à se faire passer pour joli garçon, mais qui pourrait un jour étonner le monde.

– En vérité ? Et où prenez-vous cela ?

– Dans la brièveté de notre entretien et dans l'autorité qui se dégage de toute sa personne. Vous savez que je n'ai jamais accepté de loger chez moi aucun officier anglais. Pour celui-là je ferai exception. Veuillez, je vous prie, veiller à ce qu'on lui prépare un appartement convenable.

– Me direz-vous au moins le nom de cette grande merveille ?

– Il ne vous dira rien. C'est un parfait inconnu pour nous tous. Il se nomme Horatio Nelson.

Et, le soir venu, un petit homme à la figure maigre et aux yeux ardents s'inclinait devant l'ambassadrice, éblouissante dans de simples mousselines blanches qui découvraient largement sa gorge et ses épaules. Il n'y eut rien, qu'un échange de saluts, de politesses conventionnelles... et un seul regard. Mais, à ce regard, Nelson comprit qu'il n'oublierait plus jamais cette femme et Emma sentit que cet homme jouerait dans sa vie un très grand rôle. Mais ce n'était pas pour tout de suite...

Ce ne fut, d'abord, qu'une amitié. Emma conduisait partout le marin anglais. Elle l'accompagna chez la reine, lui servit d'interprète. Tous trois communièrent dans un sentiment qui leur était commun : la haine de la France où allait tomber la tête de la reine Marie-Antoinette. Les deux femmes faisaient de leur mieux pour exalter au maximum les sentiments de Nelson.

– Tout l'espoir de l'Europe réside maintenant dans la flotte de votre brave Albion, disait Marie-Caroline.

Mais un marin doit naviguer et Nelson repartit bientôt, emportant l'image ineffaçable de la « divine Lady »...

Cinq ans s'écouleront avant que Nelson ne revoie celle qui occupe son esprit au point qu'en écrivant à sa femme, car il est marié, il ne peut s'empêcher de lui parler d'Emma. Quand il revient, vainqueur de Bonaparte à Aboukir, il a un bras en moins et il a perdu un œil.

– Je vous ramène, dit-il à Emma, les débris d'Horatio Nelson.

Débris chargés de gloire et que la belle ambassadrice regarde avec amour quand, sur le pont du navire amiral où elle s'est rendue avec Sir William dès l'arrivée de la flotte, elle se retrouve en face du marin. Son visage s'est creusé davantage et ce bandeau noir lui ajoute une note tragique qui émeut plus encore la jeune femme. Ne s'est-elle pas évanouie à demi en mettant le pied sur le navire ?

Nelson d'ailleurs est malade, mal remis de ses blessures et on le ramène, triomphalement mais presque de force, au palais Sessa où durant de longs jours Emma s'institue son infirmière. Elle le dorlote comme un enfant, lui joue de la harpe, chante pour lui et, peu à peu, dans l'intimité de cette chambre de malade, l'amour platonique devient passion et passion, si violente qu'il n'y a bientôt que Sir William, dans tout Naples, pour ne pas s'en rendre compte.

– Si vous étiez seule et que je vous eusse trouvée sous une haie, dit Nelson à Emma, je vous eusse épousée à l'instant même !

Mais elle n'est pas seule, pas plus qu'il n'est libre. Et il leur faut bien se contenter d'un amour imparfait, d'un partage. Les événements, d'ailleurs, se précipitent.

Les troupes du général Championnet marchent sur Naples et la ville prend peur devant l'avance des Français. La ville elle-même ? Non, elle les attend au contraire avec une sorte d'espoir, ces fils de la Révolution. Mais la Cour s'affole et plus que tous la reine Marie-Caroline qui se voit déjà, elle aussi, sur l'échafaud. Heureusement, la flotte anglaise est là. Non seulement Nelson accueillit à son bord Lord et Lady Hamilton, mais il accepte également de conduire en Sicile la famille royale.

Pour Emma, ce voyage est le début d'une autre vie. Elle aime Nelson plus que tout au monde, elle ne songe plus qu'à lui et tout ce qui s'interpose entre eux lui semble choquant, illogique. Il faut la ferme volonté que met Sir William à ne rien voir pour ne pas s'apercevoir que sa femme est la maîtresse de l'amiral.

Bientôt, toute l'Europe est au courant. Le ménage à trois devient célèbre. On en parle dans les chancelleries, on mentionne ses allées et venues… mais Sir William ne sait toujours rien ! Et l'on regagne l'Angleterre.

D'une autre humeur est Lady Nelson. Car il y a, bien entendu, une épouse légitime et Fanny Nelson n'entend pas se laisser éliminer. Un seul regard sur l'ennemie l'a renseignée sur son degré de puissance. Cette femme est beaucoup trop belle et, auprès d'elle, Horatio n'est plus lui-même. Il n'est plus possible de retrouver le fils rigide du pasteur Nelson dans cet homme aimable, empressé, chaleureux qui couve Lady Hamilton d'un regard passionné. Aussi, Fanny n'hésite pas. Horatio reçoit le classique ultimatum.

– Ce sera elle ou moi !

– Je vous aime beaucoup, Fanny, répond Nelson froidement, mais je ne puis oublier les obligations que j'ai envers Lady Hamilton ni parler d'elle autrement qu'avec affection et admiration.

– Alors, vivez avec ces gens-là si cela vous plaît, mais moi je me refuse à vous suivre.

– Ce sera comme il vous plaira.

Et c'est la rupture. Sans pour autant aller jusqu'au divorce que Fanny refuse par souci des convenances. N'importe ! Voilà Nelson libre moralement. Et il ne tarde pas à étouffer de bonheur quand Emma lui annonce qu'elle attend un enfant, un enfant de lui. Il ne peut y avoir là-dessus aucun doute…

Pour qu'il y en ait encore moins, si possible, dans l'esprit des contemporains, la fillette qui naît en l'absence de son père naturel (Nelson est en mer à cette époque) reçoit le prénom sans détours d'Horatia…

tandis que Sir William ne remarque même pas qu'il y a un bébé dans la maison. On croit rêver !

Quand revient Nelson, l'amiral est complètement fou de bonheur. Il délire, il déborde... Un enfant, et un enfant de la femme qu'il idolâtre ! Quel plus grand bonheur pouvait lui échoir ? Il se hâte d'acheter, à Merton, une ravissante demeure qu'Emma arrange avec amour... et dans laquelle ils vont s'installer tous les trois avec Horatia. Les continuelles absences de sa femme semblent tout de même incommoder Sir William qui écrit à un ami :

« Je sens que l'attention de ma femme se porte sur lord Nelson et tout son intérêt vers Merton. Je connais bien la pureté de l'amitié de Lord Nelson pour Emma et pour moi et je sais combien il serait pénible à l'amiral, notre meilleur ami si une séparation avait lieu... »

Car Nelson est vraiment son meilleur ami. Une véritable affection lie les deux hommes, sincère du moins chez l'amiral car on peut, enfin, se demander si durant des mois, le mari aveugle n'a pas rongé son frein sans rien dire et si l'éducation anglaise n'a pas masqué une plébéienne douleur de mari jaloux et d'autant plus jaloux qu'il vieillit de plus en plus.

Il vieillit même tellement qu'il en meurt, le 6 avril 1803, entre Emma et Horatio qui reçoivent son dernier soupir. Il meurt sans avoir rien dit, sans avoir jamais exprimé le moindre mécontentement... mais quand on ouvre le testament, Emma s'aperçoit qu'elle hérite seulement d'une rente annuelle de huit cents livres. Toute la fortune dont elle pensait pouvoir jouir jusqu'à la fin de ses jours va... à Greville ! Vengeance posthume du mari ? Qui peut savoir ? Les travaux de Merton avaient pesé assez lourdement sur les finances de Lord Hamilton.

Nelson console son amie de son mieux. Qu'ont-ils besoin de tant d'argent ? Ils ont Merton, ils ont Horatia, ils ont leur amour… Et puis, Fanny finira peut-être par accepter le divorce ? Ils pourront alors vivre heureux, à la face du monde, tous les jours de leur vie.

À l'entendre, Emma retrouve le sourire. Pendant quelques mois, elle sera la femme la plus heureuse. Pendant quelques mois seulement…

«… Et comme ma dernière lettre avant la bataille sera pour vous, j'ai espoir que je vivrai assez pour la finir après la bataille. Que le Ciel vous bénisse ! C'est la prière de votre Nelson… »

Nelson a reposé la plume et regagne la dunette du « Victory ». On est en décembre 1805 et ce promontoire que l'on aperçoit, c'est le cap Trafalgar. Depuis des jours le marin guette la flotte franco-espagnole de l'amiral de Villeneuve.

Horatio ne finira jamais sa lettre. Avant que le soir ne tombe, il meurt sur le pont de son navire, d'une balle dans les reins. La flotte française est écrasée et Trafalgar est la plus grande victoire navale de l'Angleterre… mais la vie d'Emma Hamilton est à jamais détruite.

L'annonce de la mort de son ami manque la rendre folle. Durant plusieurs semaines elle sera entre la vie et la mort. Elle ne pourra pas assister aux somptueuses funérailles que l'Angleterre fait à son héros. Le monde, d'ailleurs, cruel et injuste, lui tourne le dos.

Maintenant, il faut faire face aux difficultés financières. Le révérend Nelson, frère d'Horatio, refuse de reconnaître les dernières volontés de son frère concernant Emma et Horatia. Un épuisant procès s'engage.

Emma n'a plus que 2 000 livres par an pour vivre. Ce serait suffisant pour une autre femme moins habituée au luxe. Elle ne sait pas économiser, veut élever royalement Horatia.

Elle tombe de plus en plus, connaît, par deux fois la prison pour dettes. Merton est vendu depuis longtemps. La prison menace encore, en 1814, mais la paix avec la France permet à Emma de fuir avec Horatia. Les deux femmes s'installent à Calais, dans un hôtel qu'il faudra bientôt quitter pour une masure des environs. Cette fois, c'est la misère et la malheureuse Emma n'y résiste pas. Un mauvais froid entraîne une pneumonie et, le 15 janvier 1815, la « divine Lady » meurt oubliée de tous, sur une terre étrangère, et dans le dénuement le plus complet. Seule, une fillette de treize ans, pleure à son chevet…[1]

1. Le révérend Nelson recueillera sa nièce par charité… un mois après et jamais Horatia n'apprendra la vérité sur sa naissance.

ADORABLE PAULINE !

Notre-Dame-des-Colifichets

I
Les étonnements d'Auguste de Forbin

La générale Bonaparte avait beau posséder une grande habitude des colères de son mari, elle ne pouvait se défendre d'un peu d'appréhension chaque fois qu'elle le voyait en entamer une. Peut-être parce que Joséphine, adorant les toilettes et dépensant en conséquence, ne se sentait jamais tout à fait la conscience tranquille. Elle avait toujours tellement de dettes !

Ce jour-là, cependant, qui se situe vers la fin du printemps 1803, elle fut très vite rassurée quand il commença sa promenade de fauve en cage à travers le petit salon du Luxembourg où elle avait coutume de se tenir. Ce n'était pas elle qui faisait les frais de cette colère.

Après avoir arpenté dix fois dans un sens et dix fois dans un autre le grand tapis bleu, écrasant le dessin de fleurs d'une botte nerveuse, Bonaparte, les mains nouées au dos, s'arrêta net en face de sa femme et se mit à compter sur ses doigts.

– Macdonald, un, Decrès, deux, Lafon, trois, Humbert, quatre, Sémonville, cinq, Montholon, six… six amants ! Et il n'y a pas quatre mois que Pauline est rentrée de

Saint-Domingue, pas six mois que ce pauvre Leclerc, son époux, est mort de la fièvre jaune. La mesure est comble. Pauline exagère. Il faut faire quelque chose…

Joséphine haussa délicatement les sourcils sans cesser de jouer avec les franges dorées de sa longue écharpe.

– Et quoi donc ?

– Il faut la marier. Et le plus tôt sera le mieux. Je sais déjà avec qui. J'ai un fiancé sous la main.

– Je n'en doute pas, fit Joséphine, gracieusement mais non sans ironie. Les soupirants ne manquent pas à ta sœur. Nous aurions plutôt l'embarras du choix…

– Aussi ne s'agit-il aucunement de choisir parmi ses amoureux. J'ai décidé que Pauline épouserait l'un des meilleurs officiers de ma Garde Consulaire. Il a tout pour lui… » ; et le Premier Consul se remit à compter sur ses doigts : « Il est jeune, il a un beau nom, il est riche, il a deux palais et quarante châteaux et je défie bien Pauline de le décliner parce qu'elle ne lui trouvera pas un défaut. Je veux qu'elle épouse Camillo Borghèse… »

Si Bonaparte avait pensé faire impression sur son épouse, il y réussit parfaitement. Mais pas du tout dans le sens qu'il espérait. Joséphine éclata de rire.

– Pas un seul défaut ? Moi j'en vois un et de taille : il est charmant ton Borghèse, mais tout prince romain qu'il soit, il est aussi impuissant. Une tare énorme pour un mariage avec ta charmante sœur.

Bonaparte frappa rageusement le sol de son talon.

– Tu devrais pourtant savoir, Guiseppina, que je déteste les ragots. C'est un bruit ridicule.

– Mais que tout le monde proclame. En outre cela m'étonnerait que Pauline tarde beaucoup à s'en rendre compte…

– Quelle importance ! Même si… c'était vrai ? Pauline n'en serait pas moins pourvue d'un mari officiel, d'un beau nom… Cela lui évitera de galvauder partout le mien ou celui de son pauvre mari. Si tu veux savoir le fond de ma pensée, cet arrangement m'en ôtera la responsabilité. D'ailleurs, inutile de discuter là-dessus. J'ai dit qu'elle épouserait Borghèse et elle l'épousera. Le mariage dans huit jours. Je vais la faire prévenir…

Joséphine se contenta cette fois de soupirer. Elle n'ignorait pas qu'on perdait son temps à discuter avec Bonaparte quand il avait décidé quelque chose. Personne au monde n'était aussi obstiné que lui…

Napoléon Bonaparte aimait profondément sa jeune sœur. Il admirait, en connaisseur, sa rare beauté, et la gâtait comme il n'avait jamais gâté aucune des autres. Pour celle qu'il appelait tendrement « la petite païenne », il avait des trésors d'indulgence, mais il se souciait également de sa réputation familiale. Consul à vie depuis le 2 août 1802, visant l'Empire, il lui fallait mettre un terme aux écarts de conduite de cette ravissante veuve de vingt-deux ans. Camillo Borghèse, homme paisible et fort peu attiré par les femmes, lui parut le mari de tout repos, la superbe façade derrière laquelle Pauline abriterait ses goûts… volcaniques.

Il l'avait mariée une première fois, à dix-sept ans, à l'un de ses principaux officiers de l'Armée d'Italie, le général Victor-Emmanuel Leclerc dont elle avait eu un enfant dix mois après la cérémonie. Le ménage marchait assez bien. Pauline aimait son Leclerc, qui était un blond et beau garçon, passionnément épris de sa jeune femme. Mais Bonaparte avait envoyé son beau-frère comme capitaine général à l'île de Saint-Domingue ce qui avait permis à Pauline de faire connaissance avec la vie créole. Elle avait beaucoup dansé, beaucoup flirté, et même affronté la révolte des Noirs de Toussaint Louverture d'un front serein.

– Vous avez peur, vous autres ? disait-elle à son entourage terrorisé. Pas moi. Je suis la sœur du général Bonaparte !

Malheureusement, les prodiges de valeur de Leclerc avaient été impuissants contre un ennemi autrement redoutable : la fièvre jaune dont le malheureux était mort le 22 décembre 1802. Pauline qui se croyait inconsolable avait coupé ses magnifiques cheveux noirs pour les jeter dans le cercueil de son mari.

Mais comment se confiner dans les larmes quand on a le plus ravissant visage du monde et le corps le plus ensorcelant de toute une époque ?

– Je suis si belle, si belle, disait ingénument Pauline. Je ne peux pas pleurer toujours…

Douée, de plus, du plus heureux caractère, et craignant comme le feu le grand frère qu'elle adorait, Pauline ne devait voir aucune objection à devenir princesse Borghèse.

Aussi lorsque Bonaparte lui annonça, dans le courant du printemps 1803, qu'il avait décidé de lui donner un nouveau mari, elle montra d'autant moins de répugnance qu'on lui annonçait le candidat comme jeune, beau, riche et prince par-dessus le marché.

– Le prince Camillo Borghèse est tout à fait charmant, confia-t-elle, ravie, à son amie Laure Junot. Il a vingt-huit ans, les plus beaux yeux du monde, les plus beaux mollets aussi. Il monte à cheval comme personne – et surtout pas comme Napolione ! – il porte l'uniforme avec beaucoup de grâce et, par-dessus le marché, il a des millions, des palais, des châteaux…

– Et par-dessus le marché, fit Laure en écho, tu seras princesse, chose infiniment agréable qui fera jaunir d'envie Élisa et Caroline !

Madame Junot se garda bien d'émettre l'objection qui était venue tout naturellement à Joséphine et que, d'ailleurs, tout le monde connaissait : à savoir que le beau Camillo et les choses de l'amour faisaient mauvais ménage, ce qui ne présageait rien de bon pour le lien à venir. À quoi bon gâcher la joie de la future princesse ? Les cruelles réalités lui apparaîtraient suffisamment tôt !…

Et, le 6 novembre 1803, chez Joseph Bonaparte, au château de Mortefontaine, l'adorable Pauline, qui venait d'avoir vingt-trois ans, épousait avec enthousiasme le séduisant prince romain qui avait de si beaux yeux et de si beaux mollets !

L'enthousiasme, à vrai dire, ne franchit pas le cap de la nuit de noces. Ainsi que le disait, avec un rien de cruauté, le général Thiebault, c'était « ne se donner à personne que se donner à Camillo Borghèse ! » Mais Pauline possédait un heureux caractère et n'était pas femme à se désoler longtemps. S'il n'était pas Casanova, Borghèse demeurait prince, riche et éminemment décoratif. En outre, le Premier Consul venait de montrer au jeune ménage une générosité royale en lui faisant don du magnifique hôtel de Charost, dans le faubourg Saint-Honoré et Pauline était ravie de sa nouvelle demeure qu'elle se mit à décorer avec passion[1].

1. C'est actuellement l'ambassade d'Angleterre, mais les ambassadeurs de l'Empire britannique ont conservé intacte la fastueuse chambre rouge de Pauline.

Et puis, et puis, quelques mois plus tard, le général Bonaparte devenait l'Empereur Napoléon Ier pourvu d'une maison militaire exceptionnellement bien fournie en beaux garçons. Aussi Pauline entreprit-elle allégrement de meubler à sa convenance les absences de son époux, le seul homme au monde qui eût vraiment le don de l'ennuyer.

De temps en temps, évidemment, il fallait bien résider, avec lui, à Rome dans le fastueux et glacial palais Borghèse, car toute médaille a son revers. Ainsi de l'hiver 1806 où la jolie princesse pensa, à la lettre, mourir d'ennui. Elle s'ennuya même tellement qu'elle tomba malade et obtint sans peine d'aller faire une cure aux eaux de Plombières.

D'autant plus facilement même que devenue Altesse Impériale et en possession depuis peu de semaines de la principauté de Guastalla, État-bijou de dix kilomètres carrés dont Napoléon lui avait fait présent, la jeune femme pouvait s'octroyer plus de liberté encore. Elle partit donc pour Plombières, au début de l'été, avec une partie de sa maison princière toute neuve et, en particulier, de sa dame d'honneur préférée, Mme de Barrai.

À cette époque, la jolie station thermale de la vallée de l'Augrogne était très cotée. L'Impératrice y séjournait volontiers et la vie mondaine y était fort active, toutes choses qui ne pouvaient que plaire à Pauline.

Or, un après-midi où elle faisait une promenade dans le parc en compagnie de Mme de Barrai, les deux femmes virent approcher un grand jeune homme d'une trentaine d'années, fort beau, fort élégant et qui demanda la permission de saluer Son Altesse Impériale en termes d'une exquise politesse après avoir rappelé discrètement qu'il avait eu, l'hiver précédent, l'insigne honneur de lui être présenté.

C'était le comte Auguste de Forbin, de vieille noblesse provençale, chevalier de Malte certes mais aussi poète, peintre, romancier, architecte et d'une prestance véritablement hors du commun. Tellement même que Pauline, confuse, ne parvenait pas à comprendre comment elle avait pu ne pas remarquer un tel homme, surtout au cours de ce détestable hiver romain.

Mme de Barrai lui donna le mot de l'énigme tandis que le beau Forbin s'éloignait, non sans s'être vu gratifié d'un éblouissant sourire et d'une gracieuse invitation à venir en visite chez Son Altesse Impériale.

– C'est que Votre Altesse s'ennuyait tellement cet hiver qu'elle s'est beaucoup occupée de son beau-frère, le prince Francesco Aldobrandini. Elle ne voyait guère que lui.

– Je devais être folle ! s'écria Pauline avec sincérité. Il est tout à fait charmant, ce jeune Forbin. Pensez-vous qu'il aimerait devenir mon chambellan ?

– Mais, Madame… vous ne le connaissez pas ! fit Mme de Barrai tout de même un peu suffoquée. C'est un poste de confiance et…

– Il est poète et il a les plus belles jambes du monde ! décréta la princesse décidément fort attirée par les jambes masculines. Et puis vous oubliez que l'Empereur m'a obligée à céder mon petit Balincourt à cette chipie de Julie, ma belle-sœur, et que je n'ai plus de chambellan.

Mme de Barrai retint un sourire. Il était de notoriété publique à Paris que les chambellans de Pauline étaient à double usage et que Napoléon veillait d'assez près à ce que les trop beaux garçons ne fissent pas long feu chez sa sœur. Restait à savoir combien de temps celui-là durerait, s'il obtenait le poste…

Quand, le lendemain, Auguste de Forbin se présenta chez Pauline, il vit que trois ou quatre personnes se trouvaient au salon en plus de la princesse, de Mme de Barrai et d'une autre dame d'honneur arrivée le matin même. Mme de Champbeaudoin. Déjà fort intimidé, il sentit un trouble profond l'envahir en constatant que la ravissante Altesse l'avait admis du premier coup dans son intimité et le recevait « en négligé ». Entendez par là qu'elle ne portait, sur le sofa où elle était gracieusement étendue, qu'une ample et fort transparente mousseline blanche laissant volontiers deviner le rose délicat de sa peau… et deux ou trois autres choses.

À l'entrée du jeune homme, Pauline lui offrit un radieux sourire puis, après lui avoir indiqué un siège tout proche de son canapé, continua la conversation entamée avec ses visiteurs.

Abandonné à lui-même, Auguste de Forbin en profita pour admirer en artiste la finesse des traits de son hôtesse, la grâce de son cou, la rondeur de ses épaules et se dit qu'elle était encore plus belle qu'à ce bal chez Aldobrandini où il l'avait vue pour la première fois car la robe de bal en laissait deviner infiniment moins que l'indiscrète mousseline.

Pourtant le sang-froid qu'il essayait héroïquement de récupérer n'allait pas tarder à subir une nouvelle, et combien rude épreuve, quand une porte, dissimulée derrière une tenture s'ouvrit pour livrer passage à un gigantesque serviteur noir en livrée écarlate.

– Ah ! s'écria la princesse. Voilà Paul ! Il vient pour le bain !

D'un mouvement souple, elle glissa de sa chaise longue, se leva et, laissant tomber son peignoir léger, apparut aux yeux de ses visiteurs aussi nue que notre mère Ève avant le péché. Le pauvre Forbin complètement affolé, dut fermer les yeux qui commençaient à lui sortir de la tête.

Quand il les rouvrit, ce fut pour voir le grand Noir soulever la princesse dans ses bras et l'emporter ainsi vers sa baignoire d'argent installée dans la pièce voisine. Mme de Barrai suivit. Quant à la compagnie, habituée sans doute, elle continua tranquillement à bavarder comme si de rien n'était. Mais Forbin, ébloui, perdu, le cœur chaviré, ne savait plus du tout quelle contenance tenir. Jamais mois de juillet ne lui avait paru si chaud !

Une demi-heure plus tard, Pauline reparut, toujours portée par Paul, mais abritée de nouveau sous sa mousseline. Elle était fraîche comme une rose, toute souriante et vint reprendre place au milieu de ses coussins.

Il était écrit que le pauvre Forbin ne reprendrait pas de sitôt l'entier contrôle de lui-même car, au moment précis où il allait tourner quelques compliments bien poétiques à cette Circé d'un nouveau genre, elle s'écria tout à coup, en se tournant vers Mme de Champbeaudoin :

– J'ai froid aux pieds !

Aussitôt, et sans s'émouvoir le moins du monde, la dame d'honneur ouvrit sa robe, dénuda sa poitrine et se glissa sur le tapis devant Pauline qui, avec un soupir de satisfaction, posa ses pieds nus sur les seins rebondis de la dame.

– C'est une vieille habitude que j'ai contractée jadis auprès des négresses de Saint-Domingue ! expliqua-t-elle à son invité avec un sourire ensorceleur. C'est tout à fait délicieux !

Forbin n'en doutait pas un instant, mais il ne savait plus du tout à quel saint se vouer. La séance de pédicure qui suivit, et qui lui offrit une vue imprenable sur les jambes de la princesse, acheva de mettre en déroute un esprit déjà très ébranlé. Et ce fut dans une sorte d'état second qu'il accepta de revenir le soir même dîner à la villa.

Ce que fut cette soirée, Auguste de Forbin était beaucoup trop galant homme pour s'en vanter à qui que ce soit mais, le lendemain matin, quand Mme de Barrai entra chez Pauline pour lui souhaiter le bonjour, ce fut sans le moindre étonnement qu'elle trouva le jeune homme installé dans le lit de leur maîtresse commune. Simplement il n'y avait plus aucun doute dans son esprit : M. de Forbin était désormais intronisé chambellan de Son Altesse Impériale.

Ce furent des amours exubérantes et passionnées. Forbin était follement amoureux de Pauline et Pauline de son côté paraissait réellement éprise de celui qu'elle appelait son « bel Auguste » avec un air de propriétaire absolument irrésistible. Et comme la jeune femme éprouvait presque autant de plaisir à étaler ses amants qu'à les séduire, ce fut tout le contraire d'amours discrètes. Avec elle, pas de sombrero à l'espagnole, pas de manteau couleur de muraille, pas de portes dérobées, le grand soleil, le plein midi et le plus de monde possible ! Elle eût fait l'amour en boutique ou sur la place du marché si la chose eût été possible pour une Altesse Impériale...

Assez peu porté pour sa part à la publicité, Auguste de Forbin endurait cet étalage du mieux qu'il pouvait, mais il en souffrait si visiblement qu'un beau soir Pauline, un peu lasse d'ailleurs de la curiosité des touristes et prête à tout pour plaire à son bien-aimé de l'heure, lui déclara :

– Partons d'ici ! Tu es provencal et j'ai toujours aimé ce beau pays où j'ai longtemps vécu lorsque j'étais enfant. Nous y trouverons le soleil, les fleurs, le ciel bleu, le chant des cigales et les plus douces nuits du monde !

On décida incontinent que Forbin partirait sans plus tarder en éclaireur et gagnerait Aix-en-Provence, sa ville natale, pour y acheter un nid d'amoureux digne à la fois d'une altesse impériale et d'une passion comme la leur. Il trouva une ravissante demeure, « La Mignarde » appartenant à un commissaire général de l'armée impériale, Jean-Baptiste Rey, qui, naturellement, se fit un devoir de prêter sa maison à la sœur de l'Empereur sans lui demander de loyer. Pauline n'aimant dépenser que pour elle-même, elle fut enchantée de cet arrangement et se transporta incontinent à Aix où d'ailleurs il lui serait possible de prendre les eaux de Gréoux.

Mais si Forbin s'était imaginé filer enfin, dans le silence et la solitude, le parfait amour, il fut très désappointé car, à peine arrivée, Pauline donna des bals, des soupers, des redoutes, des fêtes en tout genre où elle convia le ban et l'arrière-ban de la province. La paix et la félicité du chambellan avaient totalement disparu.

Le comble fut quand apparut à son tour le cher Camillo Borghèse, le mari en personne. Le pauvre amant pensa immédiatement qu'il allait devoir quitter l'agréable appartement de sa maîtresse pour une petite chambre sous les toits, mais, dès le premier soir, il fut rassuré car, le souper, pris en famille, une fois terminé, Pauline glissa son bras sous celui de Forbin et l'entraîna vers la porte.

Ce fut seulement au moment de franchir le seuil qu'elle s'arrêta et, se retournant vers son mari :

– J'allais oublier de vous souhaiter la bonne nuit, mon ami ! fit-elle avec un sourire désarmant.

– Est-ce que vous vous retirez déjà ? s'étonna Borghèse désappointé et qui espérait tout bêtement prendre le café au salon.

– Mon Dieu oui ! Je suis lasse. Et puis, vous le savez, ma santé est fragile. Les médecins exigent que je me couche de bonne heure. Vous voudrez bien m'excuser… et ces messieurs aussi ! fit-elle en adressant la fin de son sourire au préfet Thibeaudeau et au général Cervoni qui faisaient, ce soir-là, partie de « la famille ».

Ceux-ci s'inclinèrent sans répondre, mais Camillo considéra d'un œil dubitatif le ravissant visage si rose et si frais, de son épouse. De là, son regard glissa sur le chambellan visiblement au supplice.

– Reposez-vous, ma chère ! fit-il mi-figue, mi-raisin. Mais en ce cas laissez-nous M. de Forbin dont vous n'avez que faire !

– Que faire ? s'écria la princesse sincèrement choquée. Mais, mon ami, vous devriez savoir que je ne peux me passer de lui ni le jour… ni la nuit !

Et elle sortit au milieu d'un grand silence que troubla seul le fracas d'un précieux biscuit de Sèvres que le prince Borghèse venait d'envoyer s'écraser sur le sol de la salle à manger avant d'entraîner ses invités au salon.

Ce que fut cette nuit, ni Thibeaudeau ni Cervoni ne devaient jamais l'oublier car ils la passèrent tout entière en compagnie d'un homme dont la nervosité allait croissant. À six heures du matin, Camillo Borghèse, superbement ivre, hurlait des imprécations sous les volets clos de sa femme en leur montrant le poing.

– *Dio mio !* braillait-il assez fort pour être entendu à quelques lieues à la ronde. Cette maudite femelle peut se féliciter d'être la sœur de l'Empereur car, sans cela, je lui infligerais une correction qui ne s'effacerait pas si tôt de son souvenir !

Après quoi, demandant ses chevaux, il repartit aussitôt vers des régions plus hospitalières.

À Paris, cependant, Napoléon était loin de se louer de la conduite de sa sœur. Non seulement son histoire avec Forbin faisait scandale, mais encore elle n'avait rien trouvé de mieux que revendre sa principauté de Guastalla pour en convertir le montant en robes, parures, joyaux et dentelles.

Il la fit alors venir pour lui faire subir l'une de ces magistrales algarades dont il avait le secret. Mais lorsqu'il la vit paraître au seuil de son cabinet, ravissante dans une robe de satin blanc dont la teinte candide était relevée par une fabuleuse parure de rubis, il se sentit désarmé. Elle était faite pour tout ce que l'on voulait sauf pour gouverner un État, même de dix kilomètres carrés. Ce n'était rien qu'une « petite païenne » n'ayant comme dieux que l'Amour et sa beauté !

Il n'y avait rien d'autre à faire que lui tendre ses bras. Ce qu'il fit !

« Viens m'embrasser… Notre-Dame-des-Colifichets ! » s'écria-t-il joyeusement.

II

La chevauchée fantastique de Canouville

Dans le courant de l'année 1808, le comte Auguste de Forbin, chambellan de Son Altesse Impériale la princesse Pauline Borghèse, sœur de Napoléon, commença de se sentir assez mal dans son personnage. Non que son emploi fût pénible ou seulement désagréable ! Tout au contraire, car son rôle de chambellan se doublait de celui, infiniment doux, d'amant en titre. Seulement cette seconde partie de sa situation comportait des aléas et des côtés amers. Ainsi du jour où la princesse annonça son intention de prendre des leçons de chant avec le célèbre chef d'orchestre Félix Biangini.

Pauline Borghèse et sa maison se trouvaient alors à Nice. En tant que chambellan, Auguste était chargé d'introduire les visiteurs que Son Altesse accueillait dans l'intimité de sa chambre. Aussi fut-ce avec une affreuse grimace intérieure qu'il introduisit un beau soir, sur l'ordre exprès de sa maîtresse, un fort bel homme au regard flamboyant, et à la prestance avantageuse qui n'était autre que le célèbre musicien.

Mais cette grimace-là n'était rien auprès de celle que Forbin fit le lendemain matin, après avoir dûment constaté que, non seulement Pauline ne l'avait pas appelé mais encore que Biangini avait employé, pour cette première leçon, la nuit tout entière !

Le coup fut si rude qu'une fois le fait enregistré, le pauvre Forbin regagna sa chambre, se jeta sur son écritoire et pondit incontinent une belle lettre à destination du palais de Saint-Cloud en général, et de l'Empereur en particulier, demandant instamment son rappel dans des eaux moins agitées.

La réponse ne se fit pas attendre. Quelques jours plus tard, un ordre exprès de Sa Majesté Impériale affectait le comte Auguste de Forbin à l'état-major du général Junot, gouverneur de Paris, avec le grade de lieutenant et le poste d'aide de camp adjoint.

Le jeune homme partit donc aussitôt pour Paris, mi-ravi d'échapper à sa torture, mi-navré de constater que l'éblouissante Pauline, fort occupée de ses roulades et de ses vocalises à l'italienne, s'était à peine préoccupée de son départ.

– À bientôt, lui dit-elle distraitement. Revenez-nous vite !

Après quoi, au grand dépit de Forbin, elle se consacra tout entière à Biangini qui, enchanté de lui-même, prenait des poses et des airs de tête superbes ! Il demeurait maître de la place !

À vrai dire, il ne le demeura pas très longtemps, car Pauline se lassait vite. Revenue à Paris, dans son magnifique hôtel du faubourg Saint-Honoré, elle rencontra, dans un bal, le plus beau hussard qu'elle eût jamais vu, le très séduisant Armand de Canouville, chef d'escadrons et attaché à l'état-major du maréchal Berthier. Du coup, Biangini et sa musique pâlirent devant la tournure martiale du beau commandant. Et, comme la princesse n'était pas femme à déguiser longtemps sa pensée, elle trouva bien vite une façon, assez élégante, de « débarquer » Biangini.

Au cours d'un concert donné chez Pauline le pauvre musicien fut prié de chanter personnellement un air alors fort en vogue : « Armide, vous m'allez quitter !... » Ce qui était une façon comme une autre de lui faire entendre qu'Armide l'avait assez vu.

Il ne se montra pas plus têtu que Forbin, demeuré d'ailleurs au rang rassurant d'ami fidèle, et s'en alla cueillir d'autres lauriers sous d'autres ciels de lit tandis que Pauline, croyant fermement avoir enfin trouvé l'amour de sa vie, se consacrait toute entière à Canouville.

Et comme, à cet amour neuf, il fallait le calme et l'éloignement de la campagne, elle alla s'enfermer avec son beau hussard dans la fastueuse propriété qu'elle venait d'acquérir à Neuilly, et à laquelle, elle donnait alors tous ses soins.

Il faut bien avouer que, pendant un bon moment on crut, à la Cour, que l'incorrigible Pauline avait bien réellement trouvé son maître car, après plusieurs mois, sa passion pour Canouville durait encore. C'était lui qui, en pantoufles et robe de chambre de soie, présidait aux bains traditionnels de sa belle maîtresse... et lui seul, ce qui n'était pas une mince victoire ! Les habitués de la maison n'en revenaient pas. On ne voyait plus Pauline sans Canouville ni Canouville sans Pauline.

Ce jumelage finit par porter singulièrement sur les nerfs de Napoléon. L'Empereur pensait, non sans un semblant de raison, que les officiers de sa Garde Impériale avaient mieux à faire qu'à roucouler sur les coussins de ses sœurs. Mais, toujours indulgent pour sa « petite païenne » il en était à chercher vainement un prétexte plausible pour se mêler de l'affaire quand le malencontreux Canouville vint, de lui-même, lui offrir ce prétexte tant désiré.

Ce matin-là, l'Empereur, à cheval sur « Ali », l'un de ses chevaux favoris, passait la Garde en revue au Carrousel. Canouville, pour une fois, était là, mais dans un uniforme si étincelant, si brillant d'or et de galons qu'il ressemblait à un petit soleil et centralisait quelque peu la lumière.

Napoléon n'avait pas été sans remarquer superficiellement ce luxe vestimentaire, mais la tenue du chef d'escadrons était irréprochable et il n'était pas possible, sans injustice flagrante, de la lui reprocher.

Soudain, poussée par on ne sait quelle lubie chevaline, la monture du bel Armand fit un écart, se mit à danser et, quittant sa place réglementaire dans l'état-major, au front duquel se tenait l'Empereur, s'en vint heurter Ali. Or, non seulement Napoléon était loin d'être un bon cavalier mais encore Ali, pur-sang arabe des plus chatouilleux, avait horreur des familiarités. Il regimba si vigoureusement que Sa Majesté l'Empereur et Roi ne dut qu'à une véritable chance de ne pas se retrouver les quatre fers en l'air sur le front des troupes.

Ce sont des choses que l'on supporte mal quand on est Napoléon. Furieux de sa mésaventure, le souverain chercha d'où venait l'attentat, découvrit Canouville qui, rouge de honte, cherchait désespérément un petit trou pour s'y engloutir avec son cheval. Mais comme il n'y en avait pas, il fallait bien rester là, sous l'implacable regard bleu qui le détaillait depuis son shako jusqu'à la pointe étincelante de ses bottes à la hongroise.

Le regard à trois pas, Canouville attendait. Soudain l'œil de l'Aigle se fixa sur l'élégante pelisse que l'officier portait, réglementairement, fixée sur une épaule.

Une pelisse superbe, non seulement magnifiquement brodée et dorée… mais encore doublée de peaux de zibelines admirables que l'Empereur reconnut sur-le-champ : c'étaient celles que le Tsar Alexandre Ier lui avait offertes et que, connaissant la passion de Pauline pour les fourrures, il avait généreusement partagées avec elle.

Ce fut la goutte d'eau qui fit déborder le vase. Instantanément Napoléon éclata.

– Commandant ! claironna-t-il. Votre cheval est jeune. Il a le sang trop chaud et je vais vous envoyer le lui faire rafraîchir !

Inquiet, Canouville se demandait ce que Sa Majesté entendait par là, mais ses conjectures ne durèrent pas longtemps : la revue terminée, le maréchal Berthier lui fit savoir que l'Empereur l'avait désigné pour porter sur-le-champ des dépêches importantes au maréchal Masséna qui se trouvait alors… au Portugal !

Désespéré, Canouville alla conter sa peine à sa princesse qui pleura et s'indigna sans se faire prier.

– Napolione est un vrai sauvage ! s'écria-t-elle. Il veut me faire mourir de désespoir ! Mais sois tranquille, mon amour, il ne parviendra pas à briser notre passion : je ne t'oublierai pas ! Toi, tu n'as pas le droit de désobéir mais fais aussi vite que tu le pourras pour porter ces maudites dépêches ! Tu sais combien je m'ennuie quand tu n'es pas là ! Il ne faut pas me laisser seule trop longtemps !

Du coup, les angoisses du malheureux devinrent de la panique. Il savait trop ce que Pauline entendait par « s'ennuyer » ! S'il avait le malheur de rester longtemps absent, il était à peu près sûr de trouver sa place prise au retour…

Alors, serrant sur son cœur la miniature qu'en gage d'amour elle venait de lui donner, petit chef-d'œuvre d'Isabey serti de rubis, Canouville enfourcha son cheval et entreprit de battre un véritable record de vitesse : Paris-Lisbonne et retour ! Le tout dans les plus brefs délais !

Jalonnant sa route de chevaux crevés offerts en holocauste à sa passion, le hussard mena un train d'enfer, franchissant tour à tour la Loire, la Charente, la Gironde et les Pyrénées, puis Burgos et Valladolid. Dix jours sans quitter la selle pour autre chose que manger et changer de monture. Un véritable exploit !

À Salamanque, le général Thiebault vit tomber tout à coup devant son quartier général, un homme sale, barbu et couvert de boue qui ressemblait infiniment plus à un sauvage qu'au plus élégant des hussards de Berthier.

– Tiens ! Canouville ! fit-il tout de même un peu surpris. Et, où donc allez-vous comme ça ?

– À Lisbonne, mon général ! Et, par pitié, faites-moi donner tout de suite un cheval frais !

– Un cheval ? Pour Lisbonne ? Mais vous êtes fou, mon garçon ! Vous ne passerez jamais ! L'ennemi intercepte tous les courriers !

– Une raison de plus pour que je passe ! riposta Canouville stoïque. Si les dépêches de l'Empereur n'arrivent pas, c'est le Conseil de Guerre pour moi !

Et de raconter pêle-mêle à Thiebault, son amour, son chagrin, sa collision avec Napoléon, la colère de celui-ci, les recommandations de Pauline, le tout, selon Thiebault « en poussant des soupirs à éteindre les bougies ! ».

Or, Thiebault connaissait fort bien Pauline qui avait eu pour lui des « bontés »... Tellement bien qu'il pouvait comprendre aisément le point de vue de Canouville.

– Écoutez, fit-il doucement. Vous ne pouvez pas continuer comme ça ! Vous allez manger, boire, vous reposer une heure, rien qu'une heure ! Ensuite, je vous le jure, vous aurez le cheval le plus rapide que j'aie sous la main… mais vous allez reprendre le chemin de Paris !

– De Paris ? Vous voulez me faire fusiller, mon général ?

– En aucune façon ! Vos dépêches, vous allez me les laisser : dès que je verrai la possibilité de les faire passer, je les enverrai à Masséna par mon meilleur courrier. Je vais vous en donner décharge !

Canouville était à moitié mort, mais il faillit bien embrasser Thiebault pour ces paroles charitables. Il engloutit un énorme repas, but deux ou trois bouteilles de vin, dormit comme une souche trois ou quatre heures puis, sans même consentir à se laver, enfourcha le cheval qu'on lui amenait et se lança en sens inverse sur la route déjà parcourue : la chevauchée infernale recommençait !

Il fit aussi vite au retour qu'à l'aller et, vingt jours exactement après avoir quitté Neuilly, Armand de Canouville tombait de cheval plus qu'il n'en descendait dans les bras du majordome de Pauline d'abord, dans ceux d'Auguste de Forbin ensuite qui, toujours chambellan en titre, reprenait de temps à autre son service.

Le cher Forbin, avec beaucoup de circonlocutions, apprit au centaure exténué qu'il ne pourrait pas voir sur l'heure une maîtresse dont l'image l'avait si bien soutenu tout au long de sa chevauchée fantastique. Et comme Canouville, indigné, récriminait, Forbin lui fit entendre la vérité ; la princesse était dans sa chambre. Elle se reposait… avec un capitaine de Dragons, Achille

Tourteau de Septeuil qui était, en outre, le fiancé de sa dame d'honneur, Mme de Barrai, veuve depuis peu.

Écœuré, dégoûté, navré, Canouville, exténué par-dessus le marché, s'en alla prendre un bon bain, dormit dix-huit heures… et fila droit chez le maréchal Berthier pour réclamer une autre mission.

– Le Portugal vous a plu à ce point ? fit le maréchal sincèrement surpris.

– Non, Monsieur le Maréchal, riposta Canouville au garde-à-vous. Mais je ne respire pas bien à Paris. Il me faut le grand air !

– Dans ce cas, vous allez repartir !

Et le lendemain, nanti de nouvelles dépêches, Canouville reprenait la route du sud, mais au petit trot cette fois car rien ne le pressait plus, traînant avec lui un cœur pesant une tonne et poussant autant de soupirs que son cheval faisait de pas tout en regardant certaine miniature encadrée de rubis.

Or, comme il arrivait à la hauteur de Châtellerault, il fut rejoint par un cavalier blanc de poussière, lancé comme un boulet de canon, qui cependant s'arrêta auprès de lui pour souffler un peu. Apparemment, celui-là n'avait pas les mêmes raisons de brûler le pavé que Canouville à son premier parcours.

Pourtant, le nouvel arrivant n'était autre que le capitaine Achille Tourteau de Septeuil que Napoléon envoyait, à son tour, respirer l'air vivifiant du Portugal pour l'empêcher de trop respirer celui, par trop aphrodisiaque, de Neuilly.

La rencontre était si drôle que Canouville, bon garçon et sans rancune, tendit la main à son rival d'un moment. Un rival qui d'ailleurs regrettait à la fois sa folie et sa chère Mme de Barrai.

Les deux hommes repartirent ensemble à une allure des plus raisonnables. Ainsi naissent les amitiés…

Cependant, à Paris, Pauline, privée de ses deux amoureux, choisit de passer quelque temps en Italie afin d'y mettre à exécution un projet qui lui tenait à cœur : faire exécuter, par le grand sculpteur Canova, une statue destinée à faire passer son extrême beauté à la postérité. Et Canova, qui avait alors cinquante-trois ans, faillit avoir un coup de sang en pénétrant dans le boudoir où l'attendait son impérial modèle : Pauline, coiffée d'un diadème de diamants et parfaitement nue, était étendue sur un sofa, attendant patiemment d'être immortalisée dans la pierre.

La statue terminée, elle la laissa en souvenir à Camillo Borghèse qui, d'ailleurs, s'empressa de la mettre sous clef car elle « donnait des distractions à ses visiteurs ».

Quant à Pauline, elle partait vers d'autres aventures, d'autres amours…

III

La bronchite de Talma

En cet été 1812, Napoléon Ier, sur le point de partir pour Moscou à la tête d'une Grande Armée, qui n'avait pas volé son surnom car elle comptait plus de quatre cent mille hommes plus les réserves, s'était beaucoup fait tirer l'oreille pour accorder à sa jeune sœur Pauline la permission d'aller prendre les eaux d'Aix, ainsi qu'elle l'en implorait avec des larmes dans la voix.

La raison en était simple : l'Empereur en avait assez d'expédier à tous les bouts de l'Europe ses meilleurs officiers pour les soustraire aux appétits de Pauline. C'est ainsi qu'après Canouville envoyé d'abord en Portugal puis à Dantzig, après Achille de Septeuil dirigé également sur le Portugal, il avait dû expédier dare-dare au maréchal Davout, occupé à réunir en Allemagne les éléments de ladite Grande Armée, le plus beau de ses artilleurs, l'irrésistible colonel Duchand, de la Garde, l'homme que l'on avait très justement surnommé le « Cupidon de la Garde » à cause de ses nombreux succès féminins. Et l'Empereur souhaitait vivement que sa sœur apprît enfin la sagesse.

Or, à Aix, cet été-là, était réunie sur les rives vertes du lac du Bourget, la société la plus brillante qui se puisse trouver. Il y avait l'ex-impératrice Joséphine, dolente et déjà minée par la maladie mais toujours exquise, la reine d'Espagne, née Julie Clary, la princesse royale de Suède, née Désirée Clary, Madame Mère, l'indispensable duchesse d'Abrantès et une foule de gens du meilleur monde. Bref à peu près toute la Cour et l'on pouvait dire que ce qui ne galopait pas sur la route de Moscou avec Napoléon se trouvait à Aix. Il ne manquait que l'impératrice Marie-Louise laquelle n'était d'ailleurs pas la dernière à le regretter et se morfondait à Saint-Cloud.

Tout cela constituait pour Pauline Borghèse autant d'incitations à rejoindre le gros de la troupe et pour Napoléon autant de raisons de le lui refuser.

Enfin, après trois lettres plus désespérées les unes que les autres, Napoléon se laissa toucher : Pauline répétait que sa santé était délabrée, qu'il lui fallait à tout prix l'air de la montagne, qu'elle sentait approcher sa fin et que, si son impérial frère voulait la revoir vivante il lui faudrait sans doute se hâter de bâcler ses affaires avec le Tsar, s'il s'obstinait à lui refuser Aix.

À l'issue de la troisième épître, véritablement tragique, l'Empereur accorda la permission si instamment réclamée et Pauline partit pour Aix avec ses équipages, ses chevaux, sa maison orchestrée de main de maître par le cher Forbin, toujours amoureux, souvent malmené, au point de disparaître pour un petit séjour dans l'armée, mais qui revenait toujours reprendre un service grâce auquel il lui arrivait encore d'avoir accès à l'alcôve de l'incandescente princesse.

L'arrivée de Pauline fit sensation car, avec elle, les cancanières avaient toujours de quoi se mettre sous la dent. On pensait qu'elle allait, très certainement, apporter dans ses bagages un nouvel amant. Or, les langues agiles en furent tout d'abord pour leurs frais…

Installée dans une belle propriété des bords du lac, la maison Chevalley, Pauline ne se montrait nulle part. Elle passait ses journées à rêver dans sa baignoire et à prendre médecine. Aux rares visiteurs admis à l'approcher, elle répétait qu'elle se sentait vraiment très lasse, qu'elle songeait à faire une fin édifiante et que ni les mondanités ni les fêtes ne présentaient plus pour elle le moindre intérêt : elle souhaitait seulement attendre la mort en respirant le parfum des roses.

Ce genre de discours aurait pu être profondément affligeant mais comme lesdits visiteurs pouvaient constater que la princesse était plus éclatante, plus « en beauté » que jamais, ils sortaient assez perplexes de la maison Chevalley.

Il y en avait deux pourtant pour qui cette bizarre maladie était sans mystère : l'une était Mme Laetitia, mère de Pauline, et l'autre Laure Junot sa meilleure amie. Pour ces deux-là, l'état de la jeune femme n'avait rien d'angoissant.

– Quand Paolina se dit malade et se soigne avec cette attention, cela veut dire qu'elle est amoureuse, décréta Madame Mère. Et, si elle se prétend à la mort, c'est que c'est grave !

– En effet, approuvait Mme Junot qui était d'ailleurs dame d'honneur de la vieille princesse. Mais alors de qui ?

Cet irritant point d'interrogation passionna Aix durant trois grandes semaines et, comme Pauline restait toujours cloîtrée chez elle, les commères étaient bien près d'abandonner quand, sur la fin du mois de juillet, un petit courant d'air colporté à une allure de tempête par Laure Junot fit le tour de la station : la princesse Borghèse avait décidé de prendre des cours de diction et comme, en toutes choses, elle ne supportait que la perfection, elle avait naturellement fait appel à un orfèvre en la matière. Bref, elle attendait Talma !

– C'est lui ! Ce ne peut être que lui ! proclama l'espèce de chœur antique formé par toutes les bavardes du canton.

Et, en fait, c'était bien lui ! Il n'y eut d'ailleurs personne pour s'en étonner car le plus célèbre tragédien de l'Empire était aussi un fort bel homme, très brun, doué d'une voix admirable, d'un beau visage tourmenté, romantique à souhait, et d'une élégance extrême, encore qu'un peu trop voyante. Certes, il frisait dangereusement la cinquantaine, mais du diable si l'on s'en serait douté !

Du coup, la maison Chevalley devint le point de mire de tous les regards et même de quelques lorgnettes : on guettait l'arrivée du grand homme dont on imaginait qu'elle aurait quelque chose de triomphal car nul ne doutait qu'il ne fût déjà, et même depuis quelque temps, l'amant heureux de Pauline.

Or, il n'en était rien. Pauline, certes, était amoureuse de Talma. Elle avait pris pour lui l'un de ces coups de cœur dont elle était coutumière et qui préludaient immanquablement à la passion des sens, mais l'heureux destinataire de cette flamme nouvelle l'ignorait toujours. Bien plus, quand le tragédien franchit pour la première fois le seuil de son salon, la princesse, oubliant joyeusement sa grandeur et son rang, se retrouva dans l'état d'esprit d'une « minette » de seize ans qui va approcher pour la première fois l'« idole » dont elle rêvait depuis des mois. Avec cette différence toutefois qu'elle connaissait parfaitement ses armes personnelles et la manière de s'en servir…

Pour cette entrevue qu'elle voulait décisive la « Vénus Impériale » avait revêtu une toilette d'une simplicité antique tout à fait de mise pour recevoir un homme habitué à jouer Racine et Corneille. Elle portait l'une de ces robes de mousseline blanche qu'elle affectionnait, pas trop transparente d'ailleurs, mais pourvue d'un vertigineux décolleté dans lequel étaient glissées deux roses pourpres.

De son côté Talma était au moins aussi intimidé que son hôtesse. Il était, certes, habitué largement aux triomphes de théâtre et aux assauts féminins, mais l'éblouissante jeune femme qui le recevait et qu'il avait cent fois admirée, depuis la scène, quand elle trônait dans sa loge au milieu d'uniformes scintillants était la sœur de l'Empereur, c'est-à-dire d'un homme qui était, pour lui, une manière de dieu.

Aussi fut-il totalement bouleversé quand, levant sur lui un regard humide et des lèvres tremblantes, Pauline lui déclara d'un ton d'écolière timide fort peu courant chez elle qu'elle l'avait fait venir sous le spécieux prétexte de lui donner des leçons de diction parce qu'elle ne pouvait, princesse et sœur d'empereur, afficher la véritable raison de son appel.

– La véritable raison ? fit Talma éberlué.

– Essayez de me comprendre à demi-mot. Ménagez, je vous en conjure, la pudeur d'une femme qui ne se possède plus. J'ignore comment le sentiment qui me pousse vers vous s'est développé, comment il s'est amplifié en moi chaque fois que je pouvais vous admirer sur la scène, mais je sais qu'il me possède tout entière, qu'il est le maître et moi son esclave ! Je ne peux plus lutter !

– Madame ! balbutia Talma éperdu et déjà conquis par cette brûlante déclaration d'amour.

– J'ai langui, j'ai séché dans les feux, dans les larmes ! s'écria Pauline qui s'arrêta tout à coup en s'apercevant qu'elle était en train de jouer « Phèdre », circonstance qui avait d'ailleurs échappé à un Talma en pleine déroute.

– Pitié, Madame ! gémit-il. Votre Altesse Impériale se joue de moi ! Comment l'indigne admirateur de tant de beauté que je suis aurait-il pu seulement imaginer... supposer... deviner que...

Il perdait la tête. Pauline l'acheva d'un sourire à damner tout le Paradis.

– Je sais tout de vous, roucoula-t-elle. Le son de votre voix, vos rôles, vos goûts, votre vie privée, vos... aventures ! Tout, vous dis-je, sauf l'ardeur de votre amour et le goût de vos baisers.

On ne pouvait être plus explicite. Talma, ébloui, ne douta plus un seul instant d'avoir déchaîné une passion dévastatrice dans le cœur de la princesse et se mit en devoir de combler les lacunes que présentaient encore pour elle toutes les informations le concernant. Comme il ne demandait qu'à tomber amoureux, il se laissa aller avec enthousiasme à ce penchant naturel et, entre les mains divines de Pauline, flamba comme une allumette.

Une fois Talma conquis, la princesse renonça à sa claustration. Elle avait toujours pris un malin plaisir à étaler ses amants et trouva fort amusant d'exhiber l'espèce de monstre sacré qu'était Talma. Elle ne risquait d'ailleurs pas grand-chose. Napoléon était si loin !

On vit donc le couple rouler grand train, en calèche découverte, dans les avenues de la petite ville, ou bien entrer dans les boutiques pour quelques emplettes. Pauline alors venait en tête et Talma suivait, portant l'ombrelle et le réticule de la princesse. On pouvait aussi les voir, au crépuscule, se promener au bord du lac, la main dans la main tandis que le tragédien, penché vers sa belle maîtresse, lui murmurait des vers.

Évidemment, si l'Empereur était loin, Madame Mère, elle, était sur place et ne ménageait pas les reproches et les mises en demeure, mais Pauline n'en avait cure. Elle donna même, chez elle, de grandes soirées dramatiques au cours desquelles Talma était convié à débiter d'entières tirades de *Britannicus*, de *Macbeth* ou de *Polyeucte*, tandis que le plus simplet des invités pouvait se rendre compte « de visu » du degré d'intimité qui régnait entre la maîtresse de maison et le tragédien.

Jamais Pauline ne s'était sentie aussi romantiquement amoureuse. Sa santé était redevenue parfaite ; le temps était superbe, Talma plus amoureux que jamais. Elle décida alors que l'on ferait des excursions en bateau sur le lac et lança des invitations. On emportait de grands paniers et l'on allait goûter sur l'herbe dans un endroit aussi joli que possible.

C'est ainsi qu'un jour d'août particulièrement chaud, on s'en alla, en belle et nombreuse compagnie (il y avait les sœurs Clary, les Rambuteau, la chère Laure Junot fort occupée à tomber éperdument amoureuse du jeune marquis de Balincourt), visiter l'abbaye d'Hautecombe, le Saint-Denis des ducs de Savoie.

Ce fut une charmante promenade et tout allait pour le mieux quand, tout à coup, au beau milieu de la collation que l'on avait prise sous les arbres, le ciel si bleu se couvrit d'épais nuages gris qui devinrent bien vite d'inquiétants nuages noirs. Il fallut réembarquer précipitamment pour rentrer à Aix.

Mais on avait trop tardé. Le bateau était à mi-parcours environ quand la tempête éclata. Un de ces brusques et violents ouragans qui rendent si redoutables les lacs de montagne. Sous un ciel couleur d'encre, l'eau déchaînée se mit à écumer, à bouillonner en grandes vagues qui secouaient impitoyablement les élégants passagers dont certains commencèrent à éprouver les affres du mal de mer.

Dans la cabine arrière, Talma, assis entre Désirée Bernadette et le comte de Rambuteau, se faisait aussi petit que possible et s'efforçait de garder une immobilité totale car il avait entendu dire que la meilleure manière d'éviter les nausées était de ne pas bouger du tout.

Hélas ! Alors que sa méthode semblait donner d'assez bons résultats, la voix de Pauline lui parvint tout à coup, sur le mode impératif. Avec son insouciant courage, bien Bonaparte, la princesse avait refusé de se mettre à l'abri. Elle se tenait à l'extérieur, cramponnée à une rambarde en compagnie de Laure et Balincourt et se faisait abondamment tremper en riant comme une folle.

– Talma ! appelait-elle. Venez nous rejoindre ! Venez vite !

Le malheureux essaya bien de faire le sourd, mais, avec un sourire un brin moqueur, la future reine de Suède lui fit remarquer malicieusement qu'on l'appelait. Il se tira donc, plus mort que vif, de son coin paisible et gagna le pont avec la mine d'un homme qui monte à l'échafaud. Il y trouva les hurlements du vent, les grandes gifles humides du lac, l'impression de plonger dans un chaudron de sorcières, un petit début de nausée… et l'éblouissant sourire de Pauline.

– Ah ! mon ami ! lui cria-t-elle. Quel magnifique orage ! Mais vous allez le rendre plus grandiose encore !… Allez vous accrocher au grand mât et récitez-nous *La Tempête* ! Dans ce déchaînement des éléments, il nous faut Shakespeare et vous allez être sublime ! Vite ! Vite !

Le pauvre Talma ne se sentait pas sublime le moins du monde. Le cœur chaviré, à moitié mort, il se traîna jusqu'au poteau de torture, s'y accrocha de son mieux et se mit à déclamer d'une voix expirante.

– Plus fort ! cria Pauline impitoyable. On ne vous entend pas, mon cher ! Vous devez vaincre le vent !

Alors, maudissant pour la première fois sa belle maîtresse, il se mit à hurler littéralement dans le fracas de l'ouragan, luttant de son mieux contre d'affreuses nausées et trempé comme un barbet par les paquets d'eau qui lui arrivaient dessus.

Quand on toucha enfin au port, le malheureux claquait des dents, transi et à moitié aphone. On dut le coucher immédiatement dès son retour à la maison Chevalley.

Pauline, qui éprouvait quelques remords, s'institua son infirmière et le soigna. Mais, installée à son chevet, tandis qu'il luttait contre une bonne grosse bronchite, elle ne tarda pas à s'ennuyer. Talma était plus amoureux que jamais, mais ne savait plus guère que la regarder avec des yeux mourants et balbutier des vers brûlants avec une voix enrouée.

Ce fut tout juste le moment que choisit pour reparaître le « Cupidon de la Garde ». Légèrement blessé en Russie, le colonel Duchand revenait avec l'auréole des héros et quelques lettres de l'Empereur. Et, le soir même de son arrivée à Aix, le pauvre Talma passait une nuit fort morose tout seul dans sa chambre...

C'était la fin de son beau rêve. Laure Junot, compatissante, lui fit comprendre qu'avoir été durant un grand mois l'amant en titre de Pauline était déjà une belle chose. Mais il se résignait mal, essayait de reprendre sa place, parlait d'une tournée à Genève et en Italie avec l'espoir qu'on l'empêcherait de partir. Il n'en fut rien ;

Pauline, qui d'ailleurs lui avait fait croire que Napoléon envoyait Duchand pour la surveiller, l'embrassa tendrement et lui expliqua qu'elle ne se sentait pas le droit d'entraver sa carrière et de confisquer son génie à son seul profit.

Talma partit donc pour Genève, le cœur gros et, à peine arrivé, se jetait sur sa plume pour griffonner fiévreusement ces quelques lignes :

« Mon amie, je t'ai donc quittée ! Me voilà donc séparé de toi et séparé pour longtemps ! Tu l'as voulu, mon éloignement était nécessaire, mais quel horrible sacrifice tu m'as imposé ! Ta bonté, tes larmes que je t'ai vu répandre, les consolations que tu as versées dans mon cœur abîmé de souffrances n'ont pu adoucir l'amertume de mes regrets, mais, du moins, elles y ont versé une lueur d'espoir. Avant-hier, je suis parti au point du jour et j'ai encore pu regarder tes fenêtres pour la dernière fois. Pour une dernière fois, les yeux fixés sur ta chambre, je t'ai dit adieu dans ma pensée, le visage baigné de larmes… »

Pauvre Talma ! Sa petite lueur d'espoir n'allait pas tarder à vaciller dangereusement. Il attendit longtemps la réponse à sa lettre d'amour. Encore lui vint-elle par le maître d'hôtel de la princesse, Ferrand, qui lui faisait connaître que Pauline avait eu un « accès de fièvre ».

En fait d'accès de fièvre, Pauline avait eu un très gros chagrin. Le plus gros peut-être qu'elle eût encore éprouvé.

Le drame s'était passé le 6 septembre, bien loin de France. Ce jour-là les troupes françaises aux ordres du maréchal Ney attaquaient la puissante redoute de Borodino, bordée de ravins profonds et dans laquelle les Russes avaient entassé une puissante artillerie. Depuis des heures, les canons russes crachaient la mort. Alors, avec cette folle bravoure qui était son signe distinctif, la cavalerie de Murat avait chargé sous l'incessante mitraille et, parmi elle, le commandant de Canouville qui faisait des prodiges de valeur à la tête de ses escadrons. Le sabre au clair, au grand galop de son cheval, Canouville fonçait sur Borodino quand un boulet ennemi l'atteignit de plein fouet, le coupant en deux à la hauteur de la ceinture. On l'avait transporté à l'ambulance, mort bien entendu, et, sur son cœur on avait trouvé la miniature que Pauline lui avait donnée au temps délicieux de leurs amours. Dans le joli cadre de rubis, le ravissant visage de la sœur de l'Empereur souriait tendrement.

Par ordre de Napoléon, un messager partit pour Aix, où, arrivé le 27 septembre, il remit à la princesse la triste relique jointe à une mèche de cheveux, coupée, par ordre de l'Empereur également, sur la tête du malheureux officier.

Sur ces deux souvenirs de celui qui, peut-être, avait été son plus grand amour, Pauline Borghèse pleura longtemps, condamnant sa porte à tous, même à Duchand qui d'ailleurs, guéri, devait regagner l'Armée.

La fin de la saison d'eaux était venue. Pauline, comme tous les autres estivants, ferma sa maison et reprit le chemin de Paris, retrouva la ville morne où grandissait l'inquiétude et s'enferma dans son hôtel du faubourg Saint-Honoré où Laure d'Abrantès, que Balincourt torturait à plaisir semblait-il, vint bien souvent partager sa solitude et ses regrets.

Cependant, Talma poursuivait sa tournée triomphale en Suisse et à Lyon. Il continuait à écrire à sa princesse des lettres passionnées auxquelles elle répondait bien rarement, et fort distraitement.

Lui se désespérait du ton officiel qu'elle employait, l'implorait de ne pas lui dire « vous » mais « tu » comme durant l'été de leurs amours. Il ne parvenait pas à comprendre que Pauline était détachée de lui, qu'il n'avait plus aucune chance. Pourtant, l'angoisse se glissait en lui et, de Lyon, où elle avait promis de le rejoindre et où elle passa en effet, mais plusieurs mois plus tard, en se rendant à Nice, en mars 1813, il lui écrivit une lettre désespérée :

« Je tourne mes derniers regards vers toi, les yeux remplis de larmes, je puis à peine t'écrire. Ah ! te rappelles-tu nos moments d'ivresse et de délire ? Te rappelles-tu les caresses qui me furent inspirées par toi seule, que toi seule a jamais reçues de moi ? Tu les provoquais et je te les prodiguais en mouillant mon visage de tes larmes. Hélas, si je devais un jour renoncer à ta possession, si ma destinée était de ne plus te retrouver telle que tu as été pour moi, alors que le ciel m'accorde de mourir... »

On meurt rarement d'amour si l'on n'aide pas un peu la mort. Talma ne mourut pas, mais ne se consola jamais tout à fait. Car, cette fois, c'était bien fini. D'ailleurs, venaient des événements trop graves pour que même l'inconstante Pauline n'en fût pas atteinte.

L'Empire s'en allait vers son déclin et c'est alors seulement que la princesse Borghèse donna la mesure de sa vraie valeur. La plus folle tête de son temps allait démontrer que, seule peut-être, parmi ceux de sa famille, hormis, bien sûr, Madame Mère, elle aimait réellement son frère pour lui-même plus que pour sa couronne et qu'elle avait du cœur.

Malgré sa santé devenue réellement très précaire (elle aurait rapporté de Saint-Domingue, une maladie difficile à décrire) elle vola au secours de l'Aigle près de sa fin. Seule, de toute la famille, elle vint le rejoindre à l'île d'Elbe, s'installa avec lui à Porto-Ferrajo et se fit l'ange consolateur du Titan abattu. Ce fut dans sa foi inébranlable en l'étoile de l'ancien général Bonaparte, que Napoléon puisa le courage de revenir en France, de reconquérir d'un seul élan tout son royaume. Au moment du départ, « Notre-Dame-des-Colifichets », qui avait cependant beaucoup perdu dans la débâcle, offrit à son frère son dernier collier de diamants puis le suivit à Paris où elle apprit le désastre de Waterloo. Pendant les Cent-Jours, à la place de l'indigne Marie-Louise, elle avait aidé Napoléon de toute sa tendresse, de tout son pouvoir.

Elle refusa l'adieu définitif que lui imposaient les vainqueurs et, apprenant qu'il était envoyé à Sainte-Hélène, s'en alla trouver Metternich.

Autrefois, il y avait eu, entre elle et le séduisant chargé d'affaires autrichien, une « romance », assez courte du côté de Pauline, comme d'habitude, mais qui avait laissé maints regrets à Metternich. Devenu Chancelier d'Autriche, tout-puissant sur les Alliés vainqueurs, il la reçut avec une amabilité un peu distante.

– Que puis-je pour vous, Madame ?

Elle lui adressa son éblouissant sourire pour lequel, plusieurs années plus tôt, il se fût damné de bon cœur. Mais les temps avaient changé.

– Peu de chose, Clément. Je désire l'autorisation de rejoindre mon frère à Sainte-Hélène.

Metternich haussa les sourcils avec étonnement. Quelle singulière lubie lui passait là par la tête ? Mais cette fois il sourit.

– Ma chère princesse, vous n'y songez pas, je pense ? Sainte-Hélène n'est pas une villégiature pour vous. Le climat est détestable pour une femme et l'on y meurt d'ennui.

Blême, tout à coup, jusqu'à ses grands yeux noirs, Pauline s'était levée et dardait sur le chancelier un regard fulgurant.

– Et c'est là, cependant, que vous et vos pareils avez osé envoyer l'Empereur ?

– L'ex-Empereur, corrigea Metternich dédaigneux.

Mais il baissa les yeux en lisant le mépris sur le beau visage de la princesse. Doucement, mais fermement elle reprit, avec une force dont nul ne l'eût crue capable :

– L'Empereur, Monsieur… Je ne vous croyais pas l'âme assez basse pour vous ravaler à ces subtilités de valet. En tout cas, que le climat soit salubre ou non, ma décision ne change pas. Je désire rejoindre mon frère. C'est maintenant qu'il a besoin de moi… et, d'ailleurs, d'autres femmes y vivent déjà : Mme Bertrand et Mme de Montholon y sont bien, pourquoi pas moi ?

Metternich secoua la tête, s'inclina.

– À mon grand regret, je ne puis vous y autoriser. Vous êtes… une arme trop dangereuse, ma chère princesse. Nous craignons que même un gouverneur anglais ne puisse être à l'abri de votre charme. C'est non.

Affreusement déçue mais trop fière pour le montrer, Pauline se contenta de hausser les épaules et de se diriger vers la porte.

– Pour un diplomate, vous avez la mémoire singulièrement courte, Monsieur de Metternich. Au temps où vous sanglotiez à mes pieds vous me sembliez moins sot… et vous me plaisiez mieux ! Adieu.

Elle n'avait plus rien à faire à Paris, regagna Rome et sa villa Paolina[1], où elle apprit que son époux demandait le divorce. À vrai dire, elle n'en fut pas surprise ni autrement émue. Elle avait à peu près oublié le prince Camillo Borghèse et leur vie conjugale n'avait été qu'un décor de théâtre. Mais elle n'en méprisa les hommes qu'un peu plus vigoureusement.

Un seul comptait encore pour elle et, pour celui-là, elle se dévouait corps et âme, s'occupant de lui, de loin, autant qu'elle le pouvait, fatiguant les Alliés de ses lettres et de ses plaidoiries. Elle parvenait à se tenir au courant de tout ce qui se passait sur l'île du bout du monde où l'Aigle agonisait lentement aux mains d'un geôlier stupide.

Lorsqu'elle sut qu'il ne vivrait plus longtemps, elle écrivit au Premier Ministre britannique, Lord Liverpool.

« Milord. Monsieur l'abbé Buonavita, parti de Sainte-Hélène le 17 mars dernier et qui vient d'arriver à Rome, nous a apporté les nouvelles les plus alarmantes sur l'état de santé de l'Empereur. La maladie dont il est attaqué est mortelle à Sainte-Hélène et c'est au nom de tous les membres de la famille de l'Empereur que je viens réclamer du gouvernement anglais un changement de climat. Si on refusait une si juste demande, ce serait son arrêt de mort qu'on prononcerait. Et, dans ce cas, je demande la permission de partir pour Sainte-Hélène et d'aller rejoindre l'Empereur pour recevoir son dernier soupir. »

Pauvre et charmante Pauline ! Lord Liverpool n'eut même pas la courtoisie de lui répondre. Bientôt, le cœur navré, elle apprenait la mort de son frère bien-aimé qui,

1. Actuelle ambassade de France auprès du Vatican.

au moment de quitter ce monde, l'avait, devant l'Histoire, magnifiée et absoute du même coup de ses péchés parfumés.

– Pauline, avait dit Napoléon, la plus belle femme de son temps, a été et demeurera jusqu'à la fin la meilleure des créatures vivantes… »

Dès lors, Pauline Bonaparte n'avait plus grand-chose à faire sur terre. Elle avait perdu ceux qui lui étaient le plus cher, elle était un peu lasse de tout et plus encore de cette vie qui lui avait tout donné et tout repris. Elle demeura en Italie, malgré sa séparation avec Borghèse. Le soleil était devenu indispensable à son organisme affaibli. La mort, qui avait emporté Napoléon, venait à grands pas pour elle. Elle l'attendit sereinement, en vraie Bonaparte, malgré des souffrances croissantes. En 1825, Pauline Bonaparte, princesse Borghèse, s'éteignait à Florence à l'âge de quarante-cinq ans. Jusqu'au bout, elle était demeurée exquise…

Celle qui avait été la grâce d'une époque, le sourire de l'Empire et son enfant terrible, la plus inconstante et la plus légère des femmes, était morte en vraie princesse, fidèle, après tant d'infidélités, au seul homme qui, à ses yeux, méritât ce nom : l'Empereur, son frère…

Table des matières

DIVINE EMMA ! LA DIVINE LADY

ADORABLE PAULINE ! NOTRE-DAME-DES-COLIFICHETS

DU MÊME AUTEUR
CHEZ POCKET

Les Treize Vents

1. LE VOYAGEUR
2. LE RÉFUGIÉ
3. L'INTRUS
4. L'EXILÉ

Les Loups de Lauzargues

1. JEAN DE LA NUIT
2. HORTENSE AU POINT DU JOUR
3. FÉLICIA AU SOLEIL COUCHANT

La Florentine

1. FIORA ET LE MAGNIFIQUE
2. FIORA ET LE TÉMÉRAIRE
3. FIORA ET LE PAPE
4. FIORA ET LE ROI DE FRANCE

Les Dames du Méditerranée-Express

1. LA JEUNE MARIÉE
2. LA FIÈRE AMÉRICAINE
3. LA PRINCESSE MANDCHOUE

Catherine

1. IL SUFFIT D'UN AMOUR T. 1
2. IL SUFFIT D'UN AMOUR T. 2
3. BELLE CATHERINE
4. CATHERINE DES GRANDS CHEMINS
5. CATHERINE ET LE TEMPS D'AIMER
6. PIÈGE POUR CATHERINE
7. LA DAME DE MONTSALVY

DANS LE LIT DES ROIS
DANS LE LIT DES REINES

LE ROMAN DES CHÂTEAUX DE FRANCE T. 1 ET T. 2
UN AUSSI LONG CHEMIN
DE DEUX ROSES L'UNE
LA PERLE DE L'EMPEREUR
REINES TRAGIQUES

Les Chevaliers

1. THIBAUT OU LA CROIX PERDUE
2. RENAUD OU LA MALÉDICTION
3. OLIVIER OU LES TRÉSORS PERDUS

MILLE ET UNE NUITS

Bijou maudit

La perle de l'empereur
Juliette Benzoni

Depuis que Napoléon Ier offrit à sa seconde épouse, Marie-Louise, une énorme perle sertie de diamants, le beau bijou n'a cessé de faire couler le sang... Lorsqu'un soir, une mystérieuse tzigane la confie au prince Morosini, célèbre antiquaire vénitien expert en joyaux historiques, la vie du gentilhomme bascule. Il décide alors de restituer la perle à son légitime propriétaire, et se lance dans une périlleuse enquête, sur les traces de comtesses déchues et de maharadjahs sanguinaires ...

(Pocket n° 11611)

Dix-huit femmes

Reines tragiques

Juliette Benzoni

Des aventures de la paysanne Kiang-Sou aux appétits de puissance de Draga, reine de Serbie, de la cruelle lutte opposant Frédégonde et Brunehaut à la folie macabre de Jeanne, la mère de Charles Quint, Juliette Benzoni sillonne quarante siècles d'Histoire à travers les destins tragiques de dix-huit reines. Une épopée dramatique et haletante où l'amour, la haine et l'ambition côtoient le crime, la folie et l'implacable raison d'État.

(Pocket n° 11362)

Achevé d'imprimer sur les presses de

BUSSIÈRE

GROUPE CPI

à Saint-Amand-Montrond (Cher)
en janvier 2005

POCKET - 12, avenue d'Italie - 75627 Paris Cedex 13
Tél. : 01-44-16-05-00

— N° d'imp. : 50207. —
Dépôt légal : février 2005.

Imprimé en France